×雨宮 希望
×木島 文雄
×寺島 響子

ロッカーが並んでいる。

興味本位でそれを開けてみると、それぞれに利用者の個性が溢《あふ》れていた。

湿った練習着を丸めて放り込んでいる者もいれば、逆にきちんと畳んでいる者もいる。やたらとデオドラントのスプレー缶が並んでいるところもあれば、一番酷いのになるとカビの生えたパンが他のゴミと一緒にそのまま放り込まれているようなのもあった。

（女の子はみんな綺麗好きってのは……やっぱ男の幻想なんだろうなぁ）

僕は苦笑しながら室内の様子を大まかに記憶すると、再び『通過《スルー》』を使って表に出る。そして、あらためて部室の正面に回り、入口に重ねるように『扉』を発現させた。

続いて、『内装工事《インテリアコンストラクション》』で、『扉』の見た目を部室棟の安っぽいアルミ扉に近づける。よく見れば違うのだろうけれど、さほど違和感はない。

僕は『扉』を開けて室内に入ると、今度は先ほど目にした部室に似せて内装を変更し始めた。ブロック剥き出しの壁、コンクリートの床、細長いスチールロッカー、靴箱、コンテナにベンチが二つ。

部員たちの私物までは再現する必要はないだろう。

室内に入ってしまえば、僕の許可なく外に出ることはできなくなるのだから、そこが部室ではないと気付いた時にはもう手遅れ。言うなれば簗場《やなば》の鮎《あゆ》みたいなものだ。

もちろん部員全員が一斉に来るわけではないと思うので、同じ部屋をあと三つ用意して、部室を訪れる部員が途切れる度に別の部屋に繋《つな》ぎ変えることにする。

そして僕は、部室棟の陰に隠れて、女子陸上部員たちの訪れを待つことにした。

×××

結果を先に言ってしまえば、女子陸上部員捕獲作戦は、順調過ぎるほど順調に進んだ。

「え！　ちょっと待って、何これ！　ロッカーの中、空っぽなんだけど」

先頭で部室に足を踏み入れた女の子が驚きの声を上げると、「マジで！」「まさか、部室荒らし!?」などと騒ぎながら、後続の子たちも次々と扉の内側へと入っていく。

（今、入っていった六人で合計十八人……か）

最初に五人、次に三人、三組目が四人、この四組目で六人。

これで、事前に用意した四部屋全てを使い切ったことになる。

スマホの時計に目を落とすと、ホームルーム終了から既に三十分が経過していた。グラウンドに目を向ければ、石灰でラインを引くユニフォーム姿の野球部員の姿。他のクラブも部活を始めつつあるようだ。

（これで打ち止めだな）

女子陸上部員が何人いるのかは知らないけれど、涼子《りょうこ》に足止めを頼んだ照屋《てるや》さんを除けば、おそらくこれで全員じゃないかと思う。

（ちゃんと部員数を確認しとけば良かったかな……杜撰《ずさん》っちゃ杜撰だけど、ま、大丈夫だろ）

僕は部室棟の影から歩み出て、張り付けておいた『扉』を消滅させた。

藤原さんを取り囲んだ四人は全員ショートカットだったけれど、捕獲した陸上部員の中には、僕のことを嗅ぎまわっていた目の細い女の子も含んでショートカットは十二人。十八人の三分の二というなかなかの高短髪率だ。正直、パッと見で個人の見分けはつきそうにない。

（この中に藤原さんの全裸画像を持ってる四人と、僕が犯人だって見破った子がいるんだよな……）

無事捕獲し終えた安堵、ちょっとした罪悪感、そしてスリルに身をさらす興奮。そんな色取りどりの感情を抱えながら、僕は何食わぬ顔をして部室棟の裏から、学校裏手の林道のほうへと抜け出した。

×××

自宅へと帰り着いて、女子陸上部を丸ごと監禁したことをリリに告げると、彼女は手にした漫画をバサッと取り落とし、思いっきり頭を抱えた。

「マジか……このバカ……デビ」

この反応はかなり意外だった。僕が悪事に手を染めれば染めるほど、彼女は喜ぶものだとそう思っていたからだ。

「なんだよ……好きにして良いって言ったじゃん」

「物事には限度ってものがあるデビ！　まあ良いデビ。で、全部で何人デビ？」

「えーと……十八人」

「十八って……その人数を、どうやって洗脳するつもりだったデビか？」

「正直あんまり考えてなかったんだけどさ、ほらエロ漫画とかでよく『人間牧場』ってあるじゃん。あんな感じでやれば、なんとかなるんじゃないかなって……」

するとリリは呆れたとでも言わんばかりに深い溜め息を吐いた。

「はぁ……とりあえず、フミフミは全国の酪農家《らくのうか》の皆さんに土下座するデビ」

「ええっ!?」

「牧場経営舐め過ぎデビ！　酪農家の皆さんがどれだけ苦労して、ご家庭に美味しいミルクを届けてるかわかってるデビか！」

「おい、悪魔。どんな立ち位置から説教してんのさ、それ……」

「うるさいデビ！　そもそも人間牧場なんて、大量の人手が必要なパワープレイデビ。魔界でもゴブリン農家の働き手不足が社会問題化してるぐらいなのに、素人が一朝一夕でどうこうできるようなものじゃないデビよ！」

「ゴブリン農家って……」

呆然と呟く僕を他所《よそ》に、リリは腕組みしながら天井を見上げる。そして彼女は、しばらく『あーでもない、こーでもない』と考え込むような素振りを見せた後、何かに思い当たったかのように小さく頷いた。

「うん……これしかないデビな」

リリがサッと手を振り上げると、宙空に十八枚のパネルが浮かび上がる。そこに映っているのは女の子たちの顔、どの子も不安げで怯えたような表情をしていた。

「何これ？」

「フミフミが捕らえた女の子たちの現在の様子デビ。この中から好みの女の子を四人選ぶデビよ」

「好み？　きゅ、急にそんなこと言われても……」

「深く考える必要はないデビよ。単純に、抱きたいと思う子を四人選ぶデビ」

その一言に、僕は思わずリリを二度見した。

おかしな話に聞こえるかもしれないけれど、陸上部員たちを捕獲したのは、あくまで藤原さんの全裸写真を回収し、僕を怪しんでいる部員の口を封じるため。だから僕にはこの時まで、捕らえた部員たちを『抱く』という発想は全くなかったのだ。

(で、でも……そうか、どっちにしろ洗脳するなら、僕のモノにしちゃっても良いんだよな)

「四人……それってさ、人数を絞って洗脳するってこと？」

僕がそう問いかけると、リリは静かに首を振った。

「違うデビ。選んだ四人を支配する側に据えて、残り十四人を支配させるんデビ」

「そんなことできんの？」

「できるデビ。例えば王様がいたとして、王様がその国の人間全てを直接支配してるわけじゃないのはわかるデビな。そこには組織――つまり、支配するための仕組みが存在しているんデビ」

「それはまあ、理解できるけどさ……選んだ四人が僕に従ってくれるとは、とても思えないんだけど……」

するとリリは僕の鼻先へと指を突き付けてきた。

「従ってくれるかどうかじゃなくて、従うしかない。そういう状況に追い込むんデビよ。世の中に国は数あれど、支配者の下にいる人間は皆、喜んで従ってるデビか？　違うデビ。従わざるを得ない理由、そして従わざるを得ない仕組みがあるんデビ」

「な、なんか凄く大袈裟な気がするんだけど……具体的には僕は何すれば良いのさ」

「とりあえず『麻痺《スタン》』をブチかますデビ」

「ええっ!?　あの子たちに？　お、女の子だよ？」

「監禁までしておいて、いまさら何言ってるデビか？　一度『麻痺《スタン》』を喰らわせておけば、何かを強制したい時に『言うこと聞かないと、また喰らわせるぞ』って、脅しに使えるデビ」

「な、なるほど……で、それから？」

「それで一旦、フミフミの出番は終わりデビ」

「へ？　お、終わり？　終わりって……」

まさかの肩透かし。戸惑う僕に、リリは言い聞かせるようにゆっくりとこう告げる。

「今回、フミフミには黒幕に徹してもらうデビ。最後の仕上げの段階で出張ってもらう必要はあるデビが、途中経過で黒幕がホイホイ姿を現したら、威厳もへったくれもあったもんじゃないデビ。黒幕にはミステリアスさが必要なんデビ」

「それは、なんとなくわかる気がするけど、じゃあ、仕上げまでは誰がやるのさ」

「基本的にはフミフミが選んだ四人。そして、その四人と接触する役は、おっぱいちゃんにやってもらうデビ」

「えぇ!?　真咲《まさき》ちゃん？　大丈夫なの、それ？」

「心配ないデビ。おっぱいちゃんはガチのサド。調教師としての素質は、フミフミより断然上デビよ」

「え？」

「まあ、それ以上聞かないほうが良いデビな。それに、リリの従者に全面バックアップさせるデビ。だから、なーんにも心配はいらないデビよ」

「わ、わかった……それ以上は聞かないことにする」

「良い心掛けデビ。じゃあ、とっとと四人、女の子を選ぶデビ」

僕は、リリに促《うなが》されるままに、パネルに映し出されている女の子の中から四人を選び出す。

容姿だけが選考基準というのも酷い話だとは思うけれど、他にやりようもない。一も二もなく絶対に僕のモノにしたい女の子が一人。あとの三人は本当に顔の好みだけで決めた。

「あとは『麻痺《スタン》』をぶち込むだけデビ」

「それで僕は、とりあえずお役御免ってことだよね？」

するとリリが人差し指を立てて、「チッチッチッ」と左右に振る。うん、ウザい。

「やることがないわけじゃないデビよ。確かに次にフミフミが陸上部員の前に姿を見せるのは、最後の最後デビ。でも、この人数の女の子が消えたことで、間違いなくフミフミの周囲の状況は一変するデビ。その対処を頑張ってもらう必要があるデビよ」

「周囲の状況？　どういうこと？」

「警察の動きも変わるデビ。マスコミが騒ぎ立て、教師や生徒たちの間で犯人捜しが始まって、きっとフミフミも疑われるデビ。照屋姉妹に罪を押し付ける計画も、状況次第では修正が必要になってくるデビ」

「……なるほど、そう……だよね」

身体中から冷たい汗が噴き出すような気がした。言われてみて初めて実感する事の重大さ。十八人もの人間の失踪は、黒沢《くろさわ》さんや真咲ちゃんがいなくなったのとは事件のレベルが全く異なるのだ。

「いずれにしろ、今回の十八人についても二日ほど放置する必要があるデビ。黒沢ちゃんの時と同じデビな。徹底的に疲弊させてからのスタートデビ」

僕が頷くと、リリは顎に手を当てて、少し考えるような素振りを見せた。

「あとは……そうデビな。黒幕としての名前を決めるデビ」

「名前？」

「そうデビ、支配者として崇拝を要求するなら、『木島文雄《きじまふみお》』なんてダサい名前より、もっと威厳があって恐ろしげな呼称のほうが良いデビ」

ダサい呼ばわりは気になるが、確かに悪の黒幕として名乗るなら、大袈裟なほうが良いのは良くわかる。

(でも、そんなに捻《ひね》る必要はないだろう。わかりやすさは大事だ。支配者、王様……そう、監禁する王様だ)

そして僕は、リリにこう告げた。

『じゃあ……監禁王で』

✖ 早速、イジられる監禁王

僕は、女子陸上部員たちを閉じ込めている四部屋を指定して、『麻痺《スタン》』を発動させる。それが終わるとリリは、まるで犬でも追っ払うかのように「シッシッ」と手を払った。

「後は従者にやらせるデビ。監禁王は、さっさとおっぱいちゃんのおっぱいでも吸いに行けば良いデビよ」

「あの……なんか、リリ、僕に当たりキツくない？」

「いらない手間を山ほど増やしてくれた監禁王相手には、これでも全然優しいぐらいデビ」

(……やっぱ、怒ってるよな、これ)

下手に刺激すると碌なことにならないような気がしたので、さっさと真咲ちゃんの待つ『寝室』に移動することにした。

「お帰りなさい、文雄くん！」

『寝室』に足を踏み入れると、シースルーのネグリジェ姿でベッドに横たわっていた真咲ちゃんが、身を起こしながら嬉しそうに迎え入れてくれる。だが、彼女は僕の顔を覗き込むと、少し心配そうな顔をした。

「なんだか、ちょっと疲れた顔してるね」

言われてみればそうかもしれない。確かに今日はかなり緊張感のある一日だった。

「実は――」

今日の出来事とその顛末《てんまつ》を語り終えると、真咲ちゃんは僕をぎゅっと抱きしめて、「頑張ったんだね、文雄くん。疲れが取れるように、お風呂で温まってからマッサージしてあげるね」と、そう言ってくれた。

だが、彼女と一緒に湯船に浸かると、何が起こるかは言うまでもない。即セックスである。どれだけ疲れていようと、ぷかぷかとお湯に浮かぶおっぱい、その魅力に抗える男などいないのだ。

湯船の中、対面座位の形で密着しながら、僕らは他愛もない会話を交わす。

「じゃあ、わたしも文雄くんのこと『換金王』って呼ばなきゃいけないの？」

「監禁王ね。それじゃマネーロンダリングの帝王みたいだから……。呼ぶのは陸上部の娘《こ》たちの前だけで良いよ。二人だけの時とかは、今まで通り『文雄くん』でお願い」

「良かったぁ……文雄くんのほうが良いもん。『皆勤王』より」

「それ、只の真面目な生徒！　っていうか、真咲ちゃん……わかってて言ってない？」

「えへへ、バレたか」

そう言って真咲ちゃんは、ペロッと舌を出した。

（うん、可愛い！　許す！）

「それで……なんだっけ？　えーと、わたしは、その監禁王さまの手先として、陸上部の子たちに悪逆非道の限りを尽くせば良いんだよね？」

「調教の内容は聞いてないから、悪逆非道かどうかは……」

「監禁しといて、悪逆非道じゃないかもは通用しないと思うなー」

「……ごもっともで」

僕らは額を合わせて、クスクスと笑い合う。

「でもぉ、文雄くんが監禁王を名乗ることで、一つ心配事があるんだけど……」

「何？」

「赤ちゃんができたら、将来お友達に『おまえの父ちゃん、監禁王！』って虐められたりしないかな？」

「どんな心配してんの!?」

流石というかなんというか、彼女は、早くも『監禁王』という名を僕をイジる素材として使い熟《こな》していた。

「あはは、じゃあ、お疲れの王さまの代わりに、わたしが動いちゃうね」

彼女が軽く身体を揺すり始めると、ちゃぷ、ちゃぷとお湯が湯船から零れ落ちる。

「やん、お湯零れちゃう。もったいない」

「別に水道代がかかるわけじゃないし……」

「あー、地球に優しくない人がいるぅ」

「悪魔に憑りつかれた悪い人だからね」

「あはは、そうでした。えい、えい、えい、えいっ！」

真咲ちゃんは楽しげに微笑みながら、大きく腰を動かして僕のモノを責め始める。

ビシャビシャと盛大にお湯が跳ね、水の抵抗のせいか真咲ちゃんの「えい」のかけ声から一拍遅れて、膣襞が僕のモノをぐにゅうんと擦《こす》った。

「あっ、はぁっ、ふぅ、ううん、はぁっ……」

激しくお湯を揺らしながら、腰をグラインドさせる真咲ちゃん。その喘ぎ声は次第に艶《つや》を増していく。

なにせ真咲ちゃんの膣は、処女喪失以来、僕のモノしか受け入れたことのない僕専用。今夜、最初の挿入だというのに、完全に馴染み切った膣肉が誂《あつら》えたみたいにぴったりと僕のモノを咥え込んでいた。

「んはぁん!?　突き上げちゃだめぇ！」

悪戯心《いたずらごころ》を出して思いっきり腰を突き上げてやると、真咲ちゃんは激しく身悶える。彼女が、

ギュッと抱き着けば、たわわな爆乳が二人の間でむにゅんと潰れて、僕はその柔らかさに益々股間を滾《たぎ》らせた。

そうなるともうじっとなんてしていられない。激しく腰を使い始めると、真咲ちゃんは溺れる犬みたいに必死に僕にしがみついてくる。

「あっ、あっ、やん、だめぇ、文雄くぅん、んぅぅ！」

耳元に甘い吐息。お湯で身体を温めながら、胸元をふわふわのおっぱいで、肉棒を膣襞で擦り上げられれば、長く持ち堪えることなんてできっこない。

「ま、真咲ちゃん、イくよ！」

「奥に！　奥に射精《だ》してぇ！」

僕らが、互いに切羽詰まった声を上げたその瞬間――

ぴゅっ！　びゅるるるるっ！

子宮口にゼロ距離接射。勢いよく溢れ出る精液は、そのまま彼女の膣奥を激しく打ち付け、彼女はぎゅっと僕にしがみつきながら、それを余さず子宮で受け止めた。

「はぁ……はぁ……文雄くぅん、気持ち良かったぁ……」

「僕もだよ」

快楽に黒目勝ちな瞳を蕩けさせながら唇をねだる真咲ちゃん。可愛い。愛しさが止まらない。イったばかりだというのに、僕らは貪《むさぼ》るように互いに舌を絡ませ合いながら、また腰を動かし始めた。

×××

フミフミをおっぱいちゃんの待つ『寝室』へと追いやってすぐに、アタシはリョーコのマンションへと跳んだ。

フミフミは、安易に考えているようだけれど、十八人一斉監禁は流石に常軌《じょうき》を逸している。

そこまでやれば警察も血眼になって捜査を進めざるを得ないし、何より世間からの注目は避けられない。悪魔にとっては警察も世間も気にする必要なんてないのだけれど、フミフミはあくまで人間なのだ。捕まることにでもなれば、失う物が多過ぎる。そのうえ、捕らえた者の中には非常にマズい者まで混じっていた。

（まぁ、『部屋』が完全に覚醒すれば、警察どころか世界を敵に回したってやり合えるんだけど……そっちは良いとして、アレについては上手く立ち回らないと）

とはいえ、今の段階では警察対策が優先だろう。捜査情報をきっちりと押さえ、先手を打つことは極めて重要。そう考えれば刑事であるリョーコの担う役割は大きい。

「ほわっ!?」

空間を割ってリョーコのマンションに踏み込むと、彼女は缶ビールとスルメを手にしたまま、大きく身を跳ねさせた。ジャージにすっぴん、首にはどこかの工務店の社名入りタオル。どうやら彼女は風呂上り、晩酌の最中だったらしい。

「リ、リリさま!?　ど、どうなさったのですか？　も、もしかして、妹のことでございましたら、プロフィールを纏《まと》め終わっておりますので、後ほどお持ちしようと思っておりましたが……」

「妹？　ああ……そんなのもあったデビな」

すっかり忘れていたが、先日、リョーコが妹をフミフミの性奴隷として差し出すと言い出し、その洗脳方針を検討するために、プロフィールの提出を指示していたのだ。

「リョーコの妹のことは、しばらく保留デビ。ちょっと状況が変わったデビ」

「状況でございますか？」

リョーコの目がスッと細まる。敏腕刑事らしい鋭い目つき。手にしているのは、銃ではなくスルメだが。

「まだ、警察に連絡は行ってないデビか？」

「……少なくとも私が退勤する段階では何も。あの……何か起こったのでしょうか？」

「今日、フミフミが女子陸上部員十八名を監禁したデビ」

「ヴぇ!?」

アタシの一言に、リョーコは「あ」と「え」の中間の声を漏らして、驚愕の表情のままに硬直する。

それはまあビックリもするだろう。悪魔のアタシですらドン引きしたぐらいだ。

「じゅ、十八名でございますか？」

「うむ、十八名デビ」

「さ……流石はご主人さま。私の常識で推《お》し量れるような方ではございません……」

リョーコがフミフミを否定することはない。というかできない。そういう風にチューニング済みなのだ。

彼女は戸惑いながらも、どこか誇らしげな顔をした。

「リョーコには、捜査の攪乱と情報の提供を命じるデビ」

「か、かしこまりました。それだけの規模の誘拐事件ともなれば、本庁主導で捜査本部を設置、我々管轄は、その指揮下に置かれることになるでしょうから、どの程度自由に動けるかはわかりませんが……」

✖ 女子陸上部員監禁二日目——学園戒厳令

女子陸上部員十八名を監禁して、一夜が明けた。

（部員たちも、そろそろ目を覚ましてる頃かな……）

僕は教室の自席に腰を下ろし、静かに思いを巡らせる。

リリは、思いきり卑猥な格好をさせて抵抗する気力を削ぐと言っていたから、目を覚ましたなら今頃、彼女たちは盛大に戸惑っていることだろう。いや、泣き喚いているかもしれない。

一方、朝の教室にはこれと言って変化はなかった。クラスメイトの会話に耳を欹《そばだ》ててみても、現時点では、談笑する生徒たちの話題に女子陸上部のことが上っているような雰囲気もない。

残された女子陸上部員――照屋さんのほうを盗み見ると、彼女は机に肘をついて俯《うつむ》いている。どことなく雰囲気が沈んでいるようにも見えるけれど、斜め後ろからでは表情などほとんどわからなかった。

黒沢さんが戻ってきてからは、彼女が粕谷くんに話しかけに行くこともなくなった。彼女が黒沢さんに悪感情を抱いていることは推し量れるけれど、それも僕の想像でしかない。

ぼんやりとそんなことを考えていると、教室の入口のほうから藤原さんの声が聞こえてきた。

「ちょりーっす！　ふーみん、おっはよー！」

今日も今日とて彼女は自由。缶バッチでデコったカバンを席に投げ捨てるなり、僕の隣に椅子をくっつけて腕へとしがみついてくる。軽くそれに抗《あらが》いながら、何気なく彼女の席へ目を向けると、鞄にくっついている缶バッチの中に、『I♡FUMIO』と書かれたものを見つけてドン引きした。

「ねぇねぇ！　ふーみんもSNSやろうよー」

なんの脈絡もなくそう言いながら、彼女は鼻先が擦れ合いそうなぐらいに僕へと顔を突き付けてくる。相変わらず距離感をバグらせている彼女に、僕は身を仰け反らせながら首を振った。

「お断りします」

「えー！　いいじゃん！　美鈴《みすず》も粕谷っちと夜、ずーっとチャットしてるんだって。あーしも『愛してるー』『僕もだよー』とか、やりとりしながら寝落ちしたい！　めっちゃ良い夢見れると思うんだよねー」

「僕には、タイムラインに藤原さんの「返事しろ」っていうコメントが並んでる未来しか見えないけど？」

「えーと……なんで、返事しない前提なん？」

そんな風に騒がしい授業前の雰囲気も、ホームルームが始まってすぐ、担任が女子陸上部員十八名の失踪を告げた途端、緊張感を孕《はら》んだものへと一変した。

口々に声を上げる生徒たちの中に、押し殺した低い声で質問を繰り返している男子がいる。

特に話をしたこともないけれど、普段は寡黙で、確か柔道部部長の……名前、なんだっけ？

「平塚《ひらつか》くん、陸上部の子と付き合ってたはずだし……そりゃ心配だよねー」

藤原さんが、僕の耳元でそう囁《ささや》いた。

(あーそうだ。平塚くんだ。関わりがなさすぎて、名前忘れてたよ)

「照屋、昨日の練習の時には、他の子たちに何かおかしなところはなかったか？」

担任のゴリ岡がそう問いかけると、皆の視線が照屋さんに集中する。すると、彼女は憮然とした表情でこう答えた。

「おかしいも何も。私と二年の蜷川《にながわ》以外、誰も部活に来ませんでしたから。蜷川と二人で、みんな練習をボイコットしたんだ。大会前なのにバカじゃないのって、そんな話をしてました」

「ボイコット？」

「ウチの顧問嫌われてるんですよ、部員に」

どうやら顧問と部員たちの間に、ボイコットが起こっても不思議ではないぐらいの軋轢《あつれき》があったらしい。

だが、実際はボイコットではなかった。朝になって学校に、子供が帰ってこないと陸上部員の父兄から次々と問い合わせが入ったのだそうだ。

落ち着かない雰囲気の中、授業は進んで午後を迎える頃、一体どこで嗅ぎつけてきたのかは知らないけれど、正門の外には報道陣が黒山の人集《ひとだか》りを形作っていた。

長尺のガンマイクが集団の上に幾つも突き出していて、脚立の上でカメラを構えている者や、正門を背にテレビカメラに向かって、マイク片手に語るリポーターらしき者の姿も見える。

守衛のおじいちゃんと何人かの先生が解散を訴えているようだけれど、まあ無駄だろう。彼らもそれが仕事なのだ。

（あの報道陣の中を帰るのは、大変そうだな……）

僕にしてみれば、その程度の感想しかない。

窓からその光景を眺めているうちに、何台もの警察車両が到着して、警察官たちが門を塞いでいるマスコミを左右に避《よ》けさせる。パトカーが彼らの前を通って学校へと入っていく度に、大量のフラッシュが焚かれるのが見えた。

✖✖✖

「寺島《てらしま》……やり難《にく》くはないか？　なんなら本件から外れられるように、俺から部長に進言しようか？」

「問題ありません、心配ご無用です」

猪本《いのもと》先輩は、ゴリラの癖に割と気を使うタイプだ。

彼がそんなことを言い出したのは本庁から捜査本部、その責任者として派遣されてきたのが私の婚約者だったからだ。

今朝早くに、本庁主導で『女子学生大量失踪事件』の捜査本部が設置された。

先に発生していた黒沢美鈴さま、羽田《はねだ》真咲さまの失踪事件を担当していた我々の肩身は非常に狭い。たまたま美鈴さまが帰って来た以外には、まだなんの成果も上げられていないからだ。

今朝の会議でも猪本先輩が神島《かみしま》組の名を挙げたところ、『盛り場で引っかけた家出娘を風俗に売ることしかできないような組に、こんなに大っぴらなことができるものか』と一笑に付された。

結局、海外の大規模な人身売買組織の仕業という線で、捜査員たちは捜査を開始している。

そして今、校長室には本部長を務める仲村警視《なかむらけいし》を始めとする本庁の刑事二名と、従来の担当である猪本先輩と私。学校側は校長と教頭、それに女子陸上部の顧問だという禿げ上がった教師が顔を連ねていた。

「では、今回の被害者たちは皆、六限目までは授業に出ていたのですね」

仲村警視がそう尋ねると、教頭が額の汗を拭いながら返事をする。

「はい、各担任に確認が取れています。ですが、そこからの足取りがわからないのです。守衛は被害者の一人、部長の田代初《うい》の顔を『きちんと挨拶する礼儀正しい子』として覚えていたようなのですが、下校する生徒の中に彼女は見かけなかったと、そう申しております」

「なるほど……クラブ活動には参加していたのでしょうか？」

「いえ、残された部員のうちの一人、二年生の蜷川りみは、担任にこう申しておりました。彼女が部室を訪れた時には鍵がかかっていたので、職員室に鍵を取りに行った。だが鍵はなく、持ち出しの記録簿には一年の太田《おおた》の名前が書かれていたのだと。そこで彼女は、顧問に予備の鍵を借りて部室を開けたそうです」

「事実ですか？」

仲村警視がそう尋ねると、顧問は消え入りそうな声で「はい」とだけ答えた。

「遅れて、残されたもう一人の生徒ですな。照屋光《ひかり》が部室に来て、『もしかしたらみんな練習をボイコットしたのかもしれない』と、二人でそんな話をしたと言っていたようです」

「ボイコット……ですか？」

仲村警視が顧問のほうに目を向けると、彼は慌てて首を振った。

「わ、私は関係ありませんよ！　少し前に部長の田代と指導方針の行き違いで、少し口論になったというだけの話で……」

「先生、関係ないとは言うべきではありませんな。我々は教師なのですから」

校長が苦虫を嚙み潰したような顔でそう窘《たしな》めると、顧問はしゅんと項垂《うなだ》れる。

普通に考えれば前代未聞の異常な事件だろう。放課後とはいえ、人目のある校内から十八名もの人間が煙のように姿を消したのだ。現時点では超常現象か神隠しか、そんな馬鹿げた結論にならざるを得ない。とはいえ、私自身はご主人さまの為されたことだとわかっているだけに、この先一体、どんなトンデモ推理が出てくるのか、多少楽しみでもあるのだが。

仲村警視は少し考えた末に、校長を見据えてこう切り出した。

「校長先生、捜査員を大量動員して、校内を捜索させていただきたいのですが……」

「校内を……ですか？」

「ええ、今のお話の通りですと、連れ去られたのは校内からということになります。なんらかの痕跡を見つけられるかもしれません。……もしくは、この校舎に先生方もご存じないような場所があって、そこに監禁されているという可能性も」

「そんなバカな！」

教頭が声を上げて、仲村警視が宥《なだ》めるように微笑む。

「あくまで可能性の話です」

「いつからでしょうか……？」

「それはもう、今すぐにでも」

校長は少し考えるような素振りを見せた後、教頭へとこう告げた。

「……教頭先生、先生方に六限終了後、生徒を速やかに下校させるように指示してください。あと、明日は臨時休校とします。その他は非常時のマニュアルに従って対応を指示してください」

×××

「マスコミには何も喋るなよ。変な報道をされて風評被害にでもなったら大事《おおごと》だからな。呼び止められても立ち止まらないように！　それと明日、金曜日は臨時休校だ。間違えて学校に来るんじゃないぞ！」

授業終わりのホームルームで、担任のゴリ岡は苦々しげにそう言っていた。

アタシの頭の中で渦巻くのは覚えていない男のこと。アタシを監禁した男。抱かれたのだから、多分男だろう。今回の女子陸上部の件も、その男が無関係なはずはない。今度は一体、何を企んでいるのだろうか。

終礼を終えて教室を出ると、背後から「黒沢さん」と、アタシを呼び止める者がいた。

振り向けば、そこにいたのは刑事の寺島さん。今日も彼女が車で家まで送ってくれるらしい。

正直、ホッとした。今、アタシが正門前のマスコミを突破しようとしたら恰好の餌食だ。報道陣の間に、アタシの顔写真ぐらい出回っていてもおかしくない。雑誌から切り抜けば良いだけなのだから。

寺島さんの車の後部座席でアタシは、彼女のジャケットで頭を隠して身を伏せる。動き出す車、窓の外から報道陣と警察官が揉み合っているらしい怒号めいた声が聞こえた。そこからしばらく経って、寺島さんが口を開く。

「もう大丈夫です」

顔を上げてリアガラスの向こうを眺めれば、校門の前で屯《たむろ》する報道陣が遠ざかっていくのが見えた。

アタシはホッと吐息を漏らした後、バックミラー越しにこちらに目を向けた寺島さんに問いかける。

「寺島さん……大丈夫なんですか？　その……刑事さん、みんな忙しそうでしたけど」

「ええ、抜け出すのに苦労しましたが、一応。本庁の人たちは頭が固くて、本部長にあなたをマスコミの前に出すリスクを直談判してどうにか……」

「すみません。ご迷惑をおかけして」

「いえ、これも私の役目ですので」

ところが、車が家に近づくと、アタシの家の前にも報道陣が群れを成しているのが見えた。

「……マジで？」

流石にあの中に突っ込んでいく勇気はない。そんなアタシを見かねたのだろう。寺島さんが気遣うようにこう言った。

「美鈴さま、もし宜しければですが、今夜は私の家に泊まりませんか？　もちろんご両親のお許しが出ればですけれど……」

「本当ですか！　ありがとうございます！　ちょっとママに電話してみます」

寺島さんが救いの神に見える。ママに電話して事情を説明すると、そうさせてもらえると有り難いと、ホッとしたような声を漏らしていた。

「ぜひお願いしますって……ママがお礼を言いたいので電話を替わってほしいって」

「申し訳ありませんが運転中ですので。お気持ちだけで充分ですとお伝えください」

そこから三十分ほど車を走らせたところで、寺島さんはマンションの地下駐車場へと車を乗り入れる。隣町に最近建てられた立派なタワーマンション。新聞にチラシが入っているのを見たことがあるけれど、かなり豪華なマンションだ。

なんとなく公務員には薄給のイメージがあったのだけれど、どうやらそれは偏見だったらしい。

彼女の部屋は最上階の４ＬＤＫ。部屋そのものは立派なのだけれど、引っ越したばかりなのか、物は少なく殺風景な印象を受ける。とはいえ、生活臭がないわけではなく、リビングのローテーブルの上に放置されているビールの空き缶の数に、彼女の乱れた食生活の片鱗が垣間見えた。

寺島さんは慌ただしくビール缶を片付けながら、アタシのほうを振り返る。

「美鈴さま、私は一度、学校に戻らねばなりません。この部屋はご自由にお使いいただいて結構です。キッチンにあるものは何を召し上がっていただいても構いません。と言っても、インスタントばかりですけれど……」

「あ、ありがとうございます」

「寝床はリビングのソファーがソファーベッドとしてご利用いただけますので、来客用の布団一式とお着換えを、そちらにご用意させていただきます」

「あ、あの、寺島さん、そんなに気を使わないでください。恐縮しちゃいますから……」

「お気になさらず。あと、インターホンが鳴っても無視してくださいね。マスコミが嗅ぎつけてこないとも限りませんので」

まさに至れり尽くせり。流石にここまでしてもらうと恐縮してしまう。寺島さんは親戚でもなければ友達でもないのだ。たまたま担当してくれただけの刑事さん、赤の他人なのだ。あらためてもう一度お礼を言おうとしたその瞬間、唐突に『ピンポーン！』と、来客を告げるインターホンの音が鳴り響いた。

「ま、まさか、マスコミ？」

「いえ、それは、いくらなんでも早すぎます」

寺島さんは慌てふためくアタシにそう告げると、インターホンのモニターを覗き込む。そして次の瞬間、彼女は盛大に頭を抱えた。

「忘れてた……」

✖ セックスの相性が良い男

「なぁ、姉ちゃん。呼び付けといて帰れってのは、流石に酷くね？」

「それどころじゃなくなったのよ。昼間のニュース見てない？」

「ああ、女の子がいっぱい行方不明になったってヤツ？」

「そうそう、それ。お陰で私も、今から現場に戻らないといけないのよ」

「んなこと言われても、今から寮になんか帰れねーっての。明日、勝手に帰るから泊めてってば、オートロックなんだろ？　ここ」

「ちょ、ちょっと！　響子《きょうこ》ちゃんっ！」

玄関のほうから、ドタバタと騒がしい足音が聞こえてきた。

バンッと、勢い良く扉を開けてリビングに入ってきたのは、なんというか派手な女性。真っ赤に染まった髪は、あまり手入れされていないのか無造作に跳ねていて、耳にはリングピアスとイヤーカフが連なっている。顔立ちは整っているが化粧っけはなく、印象としては寺島さんを少し幼くしたような雰囲気。

着ている物は、ノースリーブの黒いTシャツに、黒のスキニージーンズ。腰回りにチェックのネルシャツを巻いて、肩にはエレキギターらしきソフトケースを担いでいる。

パッと見には一昔前のパンクロッカーといった印象の、そんな女性である。

彼女はアタシの姿を目にした途端、目を丸くして素っ頓狂な声を上げた。

「うぉ、美少女じゃん！　姉ちゃんが制服美少女連れ込んでる！」

「人聞きの悪い言い方しないで！　黒沢さん、すみません」

「は、はい」

「で、姉ちゃん、この子、誰？」

「はぁ……もう、黒沢美鈴さん。彼女のご自宅に報道陣が殺到しているから、一時的に保護してるのよ」

「黒沢……黒沢……。あー！　昼間のニュースで見たっ！　一人だけ戻ってきたモデルの子だ！」

（一人だけ戻ってきたモデルの子……）

そんなことまでニュースで流れてるんだと驚いていると、赤髪の女の人が無遠慮に顔を突きつけてきて、アタシはタジタジと身を逸らした。

「うおーかわいーー！　顔小っさー！　スタイルすげー！　モデルスゲー！」

「ちょっと！　響子ちゃん、黒沢さん怯えてるでしょ！　すみません。これ……妹なんです」

「寺島響子でぇーす！　オレのことは気軽にキョーコって呼んでくれよな」

「オ、オレ？　は、はい、どうも……」

響子さんのあまりの圧の強さに、アタシは顔を引き攣らせる。

顔立ちや二人の会話の内容で妹さんなんだろうなとは思っていたけれど、寺島さんとはタイプが違い過ぎて、もはや戸惑いしかない。

「はぁ……もう。すみません。妹もここに泊まらせて良いでしょうか？」

「いや……良いも何も、アタシもお世話になる側なので」

溜め息交じりの寺島さんに、苦笑するしかないアタシ。響子さんだけが機嫌良さげに笑っている。

二人の会話の内容から察するに、寺島さんはなんらかの用事があって響子さんを呼び出したが、女子陸上部員失踪事件のせいで、それどころではなくなったということのようだ。

「じゃあ、響子ちゃん。お姉ちゃんもう行かないといけないから！　お姉ちゃんの寝室使って良いけど、黒沢さんに迷惑かけちゃダメだからね！」

「へいへーい」

響子さんがひらひらと面倒臭げに手を振ると、寺島さんはまた大きく溜め息をついて、アタシのほうへと顔を向けた。

「では、黒沢さん、どうぞごゆっくり」

そう言うなり、彼女は慌ただしく出ていった。

寺島さんとは決して長い付き合いではないけれど、こんなに感情的に話をする彼女は、初めて見たような気がする。言葉に血が通《かよ》っているというか……なんか、そんな感じ。

「ったく、久しぶりに会ったってのに、相変わらず堅苦しいよなぁ、姉ちゃんは」

響子さんはギターケースを壁に立てかけると、台所に行って冷蔵庫を開け、遠慮する素振りもなく、ビールを取り出した。

「くろさーちゃんも、何か飲む？」

「え、はい。水かお茶があれば……」

「ほーい」

　アタシは、寺島さんが寝床として整えてくれたソファーベッドに腰を下ろして、響子さんからミネラルウォーターのペットボトルを受け取る。

「響子さん、その……ニュースとかで、そんなに報道されてるんですか？」

「ん？　ああ、事件のことね。そりゃま、若い女の子が絡むとマスコミ的にはおいしいしね、見てみれば？」

　響子さんはテーブルの上からリモコンを手に取り、テレビのスイッチを入れる。チャンネルを繰っていくと、丁度、夕方のニュースの時間帯ということもあるのだろう。どの局も女子陸上部員失踪事件の話題で持ち切りらしかった。

　響子さんが適当なチャンネルで手を止め、二人でそのまましばらく眺めていると、事件の経緯を解説する場面で、アタシや真咲の名前が出て、思わず身を強張《こわば》らせる。少なくとも、アタシが見ている間に顔写真が出るようなことはなかったけれど、それでもやっぱり気分は落ち込んでしまう。

「で、くろさーちゃん、ホントのとこ、行方不明になってた間ってさ、どこにいたの？」

「今、ニュースで言ってた通りですって。全然記憶になくって、気が付いたら日付が過ぎてた……みたいな」

「へー！　宇宙人に誘拐されてたとかかな！　身体のどっかにチップとか埋め込まれてない？」

「あはは……流石にそれは。病院の精密検査でも異常なしでしたし……」

話してみれば、寺島さんに比べて、響子さんは人懐こい雰囲気で話のしやすい人だった。

彼女がキッチンから探してきたポテトチップスを広げ、アタシたちは雑談に興じる。

彼女は、それなりに人気のあるアマチュアガールズバンドのギター担当なのだそうで、今日はスタジオで練習して、そのままここへ来たのだそうだ。

「お姉さんとは、良く会うんですか？」

「んーにゃ、たぶん二年ぶりぐらいじゃないかな。ここ来たのも初めてだし。スマホで地図見ながらどうにかって感じ。二人とも実家離れちゃうとさ、会う機会なんて全然なくなるしね。オレのほうは大学の寮だしさ」

「へー……。そうなんですね。アタシも、寺島さんみたいなお姉ちゃん欲しかったなぁ。優しいし、デキる女って感じで格好良いし……」

「あはは、そんな良いもんじゃないから。姉ちゃんが優秀過ぎるとね。妹としては結構しんどいんだってば。何やっても比べられてさ」

「そういうものですか？」

「そういうもん。そういうもん。だから、姉ちゃんと比べられないように、できるだけ違う方向へ、違う方向へって向かってった結果が、今のオレって感じかな」

響子さんが三本目のビールを片手に苦笑する。お酒が強いのか、顔色も全然変わっていない。

「でもさ、びっくりしたよ。二年も会ってない姉ちゃんから突然電話かかってきてさ。最高の男を紹介してやるからウチに来いって……」

「はい？」

「意味わかんねぇだろ？　なんじゃそりゃって。あの堅物が紹介してくれる最高の男ってどんなのだよって。まー……興味は湧くじゃん」

「……想像はつきませんけど、銀縁眼鏡とかかけてそうな感じ？」

「あはは、それなー。まあ、オレも男と別れたとこだしさ、おもしれーから素直に来てみたってわけ」

「あの……彼氏さんとは、なんで別れちゃったんですか？」

「お、それ聞いちゃう？」

「ご、ごめんなさい」

「あはは！　いいよ、別に。まあ原因はいろいろあるけどさ、一番はセックスかな」

「…………はい？」

あまりにも予想外の回答に、脳が理解するのを拒否した。

「だってさ。人間同士だし、一緒にいたらやっぱムカつくこととか、気に入らねーとことか出てくるじゃん。盲目的に『かっこいー』とか『すきー』とか言ってられるのって、付き合い始めの三か月ぐらいのもんなわけ」

「はあ……そうなんですか？」

「そうだよん。でも、セックスの相性が良いとさ、スルたびに『好き』の有効期限が更新されるわけよ。女ってわがままな生き物だからさ、結局、自分を満足させてくれる男が好きなわけ」

「へ……へぇ……」

最近、なんだかこういう上擦った『へぇ』を漏らしてしまう頻度が高いような気がする。

「で、くろさーちゃんは彼氏いんの？」

「は、はい。去年の年末から付き合い始めたばかりですけど」

「で、どう？　相性は？」

「そ、そんなのわかりません」

「かー、初々しいねぇ。じゃあ、今度スる時はさ、相性とか気にしながらやってみたら、色々見えてくんじゃない？　セックスの相性の良い男って、やっぱ運命の相手って感じするじゃん。神さまがそういう風に創ったんだーって思うとさ」

「そうですかね……」

「そうだよん。まあ、オレは、まだそういう男に出会ったことないけどねー」

×××

「ちょっと、文雄！　ニュース見たわよ。あんたの学校、大変なことになってるじゃないの！」

僕が家に帰り着くなり、母さんがキッチンから玄関へと慌ただしく飛び出してきた。

「うん、だから明日は臨時休校だってさ。っていっても、行方不明になった子たちに知り合いがいるわけじゃないし、僕にしてみれば割と他人事かな。休みが増えてラッキーぐらいの感じだよ」

（……ほんとは、その騒ぎのど真ん中にいるんだけどね）

「舞さんは大丈夫なの？」

「行方不明になったのは、女子陸上部の子たちだって。藤原さんは全然関係ないってば」

「関係ないって……アンタ、ちゃんと舞さんを家まで送って来たんでしょうね！　アンタの心配はしてないけどお母さん、舞さんのことが心配で心配で……」

「うん、我が子の心配しようぜ、マイマザー。ま、たまたま、今日は藤原さん家《ち》まで送って来たけどさ」

「それなら良いけど……でも、外でラッキーとか言っちゃダメよ。近所にも巻き込まれた子がいるんだから」

「マジで!?」

僕は思わず目を丸くする。小学生や中学生の時ならともかく、そんなにすぐ近くに同じ学校の生徒がいるとは思っていなかったからだ。ましてや、監禁した子たちの中にいるなんて考えもしなかった。

「ほら、小学校の時、集団登校で一緒に学校行ってた森部さん家《ち》の沙織《さおり》ちゃん。覚えてない？」

「もー、お兄ちゃん、お兄ちゃんって懐いてくれてたのに、ほんとに薄情な子だよ」
「全然、覚えてない」

この校区の小学生は朝、近隣の子が集まって集団登校することになっている。とはいえ、一緒に登校するってだけで別に友達というわけでもないし、中学校に上がれば自然と疎遠になる。薄っすらと女の子の手を曳いて通学した記憶もあるにはあるけれど、もはや顔も名前も覚えていない。

「それにしても……マスコミが正門塞《ふさ》いでて大変だったよ。週明けまだこんな感じだったら堪《たま》んないよね」

実際、下校時の混乱はかなりのものだった。

下校していく生徒たちに群がる報道陣。テレビカメラに映ろうとする空気の読めない陽キャ。それを押しとどめる教員と警察官。校門前は押し合い圧《へ》し合い。揉み合いの中で女子生徒が誰かに身体を触られたと悲鳴を上げて、騒然とする場面もあったようだ。

流石にあの騒ぎには巻き込まれたくないと、ホームルームが済んで随分経つのに、僕は教室から窓の外、混乱する正門のほうをぼんやりと眺めていた。

「あはは、すごい騒ぎ。でもあーし的にはラッキーかな。ふーみんといつもより長く一緒にいられるしー」

藤原さんが甘えるように、僕の肩にもたれかかってくる。とはいえ、相変わらず胸の当たる感触はほとんどなく、変に気を使う必要もなかった。実に安心の洗濯板である。

教室には僕らの他にも、混乱が落ち着いてから帰るつもりらしき生徒が何人か残っていたのだけれど、先生たちも早く生徒を帰らせろと言われているのだろう。「くぉらー！　とっとと下校せんかー！」と、担任のゴリ岡に大声で追い立てられて、みんな慌ただしく教室を後にした。もちろん、僕らもそうだ。

だが、やはりあの報道陣の中を帰る気にはなれない。僕と藤原さんは、仕方なく裏門のほうへと向かった。裏門は常時閉鎖状態なのだけれど、塀はさほど高いわけでもなく、乗り越えられないわけでもない。

「ふーみん！　あーしを受け止めて」

「無理。自分で降りろ」

「えーん、いけずー！」

そんなやりとりをしながら塀を乗り越え、先に降りた僕が塀の上に立っている藤原さんを見上げたら、実にえぐいヒョウ柄のショーツが見えた。

裏門は林道に面していて、車も入ってこられないような場所だからか報道陣の姿もない。僕らの他にも何人かはここを抜けて帰ったらしく、門外の湿った土の上には、いくつもの運動靴の足跡があった。

（大分遠回りだけど、揉みくちゃにされるよりは随分マシだよな……）

明日、金曜日は臨時休校、土日は休みで、月曜日にはこの騒ぎは収まっているのだろうか？

新たな展開でもない限り、マスコミがそんなに長い間張り付いているとは思わないけれど、毎日、裏門から遠回りで帰らなきゃならないなら、それはかなり面倒臭い。

誰が悪いって、まあ……僕が悪いのだけれど。

×××

夕食を済ませた後、僕は自室でベッドに横たわる。

今日は、『寝室』に足を運ぶつもりはなかった。順番で言えば涼子を可愛がる日なのだけれど、彼女は女子陸上部員誘拐事件の捜査に借り出されている。

夜の相手ができないことについて、涼子からお詫びのメッセが来ていたけれど、もちろん詫びられるようなことでもない。この状況を作ったのは、僕自身なのだから。

（たまには休養をとるのも悪くないよな……）

そんなことを考えていると、僕の真上でクルリと回転しながら、リリが唐突に姿を現した。

そして、珍しく真面目腐った顔をして、僕にこう問いかけてくる。

「フミフミ、一つ確認しておきたいことがあるデビ」

「何？」

「今回、フミフミが無茶をしたのは、あの黒ギャルのためデビな？」

「まあね。少なくとも半分はそう。藤原さんの画像を撮影したのが四人。ショートカットの陸上部ってだけじゃ特定しきれないし、藤原さんの過去の話が、他の子にも洩れている可能性もあるからね。本当は撮影された時点で対処しとけば良かったんだけど、あの時点じゃ、彼女のことなんてなんとも思ってなかったから」

「同情デビか？」

「何を言いたいのかわかんないけど……。違うよ。僕のモノに手を出されるのが不愉快なだけ」

「別に責めてるわけじゃないデビ。ただ……僕のモノという割には、あの黒ギャルに限って、監禁もしなければ、抱こうともしないのはどうしてかって思ってるだけデビ」

「ああ、そういうことね。うん、確かに変に見えるかもね」

「理屈に合わないデビ」

「上手く説明できるかどうかわかんないけどさ。真咲ちゃん、黒沢さん、藤原さんの三人は、僕の中では特別なんだよね。何が特別かって聞かれると困るけど……優劣を付けられないぐらいに惹かれてる」

「それは不思議でもなんでもないデビ。憎しみがひっくり返っただけデビよ。でも、優劣付け難いなら、益々黒ギャルに手を出さないのは理屈に合わないデビ」

「それなんだけどさ、黒沢さんや真咲ちゃんと彼女の違いは、ずっと男の欲望にさらされてきたってこと。仮説レベルの話だけど、彼女の中で僕が特別なのは、いつでも抱けるのに抱かないからじゃないかなって……下手に手を出せば、彼女の中で僕の価値が暴落しそうな気がすんだよね」

そう言ってリリのほうへ目を向けると、彼女は物凄く意外そうな顔をしていた。

「どうしたの？」

「フミフミも成長してたんデビな。クソ生意気に」

✖女子陸上部員監禁三日目——罠

夜が明けた。

夜を徹して続けられた現場検証ではあるが、今のところ碌な成果を上げられていない。

それもそのはず、ご主人さまの『部屋』のことを知らなければ、十八人もの女子生徒を攫う方法などわかるはずもない。手あたり次第の捜査で成果など上がるわけがないのだが、それでも私を含め、多くの捜査員たちは、わずかな仮眠を取っただけで粛々と現場検証を続けている。意味がないとわかっていることに真剣に取り組まねばならないというのは、本当に苦痛としか言いようがなかった。

そんなことを考えながら校長室に向かって廊下を歩いていると、背後から呼び止められて、私は足を止める。振り向けば、そこにいたのは仲村警視——私の婚約者だった。

「なんでしょう。警視」

私がそう返事をすると、彼は苦笑いを浮かべる。

「二人きりの時は役職じゃなくて良いよ、涼子さん。いや、ちょっとプライベートなことをね。

今、私は署の傍のホテルを宿にしてるんだけれど……この事件は長引きそうな雰囲気だしね。私もマンションから通うほうが良いかと思って」

確かに今、私の住んでいるマンションは、結婚後の新居としてこの男が購入したものだ。もちろん、名義もこの男の物である。

「今晩から、そっちに行って良いかな？」

少し前なら、私も歓喜していたことだろう。愛する男に手料理を振る舞おうと、すぐにでも献立を頭に思い浮かべたかもしれない。だがもう……そうは思えない。

「武彦《たけひこ》さん……ごめんなさい。実は例の帰還者——黒沢美鈴さんを保護していて……」

私は彼女の家の周辺を取り巻いていた報道陣の状況を説明し、緊急避難として、仕方なく彼女を保護した旨を伝えた。

「なるほど、流石に女子生徒のいるマンションに、私が押しかけるわけにはいかないね」

彼は苦笑して頭を掻き、私は申し訳なさげなフリをして詫びる。

「ごめんなさい。勝手なことしちゃって……」

「良いんだよ。奥さんになってくれる人がこんなに優しい人で、むしろ誇らしいぐらいさ」

そう言って、彼はそっと私の手を取った。

ゾワゾワゾワっと背筋を這い上がってくる嫌悪感をやり過ごして、私は恥じらうフリをする。

ご主人さま以外の男に触れられるのは腹立たしいが、ここは我慢のしどころだ。

表情に出そうになる不快感を無理やり押し殺して、私が微笑みを浮かべるのとほぼ同時に、廊下の向こうから制服警官がパタパタとスリッパを鳴らして駆けてくるのが見えた。

「警視殿！　仲村警視殿！」

「な、なんだね」

呼びかけられて、仲村警視は慌てて私の手を離す。制服警官は傍まで駆け寄ってくると、息を整えながらこう告げた。

「つい今しがた、女子生徒が一人、事件に関係有りそうなことを目撃したと名乗り出て参りまして……」

「女子陸上部の二人とは別にか？」

残された陸上部員の二人——照屋光と蜷川りみには、事情聴取ということで学校まで来てもらうことになっているが、それは午後の話である。今は朝の八時半を回ったところだ。

「はい、当校の一年生で福田凛《ふくだりん》という生徒です」

「そうか……すぐに行く」

「仲村警視、女子生徒なら、私も同席させていただいたほうが宜しいですね」

「そうですね。女性同士でないと話し難《にく》いこともあるかもしれませんし、お願いできますか？」

「かしこまりました」

私が同席を申し出たのにはわけがある。福田という苗字に聞き覚えがあったからだ。

ご主人さまに告白して振られた身のほど知らずな生徒が、確かそういう名だったと記憶している。

少しばかり嫌な予感がした。

×××

「福田さん。よく勇気を出して名乗り出てくれましたね」

「はい……怖かったんですけどぉ、行方不明になった子の中に友達がいるので……少しでも役に立てればと思って……」

「そうなのですか？」

「はい、同じクラスの乾《いぬい》さんなんですけどぉ……」

校長室で刑事さんを待っている間、私は校長先生とそんな話をしていた。

マーコが心配なのは本当だけれど、わざわざ警察に証言しようとしているのは、別に彼女のためじゃない。

実際、話の内容も大した内容じゃないし、ただ警察に証言したという事実と、警察の目をあのキモ男に向かせることだけが目的なのだ。

校長室の扉がノックされて、三人の人物が入ってくる。

「大変お待たせしました」

すらりとした銀縁眼鏡の男の人と、ウェービーなショートカットの女の人が向かいのソファーに座って、制服を着たお巡りさんはその後ろに立った。

最初に口を開いたのは、銀縁眼鏡の男の人。

「楽にしてくださいね。こんな仕事をしていると誰からも怖がられてしまうのですが、決して怒鳴りつけたりしませんから」

「は、はい」

そう言われたって緊張する。大人の中に生徒は私一人なのだ。それに男の人のほうは優しげに微笑んでいるけれど、女の人のほうは観察するような険しい目つきで、私のことをじっと見つめている。

「それでは、あらためてお名前を伺っても宜しいですか？」

「は、はい。一年C組の福田凛です」

「それで、あなたは何を見たのでしょう？」

「あの……本当に関係があるのかどうかは、わかりませんけど」

「かまいません。どんな些細なことでも良いんですよ」

「はい、一昨日、六限目が終わって私はマーコと……陸上部の乾昌子《まさこ》さんと部室棟に向かったんです」

「ほう……被害者と」

男の刑事さんは、女の刑事さんと顔を見合わせて頷きあう。たぶん、『乾昌子』が行方不明者の一人で間違いないかと確認したのだと思う。

「はい、私は男子サッカー部のマネージャーなので、女子の部室棟の近くで別れて、乾さんは前を歩いてた先輩たちに合流して、一緒に女子陸上部の部室に入っていきました」

「部室に入るところを見たのですね？」

「はい」

「なるほど……乾さんと一緒に部室に入っていった先輩の名前はわかりますか？」

「すみません。わかりません」

「結構です。話を続けてください」

「は、はい。それで……乾さんと別れて、すぐだったと思います。女子の部室棟の裏手に、サッと隠れるような人影が見えたんです。咄嗟《とっさ》のことだったのではっきりとはわかりませんでしたが、私の目には、それは三年生の木島先輩に見えました」

その瞬間、女の刑事さんに、ギロリと睨まれたような気がした。

「ひっ!?」

「どうかしましたか？」

「い、いえ、そちらの刑事さんの目がちょっと……その、怖かったので」

「失礼しました。お話にのめり込んでしまったようです」

女の刑事さんがそう口にすると、男の刑事さんが苦笑しながら取り繕う。

「彼女はとても真面目なので……お気になさらず。それで、その人影が木島……くんですかね。はっきりわからないのに、どうしてその人だと思ったんです？」

「実は私……木島先輩のことが大好きなんです。気になっている先輩のことなので、常日頃から目で追っていたんですけれど、その隠れた人影の体型や動作は、間違いなく木島先輩だと思いました」

「なるほど……その木島くんという子は、運動部ですか？」

「いえ、部活は入ってなかったと思います。だから、どうしてそんな所にいるんだろって、不思議に思いました」

するると、私の言葉尻に噛みつくように、女の刑事さんが捲し立てた。

「それは本当に木島くんでしたか？　不思議に思ったのに確認はしなかったのですか？」

やっぱり、この人ちょっと怖い。心なしかこめかみの辺りがピクピクしているようにも見える。

「あの……部活の開始時間が近かったので」

重ねて女の刑事さんが何かを言おうとするのを、男の刑事さんが遮《さえぎ》った。

「なるほど、ありがとうございます。他には何かありますか？」

「いえ、これだけです」

「わかりました。ご協力感謝いたします。ではお手数ですけれど、今のお話を調書として残させてください。お時間は大丈夫ですよね？」

「はい……今日は他に予定もありませんから」

「じゃあ、キミ、あとは頼むよ」

「はっ！」

後ろで立っていた制服のお巡りさんに指示を与えると、二人の刑事さんは校長室を出ていった。

×××

「今の話……涼子さんは、どう思いますか？」

校長室を出てすぐ、仲村警視は私にそう問いかけてきた。

「収穫としては、被害者たちが部室に立ち寄ったと確認できたことぐらいでしょうか」

「そうですね。そこは重要でしょう。蜷川さんが部室に行った時には『鍵がかかっていた』と、そう証言しています。つまり、ここまでの話に嘘や事実誤認がないという前提にはなりますが……失踪した部員たちは、一度部室に入った後、わざわざ鍵をかけて出ていったと見て良いでしょうね」

「無理やり連れ去られたのではないと？」

「少なくとも、被害者たちが部室を出る時点ではそうでしょう」

そもそも、陸上部員たちが入ったのは部室ではなく、部室に見せかけたご主人さまの『部屋』なのだから、部室の鍵はかかったままなのは当然だし、部室を出るどころか入ってもいないというのが真相だ。

だが、この話には便乗するべきだろう。この話の流れであれば、仲村警視の目をご主人さまから遠ざけることができるかもしれない。

「何者かに誘導されて移動した……そう考えるのが筋ということですね？」

仲村警視は大きく頷く。

「部室の中も外も争ったような痕跡はありませんしね。問題は誰がどこへ誘導したかです。涼子さんは、話に出た木島という少年に面識はありますか？」

「はい、以前、事情聴取をしております。が……率直に言って、彼は関係ないと思います。他の生徒たちの話でもキモ島などと蔑《さげす》まれていて、体力気力ともに人並み以下。猪本刑事は、典型的ないじめられっ子と評しておられました。女子生徒たちが彼に従うとは到底思えません」

「なるほど……」

私は血を吐くような思いで、ご主人さまをこき下ろした。

ご主人さまをお守りするためとはいえ、これはご主人さまに報告し、罰をお与えいただかなければなるまい。それはもう、徹底的に折檻していただかなくては……。

「涼子さん……随分、顔が赤いようですけれど大丈夫ですか？」

「え？　あ、も、問題ありません！」

私は少し考え込むようなフリをして、口を開く。

「とにかく、誰かに誘導されたのであれば、誘導した人間は、彼女たちが従って然るべき人物かと」

「今のところ仮定でしかありませんが……確かにそうです。ですが、とりあえずはその木島という少年に話を聞いてみましょうか」

「え？　彼は関わりないと思うのですが……？」

「ええ、そうなのでしょう。少なくとも少年が独りでどうこうできるようなものでもありませんし、部員たちを誘導する役割を担うこともできなければ、本件とは無関係と捉えるべきでしょうね」

「それなら……」

「ただ、福田さんの話の通り、部室の傍にいたのだとすれば、何かを目撃しているかもしれません。実際にいたかどうかは、その前提で調べれば隠し切れるものではありませんし」

彼の話は至極真っ当だ。それ故にこれ以上抗えば、不信感を植え付けることになりかねない。

「わかりました。以前の事情聴取の際、木島の連絡先を押さえていますので、私から連絡してみます」

捜査に進展があったことを喜んでいるのだろう。「お願いします」と、彼は満足げに頷いた。

×××

「文雄ー！　起きなさい！　文雄っ！」

階下から母さんの声が聞こえてくる。

寝ぼけ眼を枕元のデジタル時計に向ければ、表示は九時を回ったところ。

(起きた時に、隣に誰も寝てないのって、いつ以来だろ……?)

そんなことを考えながら、僕はのそのそとベッドから這い出して階段を下りると、欠伸《あくび》をしながらダイニングのテーブルについた。

カウンターキッチンから顔を覗かせた母さんが、「コーヒーぐらい、自分で入れなさいよ」と、不満げな声を上げるも、まあ、それはそれ。

「よろしくー、砂糖は二つで」

「んもー、じゃあ、目玉焼きはいるの？　片目？　両目？」

「両目で」

「じゃあ、両目でお願いね」

「はい、お義母さま」

さて、臨時休校になってしまったせいで、時間がぽっかり空いてしまった。

「何しようか……暇だな、今日」

真咲ちゃんは、女子陸上部員との接触に備えて、今日は終日リリの演技指導を受けるのだと聞いている。涼子はもちろん、捜査で手一杯だろう。

相手をしてくれる人がいないのは、誰のせいかと言えば、もちろん僕のせいなわけだけれど。

(そう言えば、黒沢さんはどうしてるんだろ？　この状況で、フラフラ出歩いたりしないとは思うけれど、もしかしたら粕谷くんと会ってたりするのかな……それはそれでなんだか……モ

ヤモヤする）

などと考えているうちに、トースト、サラダ、目玉焼き、それにコーヒーがテーブルの上に並べられていた。

「お待たせしました」

「うん……ありがとぉおおおおおおおおッ!?」

顔を上げたその瞬間、僕は驚愕に身を仰け反らせる。

それもそのはず、そこには黒髪お嬢様モードの藤原さんが、エプロン姿でにっこりと微笑んでいたからだ。

「あらあら、文雄さまったら、大きなお声ですこと」

「な、な、な、何してんの、藤原さん！」

「うふふ。折角のお休みですし、花嫁修業を兼ねて、文雄さまのお世話をさせていただきに参りました」

すると、カウンターキッチンの向こう側から、母さんが嬉しそうに声を上げる。

「舞さん、すごいのねぇ。お母さんより料理上手なのよぉ。本当に、どうしてこんな良い子が文雄なんかとおつきあいしてくれるのかしら。世界の七不思議にランクインだわ」

「七不思議はランキングじゃねぇよ」

ツッコミどころは、そこじゃないのはわかっている。気を取り直して、僕は藤原さんへと顔を向けた。

「僕、今日忙しいんだよね。相手をしてあげられなくて申し訳ないけど……帰れ！」

「あれあれー。暇だなと、先ほど仰っておられたような？　良いじゃありませんか、文雄さま。ゆるゆると二人でお部屋デートいたしましょうよ」

口調は丁寧な癖に、そこはやっぱり藤原さん。いつもどおりにグイグイくる。

その時、二階の僕の部屋のほうから、スマホのけたたましい着信音が聞こえてきた。

(電話？　誰からだ？)

家族以外に、僕に電話をかけてくる人間なんて覚えがない。だがタイミングはとてもすばらしい。

「ちょっと電話鳴ってるから！」

僕は慌ただしく席を立って、逃げるように階段を駆け上がった。

×××

私は仲村警視と別れた後、女子トイレの個室に籠って、スマホのアドレス帳の中から、『MASTER』という文字列をタップした。登録名が『ご主人さま』でないのは、万が一誰かに見られた時でも、行きつけのバーのマスターだと言い訳できるように。

一回、二回とコール音が耳に鳴り響き、随分長いコールの末に、ご主人さまが電話に出られる。

「ナイスタイミング。涼子。すばらしい」

ご主人さまは電話に出るなり、いきなり褒めてくださった。意味はわからないが、とりあえず濡れた。

「な、何がでしょう？」

「いや、ごめん。こっちの話。それよりどうしたの？」

私が福田凜のタレコミについてご報告申し上げ、午後に学校までお越しいただきたい旨をお伝えすると、ご主人さまの声に、明らかに不愉快げな感情が纏わりついた。

「……見られてたんだろうな」

確かに、当てずっぽうでご主人さまがあの場にいたなどというのは無理だろう。問題はどこまで見られていたかだが。

「現状、ご主人さまが疑われているわけではありませんが、事情聴取では『なぜそこにいたのか』と『何か目撃していないか』という、二点を問われることになるかと」

「いたことを否定するのは？」

「得策ではないかと……」

「なるほど、よく知らせてくれたね。引き続き頼むよ」

「お任せください」

（ああ、今、私はご主人さまのお役に立てている……）

電話を切った後、私はそのまましばらく、ご主人さまのお声の余韻を楽しんだ。

思春期の男の子が考えることなんて、それしかない。


「おっはよー。くろさーちゃん」

瞼《まぶた》を擦《こす》りながら、ソファーベッドの上で身を起こすと、両手にマグカップを手にした響子さんが歩み寄って来た。

「……おはようございます」

「ほい、紅茶。ストレートだけど、砂糖いる？」

「あ、大丈夫です。ありがとうございます」

カップを受け取りながら時計に目を向けると、もう十時過ぎ。随分遅くまで寝過ごしてしまった。

「よっこら」

年寄りみたいなかけ声と共に、アタシの隣に腰を下ろした響子さんは、タンクトップにピンクのメンズボクサーパンツという恰好。髪には盛大に寝癖がついている。

(豪快というか、なんというか……)

「あの……いつも、そういう下着なんですか？」

「ん？　ああ、めちゃ楽なんだわ、これ。前の男のヤツを面白がって穿いてみたら、気に入っちゃってさ。今は大体こんな感じ」

「へ、へぇ……」

男物の下着を穿くという発想が斜め上過ぎて、正直コメントに困る。逆に男が女物の下着を穿いてたなら、『変態』の一言で済むのだけれど。

「それはそうと、くろさーちゃん。昨日は随分遅くまで起きてたみたいだけど？」

「あ、はい。その……彼氏とチャットしてたら、止めどころがわからなくなっちゃって……」

「かー、初々しいねぇ、青春だねぇー」

「だって、全然会えませんから。学校で、その……ベタベタするわけにもいきませんし」

「あー、言ってたね。行き帰りは姉ちゃんの送迎で、夜は家から出してもらえないんだっけ」

「仕方ないとは思いますけどね……」

するると、響子さんが、アタシの顔を覗き込んでニンマリと笑った。

「じゃあさ、今日、会いに行っちゃいなよ」

「……え？」

「だって、こんなチャンスなかなかないだろ。姉ちゃんが帰ってくるのも夜遅くだろうし、今日なら親御さんの監視もないわけだしさ」

「で、でも、マスコミが……」

そもそも、ここに泊めてもらったのも、マスコミがアタシを追って家の前で屯《たむろ》していたから。なのに、遊びに出て行って見つかりでもしたら本末転倒も良いところだ。

「大丈夫だって！　ハリウッドスターじゃあるまいし。ちょっと変装したら絶対バレやしないって」

「でも……」

「デモ、デモって労働組合じゃあるまいし。このチャンスを逃したら、あとどれぐらい彼に会えないかわかったもんじゃないよ？」

「うぅ……」

（確かにこの調子じゃ、いつになったら純くんとデートできるかなんてわかったもんじゃないよね……）

「会っちゃいなよ。愛に国境なんてないんだよ。ジョンも言ってるよ。ラブ＆ピースだよ」

別に国境もジョンもラブ＆ピースも関係ないと思うのだけれど、今日を逃せば、本当にチャンスがないように思えてきた。

「大丈夫……ですかね？」

「大丈夫、大丈夫。変装すんなら、姉ちゃんのクローゼットからなんか服、探したげるよ。あとはサングラスとマスクで顔を隠せば完璧でしょ」

「あ、ありがとうございます」

アタシが頭を下げると、彼女は楽しげにパンと手を打った。

「あと、男と会うなら下着もなんとかしなきゃね！」

「え？　あ……はい。それなら寺島さんが用意してくれた新品のが……」

「えー、なんか地味じゃん、それ。姉ちゃんのクローゼットからもっとエグいの探そうぜー」

「え、えぐっ⁉　そ、そんなの必要ないですってば！」

「だってさ、ヤルんでしょ？　絶対いるってエグいの！」

「いやいやいや！　ただ会うだけですってば！」

「んなこと言ったってさ。誰にも顔見られずにイチャイチャしようと思ったら、ラブホ一択じゃん」

「ええっ⁉」

「そりゃそうでしょうよ！　大丈夫、ゆっくり話したい。人気のない場所に行きたいって言えば、思春期男子の考えることなんて、それしかないんだから！　そっこーラブホに連れ込まれちゃうからさ」

「そう……なんですか……ね？」

「そうだよん。くろさーちゃんも、彼氏とエッチなことしたくないわけじゃないんでしょ？」

「それは……まあ……」

響子さんは、やけに楽しそう。

(この人なんでこんなにグイグイくるんだろ……他人の色恋沙汰が楽しいのは、わからなくもないけれど)

「じゃあ……とりあえず、彼にメッセ送ってみます」

純くんの返事は無茶苦茶早かった。卓球のラリー並みの早さだった。

『午後二時、駅前のチョビ像前で待ってる』

響子さんはアタシの肩越しに、スマホを覗き込んでニンマリと笑う。

「オレ、この辺は土地勘ないけどさ。たぶんその待ち合わせ場所のすぐ近くにラブホあるっしょ？　絶対やる気満々だって、こいつ」

確かに駅の裏手には、『ラ・ヴィアン・ローズ』という名前のラブホテルがあったと思う。

×××

「初《うい》ちゃん……ウチ、喉渇いたァ」

「苦しいのは、おまえだけではないぞ、島《しま》」

「そりゃ、そうやけどぉ……」

「ふむ……人間、食わずともしばらくは生きられるが、水なしでは長くはもたんと聞く。なんらかの手を打たねばなるまいな」

「手ぇ言うたかて……」

田代《たしろ》部長と島先輩のそんなやりとりが聞こえて、私──森部沙織は顔を上げた。

緑の間接照明の薄暗い部屋。私たち女子陸上部員十八名がそこに閉じ込められてから、もうどれぐらいの時間が過ぎたのだろうか？　体感時間で言えば一日半ぐらい、今は金曜日の午前中辺りだと思うのだけれど、それもどれぐらい当てになるのかわからない。

目を覚ましたら全裸に亀甲縛りという、自分たちの卑猥な恰好に悲鳴を上げて、泣き喚いたのはせいぜい最初の一時間程度。あとはもう、誰も何も言わずにぐったりと横たわっていた。

犯人からの接触もなく、理由も理屈もわからないまま、水や食べ物も与えられずにただ放置。

島先輩の嘆《なげ》きは、部員全員が感じていることだと言っても良いだろう。部長には何か考えがあるのかと期待しつつ聞き耳を立てていると、唐突に彼女の発言が斜め上へと突き抜けた。

「いいか、島。海上で遭難した者は、小水を飲んで渇きを潤すのだそうだ」

二人の会話が聞こえたのだろう。各所でビクッと身体を跳ねさせる者がいた。それはそうだ。いくらなんでも飲尿はイヤすぎる。私だってイヤだ。

「問題は一つ！　絶対飲まねばならぬという状況に陥ったら、誰のなら飲めるかだな」

「問題そこッ!?」

駄目だとわかってはいるのだけれど、頭のおかし過ぎる発言に、ついつい声を上げてしまう。

そしてそのせいで、部長の目が私のほうへと向いた。

「おう、森部か。ふむ、おまえのならイけそうな気がするな」

「ミネラルウォーター出しそうやしな、森部は」

「ひっ!?」

私は思わず顔を引き攣らせ、喉に声を詰める。だが、二人のターゲットは、すぐに別の子に移っていった。

「乾は……なし寄りの有りだろうか？」

「いや、有り寄りのなしやと思うで」

今度は、遠くのほうで息を呑む音が聞こえた。多分、今、話に出た乾昌子——マーコだろう。すると、島先輩の隣に横たわっていた、いかにもお嬢さま然とした縦ロールの一年生が、呆れるような声を出した。

「先輩方……いい加減にしてくださいまし。皆さん、怯えておりますわよ」

彼女の名は香山唯《かやまゆい》。

良家のお嬢さまらしいのだけれど、詳しくは知らない。とにかくプレッシャーに弱く、大会本番はほぼトイレに籠もりっぱなしになるため、ついたあだ名は『お腸《ちょう》夫人』。陸上部の残念美少女の名を欲しいままにする逸材である。

「心配するな、香山。お前はなし寄りのなしだ」

「ウチもパス……」

「どうしてですの!?」

「どうしてって……お前のような良いとこのお嬢さんは、贅沢のし過ぎで、タンパクとか糖とか降りてそうな気がする」

「成人病ですわ!?」

「肉ばっかり食べてそうやしな。獣臭そうや」

「偏見がすごいですわ!?」

飢えと渇きで既に限界……私はそう思っている。辛くて仕方がない。なのになんで、この人たちはこんなに元気なんだろうと考えてみたら、三人とも長距離の選手だった。……納得した。

×××

「調書って、あんなに面倒臭いんだ……」

正直、ウンザリした。私が話をした内容を、警察官が手書きで記録として残していくのだ。

それも、何度も何度も確認しながら、『私、福田凛は――』と一人称で、一度も口にしたこともないような丁寧語で。

お陰で学校を出る頃には、疲労困憊。慣例だかなんだか知らないけれど、この令和の世に、あんな非効率な作業が生き残っていること自体が奇跡なんじゃないだろうかと思う。

「あーあ、もう、お昼過ぎてんじゃん」

とはいえ、全部が終わったわけじゃない。むしろここからが本番だ。

肩を落として歩きながら、私はスマホでサッカー部のグループチャットを開く。

『いま、警察にチクってきたんだけど、陸上部がいなくなった日に、三年の木島先輩が部室の周りウロウロしてんの見ちゃったんだよねー。私もあの先輩には、ちょっと前から付きまとわれて怖い思いしてるからさー。ざまーって感じ。もし私が行方不明になったら、あの先輩の仕業かもｗｗ』

そう打ち込んで、私は思わず口元を緩めた。

（これで、あのキモ男は終わり。さーて、どこに姿を眩《くら》ませようかな）

貯金を切り崩すことになるけれど、折角だから一週間ほど南国でヴァケーションするのも良いだろう。そして戻ってきた後は、美鈴先輩と同じコメントで通せば良いだけだ。

『何も覚えていません。気が付いたら一週間経ってました』ってね。

第十一章　藤原舞と恋をする

男の勘も意外と鋭い

午後になって、僕は学校へと向かった。

もちろん、警察による事情聴取のためだ。

幸い、涼子の報告で状況ははっきりとわかっている。お陰で最も触れられたくない部分――僕が部室棟の傍にいた理由についても、事前に手を打つことができた。だから、何も緊張することはない。

(……ないんだけど)

「えへへ……これってもうデートだよね」

「ちげぇよ！　ってかなんでついてくんだよ……」

なぜか、お嬢さまバージョンの藤原さんが、僕の腕にしがみつくようにして隣を歩いていた。

「だってさ、事情聴取って言ったって、何時間もかかるわけじゃないんでしょ？」

「そりゃまあ、そうだけど……」

「じゃ、終わったらそのままデート一択じゃん」

「すぐ、帰るってば」

「じゃ、あーしもふーみん家《ち》に帰る」

「自分ちに帰ってください。お願いします」

そんなやりとりをしているうちに、学校へ到着。いつもの守衛のお爺ちゃんはいなくて、校門にはお巡りさんの姿があった。

寺島刑事に呼ばれてきたのだと告げると、お巡りさんは無線で誰かとやりとりをした後、「校長室へ向かってください」と通用口を開けてくれる。

玄関に辿り着くと、そこには別のお巡りさんが二人、僕らを待ち受けていた。そして僕は校長室へ、藤原さんは「付き添いの方はこちらへ」と、それぞれに分かれて案内される。

別れ際、「ふーみん！　早く帰ってきてねー！」と投げかけられた藤原さんの投げキッスを華麗に躱《かわ》し、僕は、お巡りさんの後について校長室へと向かう。

途中、廊下で照屋さんとすれ違った。

おそらく、彼女も事情聴取を受けていたのだろう。とはいえ、別に言葉を交わすこともない。照屋さんは、なんでコイツ、こんなとこにいるんだ？　と、胡乱気《うろんげ》な目をして、ちらりと僕を見ただけ。

教室でも碌に言葉を交わしたことすらないのだ、席はとても近いが、関係は光年レベルで遠い。

校長室に足を踏み入れると、ソファーには銀縁眼鏡のイケメンおじさんと涼子、奥のデスクには過去の事情聴取の際もそうだったように、校長先生が座っていた。

促されてソファーに腰を下ろすと、イケメンおじさんが、作り物染みた微笑を浮かべて口を開く。

「本日は御足労いただいてすみません。午後からのご予定は大丈夫でしたか？」

「ええ、彼女とデートだったんですけど……。まあ、付き添いで一緒に来てもらってますから、この後、公園で散歩でもします」

僕は、ちょっと見栄を張った。

「そうですか。それでは、彼女さんを待たせるのもなんですから、手早く質問に移らせていただきたいのですけれど……一昨日の放課後、六限が終わってすぐです。あなたは女子の部活棟の辺りにいましたか？」

「い、いましたけど……な、なんで？」

僕は、事前のシミュレーション通りにビックリしたような顔を作って、戸惑うフリをする。

「あなたを、そこで見かけたという方がいらっしゃいましてね。女子陸上部の皆さんが、行方不明になる前後のことですから……」

「ぼ、僕は、関係ありません！」

「わかりました。それでは、そこで何をしておられたのですか？」

「うぅぅ……」

呻くフリをしながら、ちらりと校長先生のほうに目を向ける。涼子が小さく頷くのが見えた。どうやら意図を察してくれたらしい。

「校長先生、少し席をお外しいただいても宜しいでしょうか？」

「え……はい、わかりました」

涼子に促されて、渋々といった雰囲気で校長先生が席を立つ。扉が閉じるのを見届けてから、僕は敢えておずおずと口を開いた。

「あの……実は、昼休みにちょっとイヤなことがあって……五限は受けたんですけど、段々ムカムカしてきて……六限はサボって、旧校舎の裏で日向ぼっこしてたんです」

「日向ぼっこ……ですか？」

「はい。それで……ウトウトして、気が付いたら六限終わる時間になってて、みんな下校し始めてたんです。授業をサボってたので、クラスメイトに見つかったら気マズいなと思って……」

「それで？」

「隠し通路から帰ろうと……」

「隠し通路？」

「あ、そう呼んでるだけです。女子の部室棟裏のフェンスが、ちょっと上に持ち上げたら、外れるんですよ」

その瞬間、イケメンおじさんの眉がピクリと動いた。

彼は、僕の背後にいる制服警官に視線を送り、なんらかの合図をした。扉が開く気配がして、足音が遠ざかっていく。恐らく部室棟裏のフェンスを確認しにいったのだろう。

グラウンドの周りは、ボールが外に飛び出さないように数メートルの高いフェンスに囲まれている。その向こう側は林道だ。

一昨日、女子陸上部員を捕獲した僕は、実際に部室棟の裏から林道に出た。

綿密に調べれば、僕の足跡が見つかるかもしれない。但し、その時はフェンスを外したわけじゃない。『通過《スルー》』を使って林道に出たのだ。

涼子の報告を受けた後、僕はリリに頼んで事前に手を打ってもらった。本当にフェンスが外れるように細工をしてもらったのである。加えて、捜査を攪乱するために、捕獲した陸上部員の生徒手帳を一つ、林の中に捨てておいてもらった。

「なるほど……サボりですか。確かに校長先生がいらっしゃる場所では言い難《にく》いでしょうね。お話は理解しましたが、感心はしませんね」

イケメンおじさんが、呆れたという顔つきになった。

「はぁ……すみません」

「では、あなたは、そこで何か変わったものを見たりしませんでしたか？」

「変わったもの？　えーと……特に思い当たるようなことは……」

「……そうですか」

イケメンおじさんは、ちらりと腕時計に目を落とす。僕も名前ぐらいは聞いたことがあるような、有名な海外メーカーのめちゃくちゃ高そうな時計だ。

「あと……先ほどのお話ですけれど、あなたはムカムカしたのでサボったと仰っていましたが、すぐには帰らなかった。旧校舎で日向ぼっこをしていたとそう仰っていましたが、すぐに帰らなかったのはなぜですか？」

やっぱりこのイケメンおじさんは、猪本刑事とは大分違う。ツッコんできたのは、僕の回答の中でも百パーセント嘘の部分。その不自然さに気付く辺り、たぶん、本当にやり手なのだろう。

僕は必死に思考を回転させる。だが、嘘の上塗りは得策ではない気がした。人間の行動なんて、全て理詰めで説明できるものではない。この行動に理由を付けられるほうが不自然な気がしたのだ。

「え、あ……な、なんでだろ？　……うん、なんとなくです」

イケメンおじさんは、じっと僕のことを観察している。それがわかる。その隣で涼子が不愉快さを剥き出しにして、眉間に皺を寄せていた。おじさんの、僕への物言いを許し難いとでも思っていそうだ。

「そうですか……。ところで、彼女さんというのは、この学校の方ですか？」

「え、あ……はい、同じクラスの女の子です」

「ほぉ……実はね。私も、もうすぐ結婚することになっていましてね。こちらの寺島涼子さんとですけれど」

「ちょ、ちょっと、警視!?　突然何を！」

「そ、そうなんですか！　お、おめでとうございます！」

「はい、ありがとうございます」

(なんだ？　何が言いたいんだ？　何かカマをかけられてるのか？)

僕は思わず警戒する。同時に、これが涼子の婚約者かと思うと、ちょっと申し訳ない気がしてきた。既に彼女は僕のモノだからだ。

「それで、木島くん。あなたの彼女はどんな方ですか？」

「え？　あの……すみません。それ、何か関係あることなんでしょうか？」

「いえ、只の世間話です」

「は、はあ……そうですね。最初は付きまとわれてうんざりしてたんですけど、なんというか……放っておけなくなったというか……」

「ほう、それでは、告白は彼女のほうから？」

「は、はい、そうです」

「へぇ……」

(そこで意外そうな顔をすんな！　いや、実際、意外なんだろうけど！)

その時、慌ただしく扉をノックする音が響いた。

「失礼いたします！」と、入って来た制服警官が、イケメンおじさんにヒソヒソと耳打ちをする。途端に、彼の顔色が変わった。

「木島くん！　彼女さんが倒れられたそうです」

「え!?」

「取り急ぎ応急処置を済ませて、保健室でお休みいただいているそうですので、早く行ってあげてください」

「わ、わかりました！」

×××

ふーみんと別れた後、あーしはお巡りさんに、職員室隣のカウンセリングルームに案内してもらった。

学校の施設だとはいえ、今まで一度も入ったことのない部屋。普段はスクールカウンセラーの先生が、カウンセリングに使う部屋なのだけれど、今はそこを臨時の待合室として使っているらしかった。

「付き添いの方は、こちらでお待ちください」

「はーい！　どーもー」

お巡りさんにお礼を言って部屋に入ると、そこはとっても小さな部屋。化学の実験準備室と同じぐらいのスペースに六人がけのソファーセットが置いてあって、奥のソファーには一人、先客がいた。

（わ、すっごい派手なお姉さん……）

ほとんど白に近いぐらいのプラチナゴールドに染めた巻きおろしの髪は、どんだけ盛ってるんだってぐらいのボリューム。着ているものも、肩までがっつりと開いたオープンネックのワンピース。しかも身体にぴったりと張り付くような、セクシーなシルエットのヤツだ。

どうみても同伴出勤のキャバ嬢。周りの景色からの浮き方が半端なかった。

だが、その女の人が手にしたスマホから顔を上げた瞬間――

「ひっ!?」

あーしは、思わず息を呑んだ。

「あらぁ……久しぶりねぇ、小金井《こがねい》」

にたぁっと、女の人の口元が下弦の月の形に歪む。

そうだ、この笑いを浮かべたこの人に、あーしがどれだけ酷い目に遭わされてきたことか
……。

「……あ、杏奈《あんな》……先輩」

照屋杏奈先輩。あーしをいじめて、いじめて、いじめ抜いて、売春《ウリ》までやらせた人だ。

「なんで……ここに……」

「あん？　なんでって、光ちゃんの付き添いよ。おいしいものを食べに連れてってあげるって約束してたから、ついでみたいなものよ。それにしても、アンタも大分雰囲気変わったねぇ、羽振り良さそうじゃん。小金井……えーと今は藤原だっけか？」

愕然とした。膝がガクガクと震え始めた。

（あ、新しい苗字も知られちゃってる。ダ、ダメだ。やっぱり逃げ場なんてないんだ……）

そう思った途端に、ドクンと心臓が跳ねた。いやな跳ね方をした。

「はぁ、はぁ、はぁ……」

「あれぇ？　どうしたのさ、顔色悪いよぉ？　こ・が・ね・い」

動機が止まらない。息が、息ができない。震えが止まらない。思わず膝をつくあーしの姿に、

「どうしました？　大丈夫ですか？」と、慌てふためいた様子のお巡りさんが顔を覗き込んでくる。

(助けて、ヤバい、喰われる、怖い、怖い、怖い)

心の中で悲鳴を上げても、声にはならない。

「はぁ、はぁ、はぁ、はぁ……」

(苦しい、胸が苦しい、息ができない。もう、ダメ……た、助けて、ふーみん……)

「ちょ、ちょっと！　だ、大丈夫ですか！」

大きく目を見開いた、ビックリ顔のお巡りさんの表情。それを最後に、プツンとテレビのスイッチを切ったみたいに、目の前が真っ暗になった。

×××

慌てて飛び出していくご主人さまと入れ替わりに、裏手のフェンスを調べにいった制服警官が校長室へと戻って来た。

「確かに一か所、フェンスが外れるようになっておりました」

「そうですか……では、捜査員を割いて徹底的に調べてください。そうですね。指揮は猪本刑事にお願いしてください」

「かしこまりました！」

制服警官が出て行ってしまうと、仲村警視はこちらに顔を向けてニコリと微笑む。

「予想外の収穫でしたね。部室棟の裏手から直接校外へ出られるとなれば、話は随分変わってきます」

「え、ええ……そうですね」

「ん？　どうしました？」

「あの……武彦さん。どうして彼に……その、私たちが結婚することを伝えたんですか？」

「唐突でしたか？」

「ええ、かなり……」

「いえ……最初はフェンスを調べ終わるまで時間を繋ぐつもりだったのですけどね。どうにも、彼が涼子さんを嫌らしい目で見ているように思えましてね。まあ、子供じみた嫉妬のようなものだと思ってください」

「もう……武彦さんたら」

私は、照れたフリをして彼の肩に頬を寄せる。実際は、ご主人さまの前で恥をさらしてしまったような気がして腸《はらわた》が煮え繰り返っているのだが、これもご主人さまのためだ。我慢のしどころだろう。

仲村警視は私へと満足げな目を向けた後、スッと目を細めてこう言った。

「ただ、彼はもうしばらく様子を見たほうが良いでしょうね。典型的ないじめられっ子のように見えて、時折妙に自信ありげな雰囲気が顔を覗かせる。あまり見たことのないタイプのように思えます」

それは、奇《く》しくも私がご主人さまと初めて会った時、猪本先輩に告げた印象と同じだった。

✕ 一回や二回でダメなんてこと、あるわけがない。

この時点では知る由もないことではあるけれど、キモ島と舞が事情聴取のために学校へと足を踏み入れたのと丁度同じ頃、アタシは、ショーウインドウに映り込んだ自分の姿に、深い溜め息を吐いていた。

いくら変装とは言っても、流石にこれは酷い。

蜻蛉《とんぼ》の複眼のようなサングラス。薄い水色の医療用マスクに地元球団の野球帽。極めつけは、響子さんがクローゼットから見つけてきた、とんでもなくダサい洋楽デスメタルバンドのツアーTシャツ。

『姉ちゃん、意外な音楽の趣味してるからなー』

響子さんはそう言って笑っていたけれど、あのクールな涼子さんの持ち物とは思えないような代物だ。

筋骨隆々の上半身裸の男の人が、死体の山の上でハンマーを振り上げているイラスト。百歩譲って好意的に見れば、ルーベンスの『キリストの復活』の絵画に似てなくもない。マッチョって部分だけだけれど。

ボトムは響子さんから借りた黒のスキニージーンズ。それはまあ良いとして、靴はどうしようもないので、制服に合わせて履いていたローファーなのが、またダサい。

読者モデルの端くれとしては、『もういっそ殺して！』と言いたくなるような絶望的なダサさ。

彼氏に会いたいというだけで、こんな格好をしなくちゃいけない状況に陥るのだから、世の中本当に狂ってるとしか思えなかった。

人目を避けながら待ち合わせ場所に着いた時には、純くんは既にそこでスマホを眺めていた。

彼は、アタシの姿を見た途端、ギョッとしたような顔をする。それから取り繕うような微笑を浮かべた。

「えーと……その、似合ってるよ」

「……無理しなくて良いから。これ変装で仕方なくだし。ダサいのわかってるから……」

むしろ、これが『似合ってる』は、誉め言葉じゃない。

アタシがマスクを下げて唇を尖らせると、純くんは苦笑いをして話題を変えた。

「じゃあ、どこ行こうか？　茶店《さてん》とか、ゲーセンとか……」

「えーとね……こんな恰好だし、マスコミに見つかっちゃうと困るから、人目に付かないところが……」

「じゃ……じゃあさ、その……」

サングラス越しに、強張《こわば》ったような、興奮を押し殺すような、そんな彼の表情が見えた。

まさに響子さんが言っていた通りだ。

(やっぱ純くんも、そういう顔するんだ……あれ？　純くんも？　『も』って何？)

別にこんなことで失望なんてしないけれど……男の子って、やっぱりそうなんだなって、思ってしまう。だからと言って、嫌われたらどうしようみたいな顔で、いつまでもモジモジされるのは、それはそれでうざったい。

アタシは純くんのシャツ。その裾を掴んで、小声で囁きかけた。

「純くんの行きたいとこで……良いよ」

×××

結局、純くんはアタシの手を曳いて、駅裏のラ・ヴィアン・ローズというホテルに入った。

ここにホテルがあることは一応知ってはいたけれど、アタシはもちろん、彼もラブホは初めてみたいで、パネルで部屋を選ぶ時も、部屋に移動するときも、二人して一々あわあわと戸惑った。

どうにか部屋に辿り着くと、二人同時に一仕事終えたかのような、大きな溜め息を吐く。

「はぁ……緊張したね……」

「そうだな……なんか、疲れたような気がする」

アタシがマスクと帽子、サングラスを取ってベッドに座ると、彼も隣に腰を下ろした。アタシの顔を覗き込んで微笑む純くん。うん、アタシはこの笑顔に会いたかったんだなって、あらためてそう思った。

「会いたかった。すっげー心配したんだぜ。……でも、無事に帰ってきてくれて、ホントに良かった」

「うん……ごめんね」

行方不明になっている間のことは、何も覚えていない。純くんにもそう言ってある。というか、そうとしか言いようがないのだ。覚えていることもあるけれど、口には出せないのだから。

でも、アタシはこうやって帰って来た。純くんの所に帰って来たのだ。

純くん以外の誰かに抱かれた。それは動かしようのない事実なのだけれど、相手が誰かもわからないのだから、事故みたいなものだし、気に病むことすらバカバカしい。一時的に途切れた関係をまた紡《つむ》ぎ直して、元のように純くんの彼女として、一からやり直すのだ。

アタシが目を閉じると、純くんが静かに唇を重ねてきた。

長い口づけ、長い長い口づけ。でも、一向に舌が入ってこない。いきなりの焦らしプレイ？我慢できずにアタシは、彼の首に手を回して舌を差し入れる。

「むごっ!?」

純くんの、ビックリしたような声が聞こえた。でも、もう止まれない。だって大好きなんだもん。

アタシは彼の口内を、歯茎を、舌を、愛情を込めて嘗め回す。やがて唇を離すと、二人の唇の間を白い糸が引いた。

「はぁ……はぁ……美鈴、どうしたの？　すっげー激しいじゃん」

純くんは、とろんと蕩けたような目をしている。同時に若干引いているようにも見えた。

（あ……あれ？　もしかして、純くんと舌を入れるようなキスって、したことなかったっけ？）

「そ、そうかな……久しぶりに純くんと一緒にいると思ったら、その……嬉しくなっちゃって」

アタシがそう口にすると、彼は嬉しそうに微笑んだ。

「……愛してるよ、美鈴」

「やん」

彼は、アタシをベッドの上に押し倒し、Tシャツを捲り上げて、ブラの上から胸を触る。すごく優しい手つき。そうだ。初めてのあの日も、こんな手つきだった。

とりあえず、響子さんおススメのエグい下着は断っておいて良かった。

『ひょー！　姉ちゃん、すんげーの持ってんじゃん！』

響子さんが満面の笑みを浮かべて見せてきたのは、黒のシースルー。何も隠れない、そんな代物だった。

さっきのキスで既にちょっと引かれているのだ。もしアレを着けてきていたら、ドン引きで済んだかどうか。ほんと、気を付けないと。

本来ならアタシも純くんも、今日が二回目のエッチのハズなのだ。なのに、アタシは既に沢山の経験を積んでしまっている。変に手慣れたところを見せてしまったら、純くんだって疑わずにはいられないだろう。

潔白だとは言わないけれど、折角帰って来れたというのに、純くんとの仲がぎくしゃくするようじゃ目も当てられない。

(それにしても……もどかしいかも……)

純くんはまだずっと、ブラの上から胸を揉んでいる。全く気持ち良くないというわけじゃないけれど、声が我慢できないというほどでもない。

(初めてのエッチの時って、こんな感じだったっけ？)

あの時は、とにかく恥ずかしくて、恥ずかしくて、ずっと顔を手で覆っていたような気がする。

純くんがすることを、されるがままにただ受け入れ、いざ挿入するという段になったら、痛くて、痛くて、なかなか挿《はい》らなくて、すっごく時間がかかったような覚えがある。

そんなことを考えていると、いきなり純くんの手が止まった。

「脱がせていい？」

「え……うん」

Tシャツはあっさりと脱がせられたが、流石にスキニージーンズは脱がせ難《にく》いらしい。

（先に脱いどけば良かったかな？　でも、そんなことしたら、やっぱり引かれそうな気もするし……）

だが、何度もジーンズのボタンを外し損ねているのがもどかしくなって、とうとうこう言ってしまった。

「純くん、ちょっと待ってて……脱いじゃうから」

「お、おう……」

アタシはベッドを降りてジーンズを脱ぎ捨てると、再び彼の隣に横たわる。

なんだろう。ちょっと気まずい。その気まずさを誤魔化すように、純くんはちゅっと口づけすると、再びブラの上からアタシの胸を揉み始めた。

（あ、あれ？　まだ、先に進まないの……？　感じないわけじゃないんだけどさ。さすがにちょっと長くない？　焦らしプレイにもほどがあると思うんだけど……）

そこからさらに五分ほど経って、純くんはやっとブラを押し上げる。

ホッと息を吐いたのも束の間。彼は、いきなり乳首を親指で押した。

（いや、ボタンみたいに押されても……）

ボタン押したら、イクみたいな仕様になってれば、いっそのこと楽なのだけれど。

少し指先で乳首を転がした後、彼は再び問いかけてきた。

「舐めて良い？」

「う、うん」

乳首を口に含んで転がされると、舌先のざらりとした感触はやはり気持ちが良い。

「あ、あんっ、あん……」

声が漏れ始めると、純くんは興奮したのか、乳首を口に含んだまま少しだけ強めに胸を揉み始める。

だが、それも随分長い。唾液で乳首が痛くなるぐらい、ずっとそれ。

（……ダメ、ダメ、イライラしちゃダメ。純くんはまだ二回目なんだから。こういうのは時間をかけて段々と上手くなっていくものなんだし）

そして、やっとというか遂にというか……純くんの指先が股間へと触れる。やっぱり下着の上から。

ここでさらに十分、二十分と下着の上から捏《こ》ね続けられては堪ったものではない。

純くんのことは愛してるけれど。それとこれとは別問題だ。

「ねぇ、純くぅん……ぬ・が・せ・て♡」

耳元でそう囁いて、きゃっと恥ずかしそうに顔を覆う。アタシにだって、これぐらいの演技はできるのだ。

「お、おう！」

愛する彼女のおねだりに、純くんは少し興奮した様子で、慌ただしくショーツを下ろす。

「ふはぁ……」

興奮気味に息を吐き出すと、彼は指先でクリ○リスを押した。ボタンみたいに。

(だから！　何も出ないってば！)

なんだろう。出っ張ってるところを押せば、気持ちいいという誤解でもあるのだろうか？　いっそのことクリ○リスを押したら、目からビームが出るとかだったら、一周回って気持ちいいんだと思うけど、違う意味で。

そんなことを考えていると、純くんは陰唇の周りをなぞって、指先を膣へと挿《い》れてくる。

「あっ、あんっ……」

流石に指が入ってくれば感じる。だが彼は第一関節まで挿《い》れた辺りで指を引き抜いて、嬉しそうに微笑んだ。

「美鈴……もうすっごく濡れてるよ」

喜んでもらえるのは、嬉しい。嬉しいんだけど……ちょっと複雑だ。感じたというよりは、焦らしに焦らされた結果なのだ。そりゃ……あれだけ焦らされたら濡れもする。

「駄目だ。俺もう我慢できない、挿《い》れていいよね？」

(えぇ――――っ!?　ちょっと待って！　ペース配分おかしくない？　胸の比重高すぎない？　っていうか、まだ胸しか触ってなくない？)

……とは思ったけれど、もちろん口に出すわけにはいかない。これ以上、引かれるわけにはいかないのだ。

「……うん」

小さく頷くと、彼は身を起こして、アタシの股間をじっと凝視する。

（え？　ちょ、ちょっと、それは流石に恥ずかしいってば！　ここへきて羞恥プレイなんて……）

恥ずかしさの余り、アタシが思わず手で顔を覆うと、「えーと、ここだよな」と、彼が呟くのが聞こえた。

羞恥プレイかと思いきや、まさかの確認作業。そして何やらモタモタした動きの後、おち○ちんの先っぽが、少し見当違いの場所に触れる。

（ち、違う、そこじゃないってば、もうちょっと下、もうちょっと下だってば。惜しい！　その穴じゃない！）

やがて、にゅるんという感触があって、彼のおち○ちんが、遂にアタシの膣内《なか》へと入ってきた。

「あんっ……」

思わず声が洩れる。待ちに待った感触に、お腹の奥が疼きだすのを感じた。

（そうそう！　この感じ！　このにゅるんって感じが気持ち良いの！）

「美鈴、大丈夫？　痛くない？」

「う、うん……大丈夫」

彼が心配するのも仕方がない。初めての時は、もう痛くて、痛くて、ボロボロ泣いてしまったからだ。今思い出しても、純くんがすぐにイってくれて、正直助かったと思ったぐらい痛かった。

「じゃあ……動いていい？」

「うん」

純くんが、ぎこちなく腰を動かし始め、アタシは思わず首を傾げる。

（ん？　えーっと……コレ……入ってるのかな？）

入口の辺りを擦られてる感触はあるのだけれど、ちっとも気持ち良いところに当たらない。

「くっ！　す、すげぇよ、美鈴の膣内《なか》……すっげぇ締まる」

「え……？」

（ちっとも良くない……もしかしてアタシ……体調悪いのかな？）

「あん、あん、あん、あん、純くぅん、もっとぉ、もっと奥まできてぇ……」

「お、おう」

とりあえず演技をしながらおねだりしてみたら、彼はすっごく嬉しそうに、激しく腰を動かし始めた。でも、大して変わりはない。

（ほんと、どうしちゃったんだろう……アタシ）

「美鈴、気持ち良い？」

「え？　う、うん……気持ち良いよ」

「お、俺、もう気持ち良すぎて、イ、イくッ！」

「え？」

途端に、膣内でおち○ちんがビクンビクンと震える感触があった。直後にじわりと温かい感触が下腹に広がっていく。

（あ、あれ？　なんで？　射精《だ》されたのに……）

あの気持ち良さがない。ぬるま湯のような物足りなさしか感じない。

（も、もしかして、アタシ不感症になっちゃったの？）

「ふぅ……美鈴、すっげぇ気持ち良かったよ」

「う、うん。アタシも……」

満足げに微笑む純くんに、アタシは内心動揺しながら微笑み返す。そして、ゆっくりと引き抜かれるおち○ちんを目にして、アタシは気付いてはいけないことに気付いてしまった。

（あ……れ？　ちっさ……ぃ？）

それは、記憶の中にあったモノより、もう一回り小さく見えた。

（な、な、何考えてるの！　大きさとか関係ないってば！）

必死に自分に言い聞かせるアタシを他所《よそ》に、純くんが、「ふぃぃ………」とやり遂げたとでもいうような顔をして隣に横たわる。

「美鈴ぅ……最高だわ、めっちゃ気持ち良かった」

「う、うん」

肩を抱き寄せてくる彼に頷き返しながら、アタシはそっと純くんのおち○ちんをもう一度、盗み見た。

(やっぱ小さい……よね。初めての時は、もっと大きかったような気がしてたんだけど)

アタシは、思いを巡らせる。

(もしかして、おち○ちんの大きさって、気持ち良さで変わったりするのかな？　さっきはアタシ、何もしてないし、ちゃんと勃《た》ちきってなかっただけかも。うん、きっとそうだ。舐めれば、ちゃんと大きく……)

アタシは身を起こすと意を決して、純くんのおち○ちんへと顔を寄せた。

「ちょ、美鈴、な、何？」

彼はびっくりしたような声を出す。だけど、もう引かれるとか、そんなことを気にしてる場合じゃない。

「次に純くんとスるときのために、本で勉強してきたの……」

「み、美鈴!?」

アタシは身を捩って、パクリと彼のモノを口に含んだ。

「うっ」

じゅるっと吸い上げると、尿道に残っていた精液の味が口の中に広がる。

(おいしいけど……ちょっと薄味……かも)

ちゅっ、ちゅっと吸い上げ終わると、アタシは早速、唇でおち○ちんを扱《しご》き始めた。

じゅぷっ、じゅぷっ、れろれろれろっ、じゅぽっ。

すっかり萎《しお》れ切ったおち○ちんを舐め上げ、必死に唇で擦り上げる。次第に硬さを増していく感触。口の中で徐々に大きくなっていくおち○ちん。

（いい感じ、このままもっと、もっと！）

「ちょっ、激しい、激しいって！　美鈴！　そんなにされたら……」

純くんの切羽詰まったような声を聞きながら、じゅぽ、じゅぽとさらに扱《しご》き続けていると、
ぐぐっ！　と、大きく膨れ上がるような感触があった。

（やったー！　またちょっと大きくなった！）

だが、アタシが胸の内で快哉を上げたその瞬間、純くんが呻くような声を漏らす。

「うっ！」

ぴゅっ！　びゅるるっ……。

喉の奥に生暖かい液体が溢れ出る感触。口の中に再び精液の味が広がっていく。

（うそ！　射精《で》ちゃったの？）

驚きはしたけれど、あの咽《む》せ返るような勢いもなく、量も大して多くなく、そして薄味。喉ごしさわやかな飲みやすい精液だった。

再び、しおしおと萎れていくおち○ちんに、アタシは胸の奥で「ああ……」と悲嘆の声を漏らしながら、口を離す。

（小さいうえに……早い……んだ）

思わず肩を落とすアタシに、純くんが息も絶え絶えといった様子で微笑んだ。

「はぁ……はぁ……美鈴っ……まさか、舐めてもらえるなんて思わなかったから、すぐにイッちまったよ」

（ああ、そうなんだ！　不意打ちみたいな感じだったから……。えへへ、だよね！　じゃなきゃ、あんなにすぐイクわけないもんね！）

アタシは納得して、ちょっと安心した。

「気持ち良かった？」

「ああ、すっげー気持ち良かった」

「じゃあ、またすぐ勃《た》たせてあげるね」

「へ？」

アタシが再びおち○ちんを口に含むと、純くんが慌てるような声を上げた。

「ちょ！　ちょっと待って!?　美鈴、そんな直ぐには無理だから！」

（またまたぁ）

相手が誰かはわからないけれど、一晩中抱かれ続けた記憶もあるのだ。流石にそこまでは無理だとしても、一回や二回で無理なんてこと、あるわけがない。

僕が保健室に辿り着くと、藤原さんはベッドに横たわっていた。

「過呼吸を起こされたようです。今は落ち着いておられますが、目を覚ました時にパニックを起こされる方が多いですので、傍にいてあげてください。心配であれば、一度病院で診ていただいた方が良いかもしれませんね」

付き添ってくれていたらしいお巡りさんがそう告げて、保健室を出ていく。僕は礼を言って見送ると、ベッド脇のパイプ椅子に腰を下ろして、藤原さんの寝顔を覗き込んだ。

少し顔色は悪いが穏やかな寝顔。過呼吸というのがどういうものなのかはよく知らないけれど、今のお巡りさんの物言いなら、それほど心配するようなものでもないのかもしれない。

しばらく様子を見ていると、藤原さんが小さく呻いて目を開けた。最初は、何がなんだかわからないといった雰囲気のキョトンとした表情。だが、彼女は直ぐに瞳を潤ませるとガバッと身を起こし、僕の首にすがりついて号泣し始めた。

これには僕も戸惑うしかない。お巡りさんの言っていたパニックってヤツなんだろうか？

「ふ、藤原さん、どうしたのさ？　何があった？」

「怖いの……ぐすっ、怖いのぉ……ぐすっ、ヤなのぉ……もうイヤぁ……」

本気で怯えているのは、見ればわかる。僕にしがみついてくる彼女の腕は、力が籠もって強張っていた。僕は小刻みに震える彼女の身体を抱きしめて、赤ん坊をあやすみたいに頭を撫でる。

「よーし、よーし、大丈夫だからね」

そうやって宥め続けていると、藤原さんはひっく、ひっくとしゃくり上げながらも、次第に落ち着きを取り戻していく。どうにか泣き止んだところで、僕は精一杯の微笑みを浮かべて、彼女の顔を覗き込んだ。

「何があったかは、また落ち着いてから聞くよ。とりあえず家まで送るからさ」

だが、藤原さんはまたじわりと涙を滲ませて、ぶんぶんと首を振った。

「や！　やなの！　あーしを独りにしないでよぉ……ふーみんと離れたら死んじゃう！」

「そんなこと言ったたって……」

僕が戸惑うような顔をすると、彼女は捨て犬みたいな目で僕を見上げて、懇願するように訴えた。

「ホ、ホテル行こ！　ラ・ヴィアン・ローズ！　お願い、全部っ、あーしの全部あげるからぁ！　独りにしないでよぉ……」

×××

結局、僕は押し切られるように駅裏のホテル――ラ・ヴィアン・ローズまで来てしまった。

藤原さんと一緒に。

途中、家まで送るからと、何度も説得を試みたのだけれど、彼女は頑として受け入れてくれない。その一方で、何があったかを聞こうとすると、彼女は怯えるように身を震わせて、ぎゅっと僕にしがみついてきた。

彼女のことを復讐の相手、どうでもいい女と思っていた頃ならいざ知らず、今となっては、こんな彼女を放り出すことなんてできるはずがない。

（抱く……のか？　こんな状態の藤原さんを？　それでいいのか？　本当にそれでいいのか？）

迷いながらもパネルで部屋を選び、点灯する矢印に従って、僕らはホテルの廊下を歩き始める。

無言のままエレベーターに乗り、チカチカと点滅している階数のボタンを押す。その間も藤原さんはぎゅっと僕の腕にしがみついたままだった。

エレベータを下りると廊下のずっと奥のほうで、部屋番号がチカチカと明滅しているのが見えた。ここならまだ引き返すこともできるかもしれない。

「藤原さん……あのさ……」

そう呼びかけると、彼女はふるふると首を振る。だが、それと同時に部屋番号の点灯する部屋、その手前の部屋の扉がギッと音を立てて開いた。

✖✖✖

「美鈴……すっげー良かったよ」

純くんは感慨深げに微笑んだ。少し疲れた雰囲気だけれど上機嫌、そんな彼の様子を眺めるアタシは、どうしようもなくモヤモヤした気持ちを抱えている。

彼は全部で四回もイったのに、アタシは結局最後まで一度もイけなかったのだ。

「美鈴、気持ち良すぎ。こんなにイったことねぇし、これ最高記録だわ」

身支度を調え終え、ドア横に設置された精算機で会計を済ませながら、冗談めかして言った彼のその一言に、アタシは暗澹たる気持ちになる。

（そう……なんだ。これが最高記録なんだ……これ以上ないんだ……）

そんなこと考えちゃいけない。エッチだけが全てじゃないんだから。そう思い込もうとすると、響子さんの言葉がアタシの脳裏を過《よぎ》った。

『女ってわがままな生き物だからさ、結局、自分を満足させてくれる男が好きなわけ』

響子さんの言う通りなら、アタシは純くんのことを好きでいられなくなってしまうのだろうか？　そんなことはないと思いたいけれど、そう言い切れる自信もなくなってしまった。

「じゃ、出ようか」

純くんの後について、アタシは俯きながら廊下へと歩み出る。だが、一歩足を踏み出した途端――

「げっ……」

純くんが、そんな声を漏らして立ち止まり、アタシは顔を上げた。

彼の視線を追って廊下の向こうに目を向けると、間接照明の薄暗い廊下に一組のカップルの姿がある。

「あ……」

間抜けな声を漏らしたのはキモ島。そしてその隣には、彼の腕にしがみつく舞の姿があった。

アタシは慌てて純くんの背に隠れる。明らかにヤった直後、そんな状況で親友に顔を見られるのは、流石に恥ずかしすぎる。向こうだってきっとそうだろう。

(でも、そうか……舞とキモ島は、これからエッチしちゃうんだ)

そう思った途端——

『おち○ぽちゃんが凄いんだってば！　ふーみんのめっちゃデカいの！　もーさいきょーって感じなんだから！　あんなのきもちーに決まってんじゃん！』

屋上で舞が口にした、そんな言葉がグルグルと頭の中で渦を巻く。

途端に心臓がドキドキしだして、顔が熱くなるのを感じた。互いに目を逸らし、言葉もなくすれ違う男女四人。だが、すれ違いざまに、ついついキモ島の股間の辺りに目が行ってしまって、ズボンの上からじゃ大きさなんてわかるわけもないのに目で追ってしまう。

(いいなぁ……)

そんな風に考えている自分に気付いて、アタシは振り払うように、ぶんぶんと頭を振った。

×××

「美鈴……なんであんな格好してたんだろ？」

部屋に入るなり、藤原さんが首を傾げた。

「変装なんだろ。黒沢さん、有名人だし……それに今は色々マズいからさ……」

粕谷くんの背に隠れるようにすれ違った黒沢さんは、帽子にサングラス、そのうえマスクと、随分極端な変装をしていた。

僕は、藤原さんの手前、平静を装ってはいたけれど、彼らに出会ってしまったせいで、自分でもビックリするぐらいに心を波立たせていた。

あの男に僕の黒沢さんが抱かれたのだと思うと、不愉快さで吐きそうになる。たとえ、あの男が本来の黒沢さんの彼氏であったとしてもだ。

（……絶対に奪い返してやる）

だが、今は黒沢さんに拘っている場合じゃない。

僕は千々に乱れる心を押し殺して、藤原さんへと笑顔を向ける。引き攣りそうになる表情を必死に弛め、まるで何事もなかったかのように。

「シャワー……先に浴びてくるね。泣きすぎて、顔グチャグチャだし……」

部屋に入ると、藤原さんはソファーの上に鞄を置いて、足早にバスルームのほうへと入っていく。どこか落ち着かなげな素振り、もしかしたら、彼女は彼女なりに緊張しているのかもしれない。

（さあ……どうする、僕）

シャワーの水音。ガラス張りの浴室に目を向ければ、湯気の向こうに肌色の彼女の姿が見え隠れする。

藤原さんの裸を見るのは初めてではないけれど、普通の男女が踏むであろうステップを完全にすっ飛ばしてここに至るだけに、どうにも落ち着かない。

キュッと蛇口を閉じる音が響いて、水音が、ポタリポタリと雫の落ちる微かなものへと変わった。しばらくして扉が開くと、白いバスタオルを巻いただけの彼女が、こちらへと歩み出てきた。

僕は、ベッドに腰を下したまま、緊張の面持ちで彼女を見上げる。

こうやって見ると、ノーメイクの藤原さんはやはり可愛い。解《ほど》いた金色の髪、小麦色の肌に、垂れ目勝ちな瞳。鼻筋は柔らかな曲線を描いている。

湯上がりでわずかに赤味が差した、小麦色の肌が妙に生々しかった。

「あのさ……藤原さん」

「舞って……呼んでよ」

僕の目の前で、バスタオルがするりと床に落ちる。間接照明の薄明かりの中に、彼女の裸身が艶めかしい陰翳を描き出した。

綺麗だと、そう思った。抱きたい。そう思った。確かに胸はないけれど、ぷっくりと膨らんだ桜色の乳輪がむしろ、とてもいやらしく思えた。

だが、彼女の表情を目にして、僕は確信する。自分がどうすべきかを。

「……何があった？」

僕のその問いかけに、彼女の瞳がわずかに潤んだ。

長い沈黙。長い長い沈黙の末に、彼女は小さく肩を震わせながら、口を開く。

「杏奈先輩が……いたの……顔を見ただけで息苦しくなって、意識がなくなっちゃって。『今は藤原だっけ』って言われただけで、バレてるんだ。逃げ場なんてないんだって……そう思ったら」

僕は校長室に向かう途中、照屋さんとすれ違ったことを思い起こす。

（なるほど、妹の付き添いで来てたってことか。そして、そんな彼女の待つ待合室に、藤原さんは入ってしまった……）

もちろん偶発的に。

僕の付き添いで藤原さんがそこを訪れることは、誰にも予測できるはずなどないのだから。

だからと言って、許せるはずなどない。

僕の愛する女の子に、こんな顔をさせたのだから、その報いは必ず受けさせてやる。

僕は立ち上がって、藤原さんを抱きしめた。

手を伸ばしたその瞬間に、彼女がビクッと身を固くしたことは、もちろん気付いている。

「大丈夫……怯えなくていい。怯えなくていいんだ」

彼女が、どこか縋るような目をして僕を見つめた。

「抱いて……」

「抱かない」

僕がそう告げた途端、彼女は目を丸くする。そして、彼女の目尻に珠の涙が浮かびあがった。

「……ごめんね。ぐすっ、そう……だよね。こんな……汚れ切った女の子抱きたくないよね」

泣き顔のまま無理に笑おうとする彼女の姿に、ギュッと胸が締めつけられる。僕は彼女を抱きしめている腕に力を込めて、耳元に囁きかけた。

「そうじゃない。抱くのは今じゃない。舞、君の抱えている傷は、抱かれることで癒やせるモノじゃないだろ？」

「……え？」

「良いんだよ。そんなことをして繋ぎ止めようとしなくても、僕はどこにもいかない」

僕は、静かに彼女の唇を奪う。唇同士を触れあわせるだけの優しいキス。そして、彼女の額に自分の額を重ね合わせて目を瞑った。

「僕は、君の身体を弄んだ男たちと同じ列には並ばない」

彼女の息を呑む音が聞こえた。

キザな言葉が似あうような顔じゃないのは自分でもわかっている。でも、言わなくちゃならない。今、彼女を救うのは、身体の繋がりじゃないんだってことを。

「僕は君の彼氏だし、君は僕の彼女なんだろ？　身体を傷つけられて、無理やり大人にされた藤原さんの……舞の時間を取り戻そう」

ぐすっと、啜り上げるような音が聞こえた。

「キス一つにドキドキして、一緒にいるだけで嬉しくなって、色んな場所をデートして、帰り道に寂しくなって、メッセ一つに一喜一憂して……時間をかけて、ちゃんと恋人同士のステップを踏んでいこう」

そして、僕は彼女と目を合わせてこう告げた。

「慌てなくていいんだ、舞。僕はどこにもいかない」

途端に、藤原さんは子供のように泣き出した。

ボロボロと涙が零れ落ちて、僕が支えなかったら、彼女はそのまま座り込んでしまっていたことだろう。

ぐちゃぐちゃで、ぐずぐずで、ぼろぼろの彼女の心が叫んでいる。痛みを訴えている。痛い、痛いと悲鳴を上げている。

僕はそれ以上の言葉もなく、ただずっと彼女を抱きしめ続けた。結局、彼女は、そこから一時間あまりも泣いた。泣き続けた。

そして——

「ふーみん……離して。顔洗ってくる。今、あーし、すっごいブサイクちゃんだから」

最後に、そう言って笑った。

洗面所から戻って来た彼女の瞼は腫れぼったく、目の周りはかなり赤い。確かにいつもに比べれば、ちょっとだけブサイクちゃんだ。でもその表情は、とても自然で可愛らしい。そう思えた。

彼女は裸のまま、僕の隣に腰を下ろすと、「ニシシッ」と白い歯を見せて笑う。

「……なんだよ」

「いやー……彼氏が、あーしのこと好きすぎて困っちゃうなって」

「調子にのんな、ちっぱい」

「でも好きなんでしょ？」

「……ノーコメント」

「そこは、好きって言えよーぉ」

彼女はツンツンと、鼻先を指で突《つつ》いてくる。

「でも……いいの？　裸の女の子と一緒にベッドにいてヤらないとか、ほとんど病気だよ？」

「うるせ、ここで襲いかかったら、色々台無しだろうが」

「あはは……だね」

僕が仰向けに倒れこんで天井を見上げると、藤原さんは隣に横たわって手を繋いでくる、指と指を絡め合わせた、いわゆる恋人つなぎだ。

「おち○ぽちゃんまでしゃぶっちゃってるのに、やっとスタートラインなんだね」

「心配すんな、先々、もうイヤっていうぐらいしゃぶらせてやるから」

「ふーみん……そのコメントこそ、台無しだと思うんだけど？」

しばらくの沈黙。見上げた天井は鏡張り、鏡の中の藤原さんは幸せそうな顔をして、じっと僕の横顔を見つめていた。

「ねぇ、ふーみん。杏奈先輩が手を出してきたら……」

「心配すんな。僕が守るから」

「ぅうん、逃げて。だって、ふーみん弱そうだもん」

「でも……どうにかするさ」

すると、くすっと彼女の微かな笑い声が耳元で響いた。

「そうだね……照屋ちゃんの時も、立岡《たちおか》の時も、助けてくれたのはふーみんだったもんね」

そして、僕らは手を繋いだまま眠りについた。

×××

「光ちゃん、どう？　おいしい？」

「まあね。寮でこんな分厚いお肉なんて食べられないからさ」

「うふふ、好きなだけ食べて良いのよ」

事情聴取の後、光ちゃんを連れてショッピング。新しいトレーニングシューズをプレゼントして、それから私たちは車で一時間かけて、郊外のステーキハウスに来ていた。

一流ホテルの元料理長がオーナーシェフを務める名店。取り引きの際に接待に使う安心のお店である。

「それにしても姉貴、わざわざこんな時に来なくても良いのにさ」

「陸上部の子たちの行方不明なんて、本当にウチは全く関与してないからね。堂々としてたほうが、却って怪しまれないものよ」

するとも光ちゃんは、肉を突き刺したフォークを私の前に突き出して、唇を尖らせる。

「関係なくったって、調べられて別件がポロポロ出てきたなんて話になったら、目も当てらんないよ？」

「言ったでしょ？　ウチは家宅捜索されたって、なーんにも出てきやしないって。それに担当の刑事さんが誰かってわかってれば、手の打ちようなんていくらでもあるもの」

一応父兄として、担当の刑事には挨拶をしておいた。

本部長の名前は仲村。一緒にいた女刑事が寺島。女刑事のほうはどうも私のことを知ってるみたいで、顔を合わせている間中、ずっと何かを探るような目をしていた。

取り入るなら男のほうが楽だが、組事務所に戻って情報屋に調べさせれば、この女刑事についても、何かしらの情報が出てくるだろう。世の中に、後ろ暗いところのない人間なんていやしないのだから。

「で、姉貴は、ウチの部員攫ったのって、誰だかわかるの？」

「全然わかんない。協力関係にある大陸系のマフィアにも確認してみたけど、返ってきたのは『そんな割に合わないシノギ、誰がやるか』……そりゃそうよね。若くて綺麗な女の子集めて売り飛ばすんなら、家出娘拾ったほうが早いもの。だから、少なくともプロの仕業じゃないと思うのよねぇ」

「ふぅ……ん、じゃどっかの素人が、なんか手品みたいな方法で攫っちゃったってこと？」

「さあ。ところで光ちゃん。W大のスポーツ推薦獲れそうなの？」

「うーん、どうだろ。今度の大会で勝てたら確実だって先生は言ってたけどさ。二人しか部員がいないままじゃ、大会は辞退するしかないしね」

「ふーん……そうなのね」

（顧問の禿げ親父を、もう一度脅しておくとするか）

光ちゃんは私の宝物。早くに親を亡くした私たちは、姉妹で支え合ってここまできたのだ。

一流のアスリートになりたいって、光ちゃんの夢を絶対に叶えてあげたい。

だから私は、陸上協会の理事だっていう顧問の禿げ親父を借金漬けにして脅し、この学校のスポーツ推薦を出させたのだ。今は、W大学のスポーツ推薦を獲れたら借金はチャラ。逆に獲れなきゃ魚の餌にする。そう約束させせている。

「あーそうそう、今日、小金井に会ったわよ」

「どこで？」

「付き添いの待合室……なんだけど、アイツ、私の顔見た途端、失神しちゃったわ」

「ふーん、そういえばアイツの彼氏、私の次に事情聴取に呼ばれてたな、その付き添いで来たんだろーね」

「へー、小金井、彼氏なんかいるんだ」

あれだけ、おっさんどもに好き放題に身体を弄ばれた癖に、まだ人並みに恋愛しようって図々しさには恐れ入る。

「私の好きな人に色目使ってたから脅したら、翌週からクラスでも最底辺のキモ男と付き合い始めたんだよね。たぶん、私には逆らいませんってアピールなんだろうけど」

「あはは、小金井も可愛いとこあんじゃないの。でも光ちゃん、好きな人できたんだー。どんな人？　お付き合いできそうなの？」

「……うるさいなぁ。可能性なんてほとんどないよ。すっごく可愛い彼女いるしさ」

「そうなの？　その彼女って、そんなに可愛いの？」

「そうだよ……行方不明になって一人だけ帰ってきた子。あのまま行方不明になっててくれたら、可能性ぐらいはあったんだろうけどね」

「ふーん……」

私が考えるような素振りを見せると、光ちゃんが咎めるような顔をした。

「姉貴、攫おうとか考えちゃダメだからね。こんな状況なんだからさ……」

「はいはい、大丈夫よ」

そう大丈夫だ。小金井については、どのみち攫おうと思っていたのだ。ついでにもう一人増えるぐらい、なんの問題もない。

最初は、大陸系の拉致グループにやらせようかと思っていたのだけれど、今回は、いつでも尻尾を切れる、半グレどもにやらせるほうが良いだろう。

アイツらは、自分たちに指示を出しているのが誰かも知らないのだ。指示に従えば金を貰える。指示に従わなければ始末される。それだけの関係だ。

攫わせて、東南アジア行きのコンテナ船に積み込ませれば、それで終わり。後は半グレどもがどうなろうと知ったことではない。

(刑事の中に買収できそうなのがいれば、より完璧なんだけれど……とりあえず、あの仲村って本部長のこと探ってみようかしら)

第十二章　森部沙織は堕ちたくない。

女子陸上部員監禁四日目――女子陸上部分断

早朝の歓楽街は物悲しい。

おっさんたちの一夜の夢がビールの泡と消え果てて、一夜の享楽、その残骸が、ゴミ袋の中でゴミ収集車の訪れを待っている。

駅裏の呑み屋街、朝の風景。のら猫とカラスが縄張りを巡って争うけたたましい鳴き声の響く中、僕と藤原さんは手を繋いでホテルを出た。

ホテル代を全部、彼女に出してもらうのは男としては辛いところだけれど、そもそも僕の財布の中には小銭しか入っていない。「ここは払わせてやる」と、ツッコミ待ちの上から目線でそう口にしてみれば、「はいはい」と苦笑交じりに返されて、ちょっと寂しい思いをした。

「ぐぬぬ、ちっぱいめ」と、わざとらしく歯噛みしていると、藤原さんが僕の顔を覗き込んでくる。

彼女は全くのノーメイク。そのほうが可愛いというのはどうなんだろう。メイクの存在意義を揺るがしかねない話である。

「ふーみん」

「何？」

「何？　じゃないってば！　そこは『なんだい？　まーい♡』って返すとこだよ。恋人らしいことしようって言ったのふーみんじゃん」

「……それはそうと」

「あ、誤魔化した！」

口を尖らせる彼女。だが僕は、お構いなしにこう問いかける。

「無断外泊しちゃったけどさ、大丈夫？　怒られんじゃないの？」

「大丈夫だよ。一応、お母さんにはメッセ送ってあるもん。美鈴んとこに泊まるって。美鈴にも口裏合わせてって送ってあるし」

「いつの間に……」

「ギャルのフリック入力、舐めんなよー」

藤原さんは、「ふっふーん！」とドヤ顔で貧しい胸を反らす。

「と、いうわけでー、急いで帰っても余計に怪しいからさ。モーニング食べて行こうよ。あーし、イングリッシュマフィン食べたい」

「じゃあ、藤原さんの奢りで」

「彼女のことを、藤原さんとか言っちゃう人には奢ってあげません」

「舞、お前の金でモーニングが食べたいんだ」

そう言いながら、顎を指先で摘まんで顔を寄せると、彼女はなんとも言えない表情を浮かべた。

「格好つけてる風だけど、言ってること最低だからね、それ」

×××

捜査に進展が見られたということもあって、昨日、私自身はかなり早く帰らせてもらうことができた。

だが、マンションに帰りつくと、部屋に美鈴さまの姿がない。これには流石に私も慌てた。すぐさま、私が予想外に早く帰宅したことに動揺する素振りを見せたバカ妹を尋問。取り調べは手慣れたものだ。「吐け、オラァ！」と彼女の胸倉を捩じり上げたところで、まるでタイミングを計ったかのように、美鈴さまが戻って来られた。

「あ、あの……」

戸口で硬直する美鈴さま。私は愛想笑いを浮かべて、そっと響子ちゃんを解放する。

なんとも言えない、実に微妙な空気が漂った。

あらためて話を伺ってみれば、美鈴さまは例の彼氏に会っていたのだという。なんということだろう。ご主人さまからお預かりしている大切な美鈴さまに、他の男が手を出すことを許してしまうとは。

とりあえず、美鈴さまには自重するようお願いして、響子ちゃんには夜中まで説教。そして今朝、ご主人さまにどうお詫びすべきかを考えながら、私はマンションを後にした。

「おはようございます」

「おう、おはよーさん」

私が、部署に辿り着いた時には、丁度、猪本先輩がコーヒー片手に席に着くところ。

今日は、現場ではなく署に出勤である。校内の捜査は一応、昨日のうちに概《おおむ》ね終わっている。

昨日までの総括も含めて、十時からは捜査員を一堂に集めての報告会があるのだ。

私が席に着くなり、猪本先輩が興味津々と言った様子で問いかけてきた。

「昨日、神島杏奈が来てたらしいじゃないか」

「ええ、驚きました」

「どんなヤツだった？」

「いかにも……という感じですね。笑いながら人を陥《おとし》いれそうな、そんな雰囲気のある女でした」

猪本先輩は、大柄な身体を揺すって首を竦める。

「そりゃーおっかない」

仲村警視を含むキャリア組からは完全に否定された、神島組が一連の誘拐事件の犯人説を、猪本先輩はまだ捨てていないらしかった。

「そちらは、何か進展はありましたか？」

ご主人さまが語った偽情報――『部室棟の裏のフェンスが外れて、林道に出られる』という件に関して、調査の陣頭指揮を執ることになったのは、この猪本先輩である。

「ああ、かなりのモンだ。被害者の生徒手帳が見つかった。香山唯って一年生のモンだが……フェンスを外して裏手に出たってのが、連れ去られたルートとみて間違いないだろう」

「なるほど」

（何が間違いないんだか……）

ご主人さまの『部屋』にそのまま入っただけなのだから、そんなところを通っているはずがないのだ。

「ただ……残念なことに、報道陣が正門に殺到したせいで、かなりの数の生徒が事件の翌日に、林道を通って帰っている。道は踏み荒らされているから、足跡の検出なんかは期待できないな」

「それは残念ですね……」

「ああ、だが考えてみれば、陸上部員十八人を移動させようと思えば、自分の脚で歩かせるしかない。争った形跡もないし、十八人もの女子を大人数で担いで移動するなんてのは、目立ちすぎて現実的じゃない」

「まあ、そうでしょうね」

「だから、誰かが誘導したと考えるべきだろう。ＯＧか顧問か……その辺りを洗ってみようと思っている」

誰かが誘導したのではないかというのは、仲村警視もそう言っていたが、これは面白い展開かもしれない。

ＯＧか顧問か、そこに万一、神島杏奈に繋がるとこじつけられる要素が出てくれば、神島組に踏み込む大義名分ができる。

（……流石に、それは都合が良すぎるか）

×××

「なあ、森部……そろそろ、朝やろか？」

「……わかんないです」

島先輩の問いかけに、私は目を閉じたまま応じる。

実際のところ、窓一つない部屋に捕らわれて数日が経過しているのだ。もはや時間の感覚などないに等しい。

うっすら目を開けると、うつぶせに転がった唯ちゃんが、目の前に置かれたままのペット用水差しトレイに、名残惜しげに舌を這わせていた。良家のお嬢さんなだけに我慢することは苦手なのだろうが、その分余計に惨めさが際立っている。

未だに捕らわれたままの私たち陸上部員ではあったが、これまでに一度だけ犯人からの接触があった。

数時間前のことである。

突然、頭に頭陀袋《ずだぶくろ》を被《かぶ》った不気味な女が現れて、みんなの前に一つずつ、水のなみなみと入ったトレイを置いていったのだ。

捕らわれてから数日、喉の渇きはとっくに限界を超えている。私たちは一も二もなくトレイに飛びついた。だが、後ろ手に縛られたままなだけに、水を飲もうと思えば、顔を突っ込んで啜《すす》るか、それこそ犬のように舌でぺちゃぺちゃと舐め取るしかない。

あまりにも情けない姿ではあるけれど、極限状態の喉の渇きに抗える者はなく、薄暗い部屋にしばらくの間、ぺちゃぺちゃと小さな水音が無数に響き渡っていた。

そこから数時間が経過した今、部屋の中は死体置き場のような惨状。喉の渇きは癒やせたもののの、各所でお腹の虫が『ぐーきゅるる』と、にぎやかに自己主張を繰り返している。

「あはは……そろそろホンマに死にそうやわ、ウチ」

「馬鹿者……三年のお前が弱音を吐いてどうする」

島先輩の一言を田代部長が擦《かす》れ声で咎《とが》めたその瞬間、突然、壁面の一角が開いて、扉の形に光が溢れ出した。

思わず息を呑む私たちを尻目に、三人の人物が部屋へと入ってくる。

一人は、頭陀袋を被った例の不気味な女。背中に片側だけ羽のようなオブジェを付けて、身体にぴったりと張り付くような革のライダースーツに身を包んでいる。

もう一人は、銀色の髪に碧い瞳の外国人。ブリティッシュスタイルのメイド服を纏った、かなりの美人だ。

そして、最後に入って来た一人を目にした途端、島先輩は呻《うめ》くような声を漏らした。

「ま、真咲、真咲やないか……」

前を行く二人に先導されるように入って来たその女性は、ピンクの布地に白いレースをふんだんにあしらったパラソルスカート。頭に乗せたティアラは、宝石がキラキラと光を反射している。なんとも時代錯誤な中世のお姫さまのようなドレス姿である。

年の頃は私たちと同じぐらいだろうか、童顔で可愛らしいのに、胸のボリュームだけが半端ない。

しずしずと彼女が歩くその先に、玉座のような豪華な椅子が唐突に現れた。

それまで何もなかった場所にである。

私たちが息を呑んで見守る中、そのお姫さまが椅子に腰を下ろし、メイドと頭陀袋女が両脇に跪《ひざまず》くと、椅子の背後で強烈な照明が点灯して、直視することさえできなくなった。

正直、戸惑うしかない。私たちは一体、何を見せられているのだろうと。少なくとも私の目には、三人が三人とも仮装行列の参加者のようにしか見えなかった。

「真咲！　真咲！　無事やったんやな！」

突然声を張り上げた島先輩に、皆の視線が集まる。どうやらあのお姫さまは、先輩の顔見知りらしい。

ところがお姫さまのほうは、島先輩に顔を向けると、不愉快げに目を細め、頭陀袋女へと顎をしゃくる。

そして、頭陀袋女はつかつかと島先輩に歩み寄ると、うつぶせに横たわったまま戸惑う彼女のお腹を、いきなり力任せに蹴り上げた。

「ゲボッッ！」

「「ひっ!?」」

横たわった姿勢のまま、数センチも宙に浮くほどの強烈な蹴り。島先輩の口から嘔吐にも似たくぐもった声が零れ落ち、周囲の者たちは悲鳴染みた声を喉奥に詰まらせながら、必死に床を蹴って後退《あとずさ》る。

「う……うっ……」

「島、しっかりしろ、島っ！」

口の端から泡を吹いて身悶える島先輩。慌てて傍へと這い寄る田代部長。その周囲から私を含む全員が、一斉に壁際のほうへと後退り、お姫さまを囲む中央に大きなスペースができた。

「真咲さまを呼び捨てにするなど、不敬の極みでございます。真咲さま、いかがいたしましょう？　今すぐ始末いたしましょうか？」

「捨てておきなさい」

「かしこまりました」

メイドが慇懃《いんぎん》に腰を折ると、お姫さまはぐるりと私たちを見回して口を開く。

「ワタクシは、偉大なる監禁王さまの第一寵姫、羽田真咲です。アナタたちのその足りない頭でも、生かすも殺すもワタクシ次第だということが理解できたかしら？」

（監禁王？）

聞き慣れないその名に、私は眉を顰《ひそ》める。そいつが私たちを監禁した首謀者ということなのだろうか？

「私たちをどうするつもりだ！」

突然、部長が身を起こして声を上げた。

これには皆、目を丸くする。何せ今、島先輩が酷い目に遭ったばかりなのだ。怖い物知らずにもほどがある。とはいえ、彼女の行動に違和感があるわけではない。良くも悪くも空気が読めないのだ、この人は。

だが、この状況で強気に出れる要素なんて、実際には何もない。顧問に抗議するのとはわけが違うのだ。恐らく皆の脳裏には、田代部長が酷い目に遭わされる未来が思い浮かんでいたことだろう。

ところが、意外にもお姫さまは、うっすらと微笑みながらその問いかけに応じた。

「あなた方の中に四人。大罪を犯した者がおりますの」

「大罪？」

「フリージア、教えて差し上げなさい」

お姫さまが顎をしゃくると、銀髪メイドが立ち上がって、田代部長へと向き直った。

「偉大なる監禁王さまの寵姫の一人。藤原舞さまを辱めた罪でございます」

途端に、微かに息を呑む音が聞こえた。何か、心当たりのある者がいるのだろう。

お姫さまはぐるりと全員を見回して、優しげな微笑みを浮かべる。

「そこで、アナタたちにチャンスを差し上げましょう。これからワタクシが十を数えるまでに、四人全員が自分から名乗り出れば、それ以外の方々はお家に帰して差し上げます」

「ま、待て！　名乗り出た者はどうなるのだ！」

田代部長が声を上げると、お姫さまは恐ろしく酷薄な微笑みを浮かべた。

「最後には帰して差し上げますわよ。一センチ刻みに切り刻んでは、死なないように止血して、数年かけて肉を削ぎ落とし、最低限生きていられる臓器だけにした後、宅配便で帰宅することになりますけれど」

身の毛もよだつような恐ろしい話に、誰もが言葉を失って、シーンと静まり返る。

「では、数えますわね。いーち、にーい……」

お姫さまが数え始めると、皆が互いを見回し始め、そんな中、唯ちゃんが悲鳴染みた声を上げた。

「誰！　誰なの！　早く名乗り出なさい！　ワタクシを巻き込まないで！」

「落ち着け香山！　仲間を売る気か！」

「仲間なんかじゃありませんわよ！　帰して！　お家に帰して！」

途端に他の部員たちも口々に声を上げ始める。私はオロオロするばかり。それでも、お姫さまのカウントは止まらない。

「はーち、きゅう……」

そこで部長が、ひと際大きな声を上げた。

「私だ！　私一人でやったのだ！　他の者は帰してくれ！」

「……じゅう」

罵り声が消え去り、部員たちの嗚咽が響き渡る中で、真っ直ぐに睨みつけてくる部長を見据えて、お姫さまは深い溜め息を吐いた。

「あなた、お名前は？」

「田代……田代初だ」

「残念ながら、身を挺《てい》して他者を庇《かば》うことを美しいなどと感じるメンタリティは有しておりませんの。アナタたちがここから出る機会は、二度と失われましたわ」

「私がやったと言っている！」

「残念ながら、大罪人の特徴は多少掴んでおりますのよ。アナタにはそれが全く当てはまりません。ですが……良いでしょう。アナタのその勇気に免じて、もう一度だけチャンスを差し上げましょう」

「まだ……我々を弄《もてあそ》ぶ気か！」

「そうですわね。多少はそういう部分もございます。娯楽は大事ですもの。でもアナタたちは従うしかない。そうでしょう？」

「娯楽……だと」

部長は、ギリリと悔しげに奥歯を噛み締める。

「今から呼ぶ者は、こちらに来なさい」

お姫さまは、ぐるりと一人ひとりを見回し始め、突然ある人物を指さした。

「そこのアナタ。こちらに来なさい」

「は、はい！」

「お名前は？」

「か、香山唯と……申します」

「その隣のアナタも、こちらにいらっしゃい」

無言のまま、のそっと起き上がったのは二年の先輩。

「お名前は？」

「……高砂景《たかさごけい》」

高砂先輩は、無口でいつも眠そうな目をした黒髪の美少女。とんでもない面倒臭がり屋にもかかわらず、アイドル並みに整った顔立ちなだけに、男子からは眠り姫《スリーピングビューティ》などと呼ばれて、かなり人気があるらしい。

「あと……アナタ」

「ひゃ、ひゃい!?」

次にお姫さまが指さしたのは、なんと……私だった。

私は慌ただしく起き上がると、転げるようにお姫さまの傍へと歩みよる。

「お名前は？」

「も、も、も、も、森部さ、沙織で、です、はい」

緊張のあまり舌が縺《もつ》れる。どもりまくる私に、お姫さまはくすりと笑った。

「あとは田代さんでしたわね。アナタを含めた四人を査問官に任命します」

「査問官だと？」

部長が、ギロリとお姫さまを睨みつける。

(部長！　もうやめてー！　波風立てないでー！)

私は胸の内でそう懇願する。この状況で逆らうなんて、無謀以外の何者でもない。

「ええ、あなた方四人には、ワタクシに代わって監禁王さまの寵姫、藤原舞を辱めた大罪人を探し出していただきます」

「ど、どのようにですの？」

唯ちゃんが声を震わせながら、お姫さまへと問いかけた。

「方法は単純ですわ。アナタたち四人に鞭をお渡しします。大罪人たちが全員名乗り出るまで、どの豚でも構いませんから、毎日百回以上打ち据えなさい。もし百回以上打たなければ査問官を解任。豚どもへと逆戻りですわ」

「バカな！　私に部員を鞭打てというのか！」

吼える部長。そんな彼女を見据えて、お姫さまは揶揄《からか》うような微笑を浮かべた。

「あらあら、憎まれるのが怖いのかしら？　ご安心なさい。アナタたち査問官は、ワタクシの直属の部下として扱います。もしアナタたちに逆らえば、豚どもには連帯責任で全員に罰を与えますわ。それにアナタたちには二人に一部屋、ホテルのスイートルーム並みの部屋と衣服、豪華な食事も与えましょう。そして、見事に四人全員を探しだせば、アナタたちには帰る道が開ける……とだけ申しておきましょうか」

「貴様ッ！」

「あら？　ご不満ですか？　仕方ありません。では、アナタは打たれる側にお回りなさい。その代わりにそうですね……アナタ」

「ウ、ウチ？」

「お名前は？」

「……島、島夏美やけど」

島先輩は、名前を問われて戸惑っているように見えた。

「じゃあ、アナタにしましょう。それとも、そこの融通の利かない子の顔を立てて、拒否します？」

島先輩は、ちらりと部長に目を向けた後、「やる！　やるで、ウチ！」と、真剣な顔で頷いた。

「結構。では、アナタたち四人はワタクシについてきなさい。それ以外の豚どもにも、今日から一日二食、餌を与えましょう。飢え死になんて楽な死に方をさせてあげるわけにはいきませんからね」

銀髪メイドに促され、お姫さまの後をついて部屋を出る私たち。ちらりと背後を振り返ると、部員たちみんなが、非難するような目で私たちを見つめていた。

私たちが部屋を出ると、お姫さまは部屋の中を振り返って口を開く。

「そうそう、そこの身のほど知らずが逆らった分の罰は、受けていただかなくてはいけませんね。リリちゃん、『麻痺《スタン》』宜しく」

お姫さまが、そう口にした途端――

「ひぐっ!?」

「ぴゃっ!?」

部屋に残された全員が突然、雷に打たれたように身を跳ねさせて痙攣し始めた。

✖ 査問官は正義

扉の向こう側は、薄暗い石造りの廊下になっていた。

（主観視点のダンジョンみたい……『イロイッカイズツ』とか書いてたら面白いんだけどなぁ）

などと考えた私は、お父さん譲りのオールドゲームフリーク。もちろんお父さん世代のゲームゆえに、同級生には全く通用しない話ではあるのだけれど。

だが、こんなことを考えられる辺り、私も意外と余裕が出てきたのかもしれない。

「そうですわ。トーチャー、彼女たちの縄を解いてあげなさい」

お姫さまが思い出したかのようにそう指示を出すと、頭陀袋女がナイフ片手に近寄ってくる。

前言撤回。余裕なんてない。めちゃくちゃ怖い。思わず顔を引き攣らせる私たち。

だが、特に身を斬られるようなこともなく、頭陀袋女が軽くナイフを振りかざしただけで、私たちの身を縛《いまし》めていた赤いロープがはらはらと解《ほど》け落ちた。

「ふぁ……解けましたわ」

「んんっ……身体、バッキバキやで」

二日ぶりに自由になると、やはり相当血の巡りが悪くなっていたのだろう。すぐにジンジンと指先が痺れだす。うん、やっぱり、自由って素晴らしい。

全員の縄が解けたのを見届けると、お姫さまは一つ頷いて、銀髪メイドを振り返った。

「じゃあ、フリージア、後はお願いね」

お姫さまはそう言い捨てると、そのまましずしずと廊下を右側へと進んで、突き当たりにある扉へと入っていった。気が付けば、いつの間にやら頭陀袋女の姿も消えている。

私たちがお姫さまが入っていった扉をぼんやり眺めていると、銀髪メイドが静かに口を開いた。

「あの先については、あなた方には入室権限がございません。もし入れば……」

「あの部屋に逆戻りとか？」

「いいえ、その場で排除します。そのおつもりで」

私たちは頬を引き攣らせて、コクコクと頷いた。

「それでは皆さま、こちらへ」

銀髪メイドに従って、廊下を左へ数メートルほど進んでいくと、左右の壁に扉があった。極々普通の、どこにでもあるような木製の扉だ。

「この左右が、それぞれあなた方のお部屋となります。当面は、御二人で一部屋をお使いください」

銀髪メイドが扉を開くと、私たちは一斉に「わぁ……」と感嘆の声を漏らす。

おしゃれな間接照明。毛足の長い赤じゅうたんの床。白壁には金細工の装飾。手前には、いかにも高そうな黒革のソファーセットが置かれていて、その向こう、部屋の中央には五人ほども横になれそうな、天蓋付きの大きなベッドが鎮座していた。

お姫さまは、高級ホテルのスイートルーム並みと言っていたし、確かに調度品はどれも高そうだったが、庶民の私には、『スイートルームってこんな感じなんだ』ぐらいの感想しか出てこない。

「あの……部屋割りはどうなりますの？」

唯ちゃんがそう問いかけると、銀髪メイドは無表情なまま「ご自由に」とだけ返事をした。

「それでは島先輩。一年は一年同士で宜しいですわよね」

「え……ああ、かまへんよ」

「では、島先輩と高砂先輩がこちらのお部屋、私と森部さんが向こう側のお部屋ということで」

どういうわけか、唯ちゃんがイキイキしている。大会ではいつも死にそうな顔をして、トイレに行ったまま帰ってこないのに、こういう時にはプレッシャーを感じたりしないのだろうか？

「お着替えは、クローゼットに部屋着と査問官の制服の二種類を用意してございますが、取り急ぎは制服にお着替えください。お待ちしておりますので、着替え終わりましたら、またこちらにお集まりください」

「は、はい！」

私たちは、慌ただしくそれぞれの部屋に分かれた。

「……どれも本当に一流品ですわ」

部屋に入るなり、唯ちゃんがソファーをさすりながら、感嘆の溜め息を漏らす。私には一流品かどうかなんてわからないけれど、良家のお嬢さまである唯ちゃんがそう言うのだから、きっとそうなのだろう。

「えーと、クローゼット、クローゼットと……」

いくつも並んだ戸棚のようなものを順に開けて、ハンガーにかかった服を見つけ出す。

「唯ちゃん、服があったよ！」

「奥の扉は、お風呂とトイレでしたわ」

「お風呂!? それなら、服を着る前にお風呂入りたいなぁ……」

「ダーメ。あまり待たせると、何されるかわかったものじゃありませんわ。さっさと着替えますわよ」

「え、あ……うん」

かかっていた服を一式取り出して、ベッドの上に並べる。

ネグリジェは部屋着ということなのだろう。問題は査問官の制服だ。

「……ミニ○カポ○スですわ」

「……ミニス○○リスだね」

映画なんかでよく見るアメリカの警察官のような帽子に、チューブトップのインナー。丈の短い青の上着に同じ色のタイトなミニスカート、そして厚底のブーツ。そのうえ、用意されていたショーツは紐みたいな、やたらめったら布地の少ないもの。とはいえ裸に比べれば、危ないところが隠れる分だけ、いくらかマシだ。

「さ、流石に恥ずかしいですわね」

そんなことを言いながらも、唯ちゃんは着替え終わった後、満更でもなさそうに姿見の前でポーズをとっていた。

廊下に出ると、島先輩と高砂先輩も既に着替え終わっている。

島先輩はスレンダーな、いかにも陸上選手らしい体型でミ○スカポ○スの制服も良く似合っていた。一方の高砂先輩は相変わらず眠そうだけど、寝る子は良く育つという言葉通り、身長の割には、かなり豊かなおバストの持ち主だ。

こういう服を着ると、私一人だけ幼児体型なのが強調されて、とても切ない。しょんぼりである。

「揃いましたね。では、ついてきてください」

銀髪メイドに促されるままに、さらに数メートルほど歩くと、また左右に扉があった。その前で立ち止まって、銀髪メイドはさらりとこう言い放つ。

「左手が食堂、右手がプールでございます」

「プールやて!?」

「ええ、空き時間にご利用いただいて構いません。水着は用意してありませんけれど、利用されるのはあなた方だけですので、どうぞ、裸でご利用ください」

そう言いながら彼女が扉を開くと、そこは広大な水色の空間。もわっと塩素の匂いが漏れ出してくる。扉の向こうには二十五メートル四レーンの立派なプールがあった。

「……これを、私たちで自由に使って宜しいんですの？」

「ええ、もちろん」

「……監禁王ってヤツ、ごっつい金持ちなんやろか？」

島先輩が呆然とそう呟いた次の瞬間、彼女の首筋に銀髪メイドがナイフを突きつけていた。

「ひっ!?　ひぃぃぃ……」

「とりあえず、今のは聞かなかったことにして差し上げますけれど、監禁王ではございません。監禁王さまとお呼びください」

「わ、わ、わかり、ました。監禁王さま！　監禁王さまですっ！」

緩みかけていた気分が一気に引き締まる。ホントに何を呆けていたのか。気を抜ける要素なんて何もないはずなのに。多分、私たちはまだ、薄い氷の上を歩いているようなものなのだ。

「では、お食事に致しましょう。この時間ですので、ブランチという形でご用意させていただきました」

「……ごはん」

お食事という単語に、高砂先輩が思いっきり反応する。それを尻目に銀髪メイドはプールの扉を閉じると、今度は左手の扉へと歩み寄り、それを開け放った。

途端においしそうな匂いが鼻腔をくすぐって、私たちはごくりと喉を鳴らす。

四人がけにしてはやけに大きなテーブル。その上には所狭しと料理が並べられているのが見えた。

「皆さまにとっては、数日ぶりのお食事となりますので、胃に優しい中華粥を中心に、点心を多数ご用意させていただきました」

「お粥……ですわ」

「ごはんや……」

唯ちゃんと島先輩が呆然と呟いて、私たちは顔を見合わせると、慌ただしく席につき、食べ物へと手を伸ばす。つい先ほど、薄い氷の上がどうのこうのと言ったような気もするけれど、それどころではない。

視野狭窄とでも表現すれば良いのだろうか？　少なくとも私には、もうテーブルの上の食べ物しか見えなくなっていた。何せ飢餓状態なのだ、私たちは。

席に着くなり、慌ただしくレンゲで目の前のお粥を掬って、マナーなんかお構いなしに口へと運ぶ。

「熱ぅ！　熱いけど、うまぁあああああ！　アカーン！　これめっちゃうまいやん！」

「は、はふっ、はふっ、お、おいしいですわっ」

島先輩と唯ちゃんが騒々しい。だが、確かに無茶苦茶おいしい。食べる手を止められない。

空腹のせいもあるのだろうけれど、溶き卵の入ったお粥が無茶苦茶おいしい。

見れば、走る時以外はいつものっそりした動きの高砂先輩も、慌ただしく口にレンゲを運んでいる。こんなに俊敏な彼女の姿を見たのは初めてかもしれない。

唯ちゃんは熱いはずのお粥をあっさり平らげると、怖い物知らずにも銀髪メイドにおかわりを要求し、その勢いのままに、手づかみでシュウマイやエビ餃子といった点心に、次から次へと手を伸ばす。

その様子に、ずっと無表情だった銀髪メイドが、わずかに苦笑した。

「お慌てにならなくとも、おかわりは幾らでもございますし、食後にはデザートもご用意してあります」

「デザート……何？」

デザートという単語に、高砂先輩がまた思いっきり反応した。

「銀座今井堂の濃厚カスタードプリンでございます」

事もなげに言い放つ銀髪メイド。途端に、全員がピタリと動きを止める。

「うそや……」

「うそではございません」

「……マジですの」

「マジでございます」

高砂先輩に目を向ければ、つー……と静かに涙を流している。

大袈裟に見えるかもしれないけれど、それも仕方のないこと。銀座今井堂の濃厚カスタードプリンと言えば、一つ二千円もするとんでもないお値段に加えて、一日限定二十個という希少品。

我々、地方都市の学生にしてみれば、絶対手の届かないテレビの中だけの伝説のプリン。

これまで、タレントが口に入れた途端、「ん――――！」と悶絶する映像で味を想像するしかなかった、憧れのスイーツである。それが今、ここにあるのだという。

呆然とする私たちに、銀髪メイドは表情一つ変えずにこう告げた。

「ブランチですので、軽めのお食事でございますが、これから三食、これ以上のものを召し上がっていただけると思っていただいて問題ございません」

「こ、これ……以上ですか？」

私のその問いかけに、銀髪メイドは少しだけ口角を上げた。

「ええ、ご期待ください」

「な、なんや、い、至れり尽くせりすぎて……めちゃくちゃ怖いねんけど」

島先輩がそう言って身を震わせると、銀髪メイドが肩を竦める。

「これぐらいは当然でございます。監禁王さまは、ご自身に従うものをとても大切になさいます。その逆に、逆らうものには容赦をなさらない。それだけの話でございます」

「私たちは従うものと、そう見なしていただけてるということですのね？」

唯ちゃんがそう口を挟むと、銀髪メイドは小さく頷いた。

「左様でございます。ちゃんとお仕事に励んでいただければ、偉大なる監禁王さまは、必ず報いてくださいます。当面の皆さまのお仕事は、朝夕の豚どもの給餌《きゅうじ》と百回の鞭打ち。もちろん、コレは鞭打つことが目的ではございません。大罪人を洗い出すための手段でございます。大罪人が名乗り出さえすれば、その他の方々の待遇も、家畜からそれなりのものへと引き上げることをお約束いたしましょう」

「それって……初ちゃんも助けてもらえるってことやんな？」

島先輩が、上目遣いに銀髪メイドを見据える。

「初ちゃん？　ああ、あの方ですね。もちろんでございます。率直に申し上げて大罪人を洗い出しさえすれば、それ以外の方々を救いだすことができるというのに、あれだけ反発なさられたのは理解に苦しみますけれど……」

「つまり、私たちだけが部員の皆を救えると……そういうことですのね！」

唯ちゃんがそう言って立ち上がると、銀髪メイドはただ、小さく頷く。

私は何かがおかしい。と、そう思いながら、それを言葉にすることができなくて、ただじっと皆の表情を窺っていた。

×××

「ふはぁ……つーかーれーたーよー」

夏美ちゃんたち四人をフリージアさんに任せて『寝室』に戻るなり、わたしはドレス姿のままベッドの上へとダイブした。それと前後して、リリちゃんが回転しながら宙に姿を現す。

「はいはい、おっぱいちゃん、お疲れデビ」

文雄くん不在のままスタートした、女子陸上部員とのファーストコンタクト。内心ドキドキものだったけれど、なんとかやり遂げることができた。

「ねぇ……リリちゃん、このドレスもう脱いじゃっていいかな？」

「良いデビよ。今日の残りのお仕事は、査問官に選んだ四人と夜の会食だけデビ。それまでは特に何もないデビよ」

「もーコルセットが辛くて辛くて……リリちゃん、背中のボタン外してくれない？」

「了解デビ」

「それはそうと、わたしの演技どうだった？」

ドレスを脱ぎ捨てながらそう問いかけると、リリちゃんは「ニシシ」と歯を見せて笑った。

「ばっちりデビ。ちゃんと悪の女王って感じ出てたデビ」

「良かったー。でもさー。あの後ろの照明が熱くって……なんなのあれ？」

「良いところに気付いたデビ。相手を圧倒したい時には、強い光を背にするのがセオリーなんデビ」

「そうなの？」

「そうデビ。まず、眩しいというのは相手にとって、かなりのストレスになるんデビ。そのうえ、相手と目を合わせられない、顔を背けてしまう。表情が読み取れないって状態に追い込まれると、心理的にも強気に出れなくなっちゃうんデビ」

「うーん……でも、田代さんだっけ。あの子は逆らってきたよ？」

　リリちゃんは肩を竦める。

「たまにいるデビよ。こうあるべきっていうペルソナが異常に強固な人間が……」

「ペルソナ？　ペルソナって何？」

「あのポニテの場合は、部長だから他の皆を引っ張らなきゃいけない。守らなきゃいけない。優れていなきゃいけない。そんな自己暗示で造られた後天的な人格デビ」

「よくわかんないけど……なんだか面倒臭そう」

「逆デビよ。むしろ簡単デビ。そのペルソナを引っぺがしてしまえば、支えがなくなっちゃうデビ」

「ふぅーん……でも査問官から外しちゃったけど大丈夫かな。文雄くんが好きなタイプだって言ってたんでしょ？　田代さん」

「全然、問題ないデビ。どっちかというとおっぱいちゃん的には、フミフミの好みのタイプの子は排除できたほうが良いんじゃないデビか？」

リリちゃんが、ちょっと意地悪そうな顔をする。

「そんなことないよ。文雄くんが喜ぶんなら、なんでもしてあげたいと思うもん。文雄くんがこの女の子を抱きたいっていうなら抱かせてあげたいと思うし、それで喜んでくれると思うと、わたしも嬉しいし」

「できた奥さんデビな」

「文雄くんの最初の赤ちゃんを産むのはわたしっていうのは、絶対譲らないけどね」

わたしがそう口にすると、リリちゃんがニシシと笑った。

「フミフミは、もうそこまで帰ってきてるみたいデビ。朝帰りの割には、昨夜は一回もヤってないみたいデビから、帰ってきたら思う存分おねだりしてみると良いデビ」

「本当？　やーん、楽しみ！　文雄くん、早く帰ってこないかなぁ……」

✖監禁王、ペットのにゃんこにまさかの敗北

「豚どもは全員気絶しております。夜まで目を覚ますことはございませんので、鞭打ちの開始は明日の朝から。本日、夕食まではご自由にお過ごしください」

食後、銀髪メイドにそう告げられて、私たちはそれぞれに割り当てられた部屋に戻った。

ベッドサイドの小机に置かれた時計を覗き込むと、時刻は正午を少し回ったところ。久しぶりに真面な時間感覚が戻ってきたことに、なんとなくホッとする。

私と唯ちゃんは順番にシャワーを浴びて、用意されていたネグリジェに着替える。そして今は、二人してベッドに横たわっていた。

現在の自分たちの状況があまりにも非現実的過ぎて、頭でいくら理解しようとも心が全然追い付いてこない。もっと泣き喚いていてもおかしくない状況なのに変に冷静でいられるのは、そのせいとしか思えなかった。

「森部さん、あなたはどういう作戦でいきますの？」

唐突に唯ちゃんが問いかけてきて、私は身を起こす。彼女は、じっと天井を見つめたままだ。

「作戦？　作戦って？」

「呑気《のんき》な方ですこと……。誰を鞭打つかですわよ。一日に百回鞭打たなければ、自分たちが鞭打たれる側に堕とされてしまうのですから」

「う、うん。わかんないけど、全員をまんべんなくってすれば、一人当たりは少なくて済むのかなって……」

「私は雨宮先輩一択ですわ」

「あ……やっぱりそうなっちゃうんだ」

私は思わず苦笑する。あまりにも予想通りだったからだ。

唯ちゃんと、二年の雨宮先輩はとにかく仲が悪い。どちらもめちゃくちゃプライドが高いのに、雨宮先輩のほうが口が達者なせいで、唯ちゃんはいつもやり込められている、そんな印象がある。唯ちゃんに『お腸夫人』というあだ名をつけたのも雨宮先輩だ。

「勘違いしないでくださいまし。皆を鞭打つ回数を減らそうと思えば、できるだけ早く問題の四人を探し出すのが理想的ですわ」

「うん、それは……そうだよね」

「ならば、最も疑わしい方に目星をつけて、名乗り出たほうがマシだと思うぐらい痛めつけるというのが、一番理に適っていると思いませんこと？」

「唯ちゃんは、雨宮先輩が怪しいと思ってるってこと？」

「ええ、監禁王……さまの寵姫という方を辱めたのでしょう？　そんなことをするのは性格の捩じくれたあの女に決まってますわ！」

「あはは……」

別段、雨宮先輩と仲が悪いわけでもない私としては、笑って誤魔化すしかない。

「それに森部さん、全員を叩くということは、全員に恨まれるということですわよ？」

「……そうなのかな」

「ええ、あなたにしてみれば、全員を気遣ったつもりでも、打たれる方からしてみれば、打たれたという記憶しか残りませんから」

「でも……別に嫌いな人がいるわけじゃないし」

「良いですこと？　人間というのは、受けた恩は個別カウント。恨みは累積カウントですのよ。

最初は『なるほど全員に分散させて一人当たりを少なくしてくれてるんだね』と、好意的に理解してくださる方がいたとしても、ずっとそれが続けば、結果的にはあなたのやり方が一番恨みを買うでしょうね」

たぶん、唯ちゃんの言う通りなんだと思う。

でも、それなら私は、一体誰を鞭打てば良いんだろう。

×××

朝帰りである。監禁王、朝帰りである。というか、家に辿り着いたのは昼過ぎである。

監禁王という名を地味に気に入っている僕ではあるけれど、その実情は王さまとはほど遠い。

どこへ行っていたのかと、母さんに無断外泊をむちゃくちゃ問い詰められて、僕は咄嗟に「藤原さんのお父さんに気に入られちゃってさ、泊まっていきなさいって、引き留められちゃったんだよね」と嘘を吐いた。

母さんが納得するような素振りを見せたので無事、関門突破かと思いきや、「じゃあお礼の電話をしなきゃ」などと言い出して、監禁王さらなる大ピンチ。慌ててトイレに駆け込み、藤原さんに電話をして、口裏を合わせてもらうことでどうにか乗り切った。

監禁王も人の子、親と泣く子には勝てないのである。

どうにかやり過ごして自室に戻ると、待ち受けていたリリが、やけに冷ややかな目を向けてきた。

「フミフミぃ……やらかしたデビなぁ」

「何がだよ」

「昨日言っておいたデビ？　今日は女子陸上部員の調教開始デビ。おっぱいちゃんのデビュー戦デビよ」

「う……それはその……やむにやまれぬ事情というものが……」

「あーあ、折角頑張ったのにフミフミがいなくて、おっぱいちゃんのおっぱいもしょんぼりしてたデビ」

「真咲ちゃんのおっぱいって、しょんぼりすんの!?」

「当然デビ。早く可愛がってあげないと、しょんぼりしすぎて垂れちゃうデビよ」

真咲ちゃんのロケットおっぱいが垂れるとあっては一大事。僕は慌ただしく扉を呼び出して、寝室に足を踏み入れる。すると、ベッドの上には、四つん這いの格好で僕を待ち受ける真咲ちゃんの姿があった。

ただ、意味不明だったのは、三毛猫みたいな柄の毛皮のブラに、尻尾付きの毛皮のショーツ。同じ柄の猫耳という彼女の恰好である。

「にゃー、にゃんこは寂しいと死んじゃうんだにゃー、早くにゃーを可愛がるんだにゃー！」

寂しいと死ぬのはウサギだと思うのだけれど、どうやら早く可愛がってというアピールらしい。自分でやっておきながら恥ずかしいのか、彼女の頬は真っ赤だった。

（可愛い……ウチの嫁が可愛過ぎる）

「にゃー、文雄くん、早くこっちにきてほしいんだにゃー」

「う、うん」

僕がベッドの上に乗ると、四つん這いのまま近寄って来た真咲ちゃんが、甘えるように僕の胸に頬を摺り寄せてきた。

「にゃー、寂しかったにゃー」

「うん、ごめんね」

僕がそう言って頭を撫でると、真咲ちゃんは気持ち良さげに目を細める。

「文雄くん、今日は、にゃーが文雄くんを気持ち良くしてあげたいんだにゃ」

どうやら、真咲ちゃんは、今日はずっとこの猫キャラで通す気らしい。真昼間からエッチするのもどうなんだろうとは思うのだけれど、何せ真咲ちゃんが可愛すぎた。

「……じゃあ、お願いしようかな」

「うん、がんばるにゃ！」

彼女は、心なしか気合いが感じられる口調でそう囁くと、僕に「立つんだにゃ」と促した。

言われるがままに立ち上がると、彼女はベルトに手をかけ、ファスナーを下ろす。そして、彼女の手がジーンズごとパンツを足首までずり下げると、僕のモノが勢いよく天井を向いて跳ね上がった。

「にゃー……すごくエッチな匂いだにゃー」

「あらためてそう言われるとなんだか恥ずかしい……ね」

苦笑いする僕に構うことなく、真咲ちゃんは僕の太ももに両手を添えると、股間に鼻先を突っ込んで裏筋を舐め始める。

「んっ、真咲ちゃんっ……」

まさに猫のような舌使い。不意打ちの刺激に、僕は微《かす》かに身を震わせた。そんな僕の反応に気を良くしたのか、真咲ちゃんは手で僕のモノを扱《しご》きながら執拗に裏筋を舐め続ける。

「ふぅ……はぁ……」

刺激としてはそれほど強いわけではない。むしろ自分の股の間に潜り込んで、彼女が猫のように舐め上げているというビジュアルに興奮しているほうが大きいかもしれない。

「んふっ、文雄くんのおち○ちん、すっごく可愛いにゃ」

真咲ちゃんは「ちゅっ」と亀頭に口づけした。そのまま「ちゅっ、ちゅっ」と音を立てて、僕のモノ全体にキスの雨を降らせていく。

(おお……愛されてるって感じするな、これ)

そんなことを考えているうちに、真咲ちゃんの柔らかな唇は陰嚢へと移動していった。

「うふふ、ここは大切な場所だにゃー。赤ちゃんの素、元気になーれー」

おまじないのようにそう呟きながら、真咲ちゃんは玉袋を舐め回し始める。小さな赤い舌が陰嚢全体を這い回り、くすぐったさを伴ったその快感に、僕は思わず身を捩《よじ》る。彼女は皺を伸ばすように袋の裏側まで丹念に舐め上げ、片方の玉に吸いついては、ちゅぽっと音を立てて放

した。

「うっ……真咲ちゃん、それいいよ。もっと舐めて……」

「うふふっ、文雄くんにおねだりされるの嬉しいにゃぁ」

真咲ちゃんの口調はとても熱っぽい。興奮している。

「もっとシコシコしてあげるにゃ」

彼女は右手を緩やかに上下させつつ、舌でねぶるように玉を舐め上げる。いつの間に身に着けたのか、淫らで卓越したテクニック。おそらくまた、リリかその従者が教え込んだに違いない。

「ああ、すごいよ。真咲ちゃん……」

だが、まだしばらくは射精《だ》させてくれるつもりはないみたいで、もどかしいことに、彼女はあえて雁首を避けて扱《しご》き続けていた。そんなことをされたら、我慢できずに勝手に腰が動いてしまう。鈴口から溢れ出した我慢汁が彼女の指に絡みついて、ぬるぬるとさらに快感を高めていた。

あらためて見下ろすと、股の間で彼女の猫耳が可愛らしく揺れている。僕を喜ばせるためにこんな格好をしてくれているのだと思うと、愛おしさが止まらない。

「ぷはぁ……だにゃ」

「気持ち良かったよ」

手を止めて顔を上げる真咲ちゃん。手も舌も疲れたのだろうと、僕が頭を撫でると彼女は気持ちよさげに目を細めた。だが、それは、ただのインターバルだったらしい。

「文雄くん、向こうを向いて四つん這いになるんだにゃ」

「え、な、何？」

「にゃーには、にゃーのえっちの仕方があるんだにゃ」

ちょっと何言ってんのかわかんない。

だが、僕がモタモタしていると、彼女は「しゃー！」と猫っぽく威嚇してくる。

仕方なく、僕は真咲ちゃんのほうにお尻を向けて、四つん這いになった。

「なるほどだにゃー。文雄くんは、にゃーにこういう恰好をさせて楽しんでたんだにゃ……」

「な、何が？」

「ふふーん。お尻の穴が丸見えだにゃ、すごくエッチだにゃ」

「ちょ、ちょっと！」

あらためて言葉にされると、思わず顔が熱くなる。流石にこれは恥ずかしい。

僕が慌てて身を起こそうとした途端、真咲ちゃんの手が僕の尻たぶを掴んだ。

そして次の瞬間――

「ひゃあッ!?」

僕は悲鳴じみた声を上げ、首だけで背後を振り向く。

「ま、真咲ちゃん!?」

そこにあったのは、僕の尻の間に鼻先を突っ込んだ真咲ちゃんの姿。

「んふっ、効いてるにゃ、アナル舐めだにゃ」

「お、お尻なんか舐めちゃ汚いよ」

「文雄くんのだから汚くないにゃ。にゃーの舌、いっぱい感じてほしいにゃ！」

きっぱりとそう言いきって、真咲ちゃんは僕のお尻の穴をペロペロと舐め始めた。

（なんだこれ、ヤバい、ヤバい……っ⁉）

いつもと違う経路を快感が這い上がってくるとでも言えばいいのだろうか。ヌルついた舌に責め立てられて、未知の性感帯が疼きだす。

「ダ、ダメだってば真咲ちゃん！　真咲ちゃんが平気でも僕が気にするんだって。ああっ、そんなに舐めちゃ、おっ……うぉっ……」

僕は思わずシーツを握りしめ、アナル舐めの愉悦に声を震わせる。凄まじい羞恥の感覚。顔が熱い。

（これ、すごく興奮する。むちゃくちゃ恥ずかしいのに……）

僕の戸惑いを嘲笑うかのように、ペニスは限界まで反り返り、ヒクヒクと震えては、悦びの証しで尖端をぬらぬらと濡らしていた。

「文雄くんのお尻、エッチな味がして美味しいにゃ」

「美味しいわけないってば！」

「少なくともにゃーは興奮するにゃ。それに文雄くんだって舐められて悦んでるにゃ」

「悦んでないってば。こんなの恥ずかしいだけ、んおっ……」

不意打ち気味に菊座にチュッとキスされると、思わず腰に震えが走った。

「んふぅ、身体はもっとしてって欲しがってるんだにゃ。この際だから徹底的に文雄くんのこと犯して、にゃーの虜にしちゃうんだにゃー」

興奮しきったその口調には、濃厚なサドッ気が纏わりついている。そういえば、リリが真咲ちゃんのことを『実はドS』と言っていたような気がする。その時は、そんなわけあるものかと思ったけれど、こうなってくるとあながち嘘とも思えなくなってしまう。

「んふぅ、文雄くんが素直になれるように、もっと奥まで舐めてあげるにゃ」

真咲ちゃんは後ろの窄《すぼ》まりに口づけすると、そのまま舌を差し入れてきた。

ぬるっ！　と、熱い舌が皺を押し広げながら入り込んできて、その異様な感覚に情けない声が洩れる。

「ひゃあぁっ!?」

(ううっ、なんだこれ……変な感じ)

一方通行に逆から入り込んでくる侵入者。快感より先に、まず嫌悪感が湧き上がってきた。括約筋に抗う彼女の舌が、驚くほど大きく感じられる。それほど大きいはずがないのに異物感が凄まじい。

だが、身体の内側で舌が蠢くと、入口の部分から未知の快感がじわっと湧き上がってくる。快感は徐々に膨張していき、じんわりと全身に波及していった。

(な、なんだこれ……ヤバい、ヤバい。どんどん気持ち良くなってきちゃってる)

自分の肉体に裏切られた。そんな気がした。全身から少しずつ力が抜けていく。

「んんっ、どうしたのかにゃぁ。文雄くぅん、お尻舐められるの、好きになってきたんじゃないかにゃぁ？」

「そ、そんなことないってば」

振り向けば、真咲ちゃんが胸の内を見透かすようなニヤついた顔で、僕を眺めていた。

「仕方ないにゃぁ。素直になれるまで舐め続けてあげるにゃ」

再び舌が入り込んでくる。今度は、さらに深々と侵入してきた。

「あああっ……」

まさに犯されている感覚。円を描くように舌が動いて、僕の内側を蹂躙していく。

(ヤバい、癖になったらシャレにならないぞ、これ……)

「ほら、言うんだにゃ。気持ちいいって、正直ににゃ」

被虐の悦びが背筋を駆け上がってくる。麻薬的な危険な快楽に、抵抗する気力を奪い取られていく。

あまりの快感に口元が半開きになったまま閉じることもできない。

「ほら、ちゃんと言うんだにゃ」

そして、僕はとうとう我慢できずに、素直な感想を口走ってしまった。

「……気持ちいい」

途端に真咲ちゃんが顔を上げて、「あはっ」と笑い声を漏らす。

「変態だにゃ。文雄くんの変態！」

「へ、変態って……酷くない？」

「お尻の穴舐められて悦ぶ人は、ド変態に決まってるにゃ」

まさかの罵倒。ドS疑惑が、もはや疑惑ではなくなった。

「でも嬉しいにゃ。それでこそ舐め甲斐があるんだにゃ。にゃーは変態の文雄くんでも好き。むしろ変態の文雄くんが大好きにゃ」

「嬉しいような気もするけど、なんか喜び難《にく》い！」

「んふふっ、変態の文雄くんに、素直になったご褒美をあげるにゃ。お尻舐めながら出させてあげるにゃ！」

真咲ちゃんはまたも舌を差し入れると、右手を前に回して、そそり立つ僕のモノに指を這わせる。そして、ウネウネと舌を動かしながら、素早いリズムで指を滑らせ、雁首を擦り上げ始めた。

「ううッ……」

前と後ろを同時に責め立てられて、僕は身も世もなくよがり始める。慣れ親しんだペニスの快感と、肛門の浅瀬から生じる危うい愉悦が、同時に僕へと襲いかかってきた。

（これダメなヤツだ。ヤバい、ヤバい、ヤバい！）

予想もしなかった過激な奉仕に、僕はシーツを握り締め、必死に足を踏ん張る。気を抜くと、一気に快感に呑み込まれてしまいそうになる。

「あっ、ああっ、ダメだってば真咲ちゃんっ、んんっ……」

そんな僕の抵抗を嘲笑うかのように、巨乳猫娘は猛然と僕を責め立てた。

たぶん、もう僕のお尻の穴はふやけている。誰に仕込まれたのかは想像がつくけれど、僕のモノを扱《しご》く手の動きが凄まじい。真咲ちゃんの思いも寄らぬ責め好きぶりに、僕としてはただただ驚くばかりである。

数分と経たないうちに射精欲求が差し迫ってくる。僕は必死に達すまいと抗うが、それも彼女のあまりにも巧妙な舌使い、指使いの前には無駄だった。

「イ、イクっ、あッ、出るッ、あああッ！」

びゅっ！　びゅるるるるっ！　びゅるるるる！

まさに破裂するような感覚。熱い白濁が噴き出して、ドロドロとシーツを汚していく。途方もない愉悦が背筋を一気に駆け上ってきた。

禁断の快楽とでもいうべきか。欲望が迸《ほとばし》るごとに、身体から力がごっそりと抜け落ちていく気がした。

それでも、真咲ちゃんは容赦してくれない。

「ああっ、あっ、ああっ……はあっ、あああっ……くっ」

イっている間も、彼女は『もっと出せ』とばかりに、指と舌で僕を責め続けた。絶頂の波にさらに高い波が覆い被さってくる。やがて、もう一滴も出ないというところまできて、やっと手が止まり、舌が引き抜かれた。

(……イき死ぬかと思った)

正直な感想である。それぐらいヤバかった。

「どうだったにゃ、にゃーのご奉仕?」

肩で息をする僕に、真咲ちゃんが背後から覆いかぶさるように顔を覗きこんでくる。

「気持ち良かったのは、すごく気持ち良かったけど……さ」

「良かったー。文雄くんが気持ち良いと、にゃーも嬉しいにゃ」

色々と言いたいことはあるけれど、そうやって無邪気に微笑まれると、それ以上は何も言えなくなってしまう僕であった。

✖初めての給餌

『大規模女子生徒失踪事件捜査本部』と、墨文字で大仰に張り出された会議室。そこで、捜査員が一堂に会して行われた報告会が、たった今終了した。

捜査は進展を見せている。自分たちは犯人に迫っている。捜査員の誰もがそう信じて疑っていない。会議室には、そんな雰囲気が漂っていた。

女子生徒たちは部室棟裏のフェンスを抜けて、裏手の林道に連れ出されたという推論は、もはや確定事項のように取り扱われている。

会議が終わるや否や、慌ただしく出ていったのは林道周辺への聞き込みを命じられた者たち。

林道に出た後の足取りを考えれば、どこかで車両に乗せられたと考えるのが自然である。何せ、十八名もの大人数なのだ。大型の車両か、複数の車両か。いずれにせよ、林道を抜けた先の国道付近を中心に、不審車両についての聞き込み捜査に大きく人員を割くこととなった。

併《あわ》せて、猪本先輩の「顔見知りの誰かが誘導したのではないか？」という意見を仲村警視が支持し、猪本先輩を中心に顧問、その他の教師、女子陸上部ＯＧの人間関係を洗い直すことになった。

心なしか猪本先輩が嬉しそうに見えるのは、自分の意見が取り入れられたからだけではなく、養護教諭の木虎《きとら》女史に会う機会が増えるからではないかと、私はそう思っている。

先輩と木虎女史との馴れ初めには、正直全く興味はないのだが、ご主人さまと真咲さまは、かなり興味津々でいらっしゃったので、これについてもどこかで詳しく聞き出さねばなるまい。

いずれにしろ、何もかもが的外れ。お笑い種。愚民どもが哀れに右往左往する光景は、ご主人さまの偉大さを再確認するには充分過ぎた。

会議が終わって数分ほども経てば、捜査員の大半は出ていって、この場に残っているのは本庁のキャリア組。それに加えて私だけとなる。

私は一応、本部長付の連絡員ということになっているが、仲村警視と私との関係を知る者からすれば、なんのことはない、ただの公私混同である。

それゆえ、本来であれば所轄には上からモノを言うキャリア連中も、私への扱いは非常に丁寧なもので、私を持ち上げることで仲村警視の心証を良くしようとする者までいた。

全く以て、くだらない虫けらどもである。

そんな彼らの、雑談じみた話に耳を傾けてみると、話題は今さら犯人の動機について。

「普通に考えれば、被害者自身の身柄が目的と見るべきでしょうね」

「まあ、若い女の商品価値が一番高いわけだからな。やっぱり大陸系マフィアの線が濃いんじゃないか？」

「身代金目的の線は？　被害者に資産家の令嬢が含まれているとか？」

「いいえ、被害者に特に金持ちのご令嬢というのは含まれていませんね。強いていうなら元ご令嬢、シリウス工業の元社長のお嬢さんってのが含まれていますけれど……」

「シリウスって、去年倒産したアレか？」

「ええ、元社長って言っても夫婦は離婚。お嬢さんは四畳半のアパートに母親と二人住まいで、親戚を頼ってどうにか学費を工面したらしいです。本人も家じゃ内職に励む苦学生ですよ」

「内職ねぇ、部活なんかやってる余裕ないんじゃないのか？　それは」

「本人は退部届を出したようなんですが、顧問が引き留めてたとか、随分高く評価されてたみたいです」

被害者でも、プライバシーもへったくれもあったものではない。だが、今の話も一応ご主人さまのお耳に入れておくべきだろう。

そんなことを考えていると、唐突に会議室の内線が鳴って、近くにいた刑事が受話器を手に取った。

「本部長、福田さんという女性から、お電話が入っております」

「福田？　ああ、先日の女子生徒か」

訝《いぶか》しむ様子を見せながら、仲村警視が受話器を受け取る。

福田凛――ご主人さまについて垂れ込んだ、忌ま忌ましい女子生徒だ。

「はい、はい、わざわざどうも」

そう言って電話を切ると、仲村警視がこう口にした。

「なかなか、しっかりしたお嬢さんです。週明けからご家庭の事情で、遠方に行かれるそうで。もし何かあればと、わざわざ携帯の番号を知らせてくれました。まあ……今のところ、あらためて何かを聞くこともなさそうですが」

×××

寺島さんのマンションにお世話になって三日目。アタシは、ソファーの上で膝を抱えて、ぼーっと午後の情報番組を見ていた。

チャンネルを切り替えていくと、女子陸上部員たちの失踪事件が、勝手な憶測交じりでしきりに報じられている。所詮、関係のない人間にしてみれば、失踪事件なんてエンタテイメントの一つでしかないのだ。

校長先生や陸上部の顧問の記者会見が繰り返し流されているけれど、幸い、アタシや真咲の顔写真をテレビで見かけることはなかった。

「んぁ……おはよ。ふわぁあああ……」

午後一時を過ぎた頃、寺島さんの寝室から、下着にＴシャツ姿の響子さんが起き出してきた。

どんな寝方をしたら、そんなトゲトゲした寝癖がつくのかはわからないけれど、赤い髪ということもあって、少年漫画のキャラクターみたいになっている。

「昨日はごめんなさい。アタシのせいで、随分寺島さんに怒られてたみたいで……」

「あーいいの、いいの。焚きつけたのオレだしさ。姉ちゃんに説教されんのなんて慣れっこだよ」

響子さんは苦笑しながら、アタシの隣に腰を下ろす。

「で、姉ちゃんの前じゃ聞けなかったけど……どうだったのさ、彼氏？」

「どう？　ど、どうって？」

「今さら、とぼけなくたって良いってば。身体の相性だよ」

途端に、アタシは黙り込んでしまった。だが、響子さんはそれで察してくれたようで。

「あー……うん、彼氏、何回目のエッチだって？」

「……アタシが初めてだって言ってたから、昨日で二回目……だと思います」

「そうかぁ……二回目か、なら下手くそなのは仕方ないかもね」

響子さんは気を使ってくれたのだろうけれど、残念ながら上手いか下手かという以前の問題なのだ。

「その……響子さんって、男の人と沢山お付き合いしてきたんですよね？」

「え、まあ、それなりには……ね」

「おち○ちんって、何歳ぐらいまで大きくなるものなんですか？」

「は？」

「その……彼のが、その……ちっちゃくって、最初は入ってるってわからないぐらいで……」

「いやいやいや、流石にそれは大袈裟でしょ」

「入口の辺りは感触があったんですけど、奥に全然当たらなくって……」

「むしろ、二回目で奥に当たるとか当たらないとか言ってるくろさーちゃんのがスゴイと思うけど……。でも彼氏って同い年なんだよね。なら基本、これ以上は大きくならないと思うけど」

「で、でも、女の人でも太ったら胸が大きくなったり……」

「男のアレは脂肪じゃないからね？　むしろ太ったら肉に埋もれて短くなるまであるよ。っていうか、二回目でしょ？　緊張して縮こまってたってことなんじゃないの？」

「……頑張って大きくしようとしたんですけど、大きくしてる途中でイっちゃって……。結局、彼は四回イって満足そうだったんですけど、アタシは一回もイけなくて……」

途端に、響子さんが頭を抱える素振りを見せた。

「あちゃー……短小で早漏かぁ。そりゃダメだわ。とっとと別れたほうが良いね。ゴミだわ、そいつ」

「で、でもエッチだけが全部じゃないし、その……たとえば手術で大きくしたりとか……」

「男のアレを手術で大きくしようって発想が、もう怖いわ。っていうか、早漏のほうはどうにかなっても、小さいのはホントどうしようもないんだってば。別れたほうが良いって」

「ううっ……でも……でもぉ」

じわっと涙が浮かび上がってくる。別れたくない。せっかく帰って来たのに。嫌いになったわけでもないのに別れるなんて、そんなことできるはずがない。

思わず涙ぐむアタシを目にして、響子さんが肩を竦める。

「ひとつだけ、別れずに済む方法がないわけじゃないんだけど……聞く？」

「なん……ですか？」

「恋愛とエッチを分けて考えるとか」

「はい？」

「恋愛は彼氏と、性欲の発散はセフレでってこと」

「な、な、な、何言ってるんですか？　そんなのタダの浮気じゃないですか！」

すると、響子さんがアタシの鼻先まで顔を近づけて、指先で顎をくいっと持ち上げた。

「わっかんないかなぁ？　女の子同士なら浮気じゃないってこと。赤ちゃんできちゃう心配もないしね。パートナー探しなら心配いらないよ。オレ、バイだし。今、彼氏はいないけど、女の子のセフレは三人いたりするんだよね」

×××

「島先輩……ちょっと良いですか？」

夕方近くになって向かいの部屋を訪ねると、シャワーを浴びたばかりなのか、島先輩は濡れた髪にバスタオルを被って、紐みたいな下着姿のままストレッチをしていた。

「おう、なんや、なんや」

今朝までは全員全裸だったのだから、気にするようなことでもないのだろうけれど、その下着で開脚ストレッチは、流石に目のやり場に困る。ちなみに高砂先輩は完全に寝入っていた。

それはまあ、平常運転。

「鞭打ちって……先輩は誰を叩くつもりなのかなって」

「あー……そういやそうやな。全然考えてへんかったわ」

唯ちゃんとの話の内容を伝えると、先輩は腕組みして考え込み始める。

「なるほど……確かにお腸夫人の言う通りやな。早う、その四人を見つけ出す方法を見つけるってのが、いっちゃん建設的やわ」

「はい、私もそう思います。でも、どうすれば良いのかわからなくて……」

「うーん……ウチ、その辱められたって寵姫の藤原舞……さま。やっぱ『さま』つけなアカンのやろな。その藤原舞さまは知っとるねん。そんな親しいわけやないし、顔知ってるってぐらいやけど……ウチの隣のクラスの黒ギャルやわ」

「三年生の黒ギャル……ですか？」

「せや、つまりその黒ギャルと接点のあるヤツがおったら、ほぼ間違いなくソイツが大罪人ってことやろな」

「じゃあ、三年の先輩方の誰かが怪しいってことですか？」

「森部、おまえアホやろ？」

「酷い!?」

「だってそうやろが、ここにおる三年言うたら、初ちゃんとウチ除いたら、あと姉のほうの太田だけやで？あの筋肉バカに、人を辱めるとかそんな陰湿なまねできると思うか？」

「……思いません」

「ほらみいや」

「じゃあ、二年生と一年生ってことになりますけど、益々手がかりなんて……」

「せやな……ちょっと待ち。えーと……なんか書くもん……あったわ」

島先輩はベッドから下りて戸棚の中を漁り、紙とペンを取り出してきた。

「ええか、ちょっと書いていくで。まず三年が……」

×田代、×島、×太田（姉）

「バツつけたんは、違うっていう印や。ウチと初ちゃんは査問官に選ばれた時点で違うって判断やな。で、二年が――」

×高砂、白鳥《しらとり》、雨宮、足立《あだち》、金春《こんぱる》

「二年生で×つけられるのって、高砂先輩だけですね」

「せやな……で、一年が――」

×森部、×香山《かやま》、乾《いぬい》、太田（妹）、堀田《ほった》、斎藤《さいとう》、岸城《きしき》、佐藤《さとう》、大牟田《おおむた》、小池《こいけ》
「こうやってみたら……やっぱ一年が多いわ。とりあえずウチは二年に当たってみる。森部には上級生、叩きにくいやろからな。できるだけ質問ぶつけながら叩いて、消去法で消していく感じやろか？」

　そんなことを話していたら、唐突に銀髪メイドが扉を開けて部屋へと入ってきた。

「そろそろ、夕食のお時間でございます。皆さま制服に着替えて食堂にお集まりください。本日は真咲さまがご会食くださるとのことですので、皆さま、くれぐれも粗相のないようにお願いいたします。ワタクシも死体処理の手間が増えることは、望んでおりませんので」

×××

　査問官の制服に着替えて食堂に足を踏み入れると、昼間は正方形だったテーブルの形が、長方形に変わっていた。そして、そのテーブルのいわゆるお誕生日席には、既に真咲さまが腰を下ろしている。

　昼間とは異なる深紫のイブニングドレス。相変わらず彼女の胸の辺りだけが次元が歪んでいるかのように、異常な盛り上がり方をしていた。

「皆さま、ごきげんよう。あら、ミニ○カポ○ス？　どなたのご趣味かしら？」

「ワタクシでございます」

しれっと答える銀髪メイドに、私は思わず胸の内でツッコむ。

(お前の趣味かよ！)

多分、皆も一斉にツッコんだはずだ。顔を見ればわかる。声に出すことはしなかったけれど。

それも当然、頭陀袋女ほど気味が悪いわけではないけれど、この銀髪メイドだって充分に恐ろしいのだ。

島先輩の首筋にナイフを突きつけたあの手際は、本職の暗殺者にしか見えなかった。この女は絶対に、人を殺《あや》めたことがある。そう確信するに足る手際だった。

私たちが席に着くと、銀髪メイドがテーブルの上に所狭しと並んでいる料理の説明を始める。

「本日は骨付きのリブステーキを中心に南米料理でお楽しみいただきます。リブステーキのソースは五種類。お勧めはハニーソースでございます。もちろん、おかわりはいくらでもご用意してございますので、好きなだけお召し上がりください」

「うふふ、おいしそう。今日は、監禁王さまにたくさん可愛がっていただいたから、とってもお腹が空いておりますの」

真咲さまのその一言に、私たちは思わず顔を見合わせる。

いや、わかってはいたのだ。寵姫——つまり、寵愛を受けるお姫さまなのだから、それは当然、性的な関係にあるのだと。ただ、今の真咲さまの言い方はどうにも自慢げというか、私には『羨ましいでしょ？』と、誇っているようにしか思えなかった。

「それでは、いただきましょうか」

真咲さまのその一言で、私たちはそれぞれに料理へと手を伸ばす。

もちろん、昼間にお腹いっぱい食べているので、がっつくというほどではない。

食卓は無言。それも仕方のないこと。銀髪メイドの『粗相があったら……』という脅し文句が怖くて、口を開くのも憚《はばか》られるのだ。高砂先輩が無口なのはいつも通りだけれど、頭陀袋女に蹴り上げられ、銀髪メイドにナイフを突きつけられた島先輩に到っては警戒心マックス。料理に手を伸ばす指先が震えてさえいた。

そんな私たちを他所《よそ》に、流石はセレブというべきか——

「真咲さま、そのネックレス、とーっても素敵ですわ」

「うふふ、ありがとうございます」

やけに場慣れした様子で、唯ちゃんが真咲さまの胸元を飾っている、大きなダイヤのネックレスを褒め讃える。真咲さまは満更でもなさそうに微笑んだ。

「ご奉仕を頑張ったご褒美に、監禁王さまから戴いたものなの。二十六カラットの天然ダイヤですのよ」

「「に、にじゅうろく……？」」

その一言に、私と唯ちゃんは思わず目を見開いて顔を見合わせる。

少し前のニュースで、十二カラットの天然ダイヤに九千万円の値が付いたと聞いたことがある。二十六カラットともなれば、一体幾らになるのか想像も付かない。

次の瞬間、私の脳裏を過った疑問。それと全く同じ内容を唯ちゃんが口にした。

「監禁王さまって、どんな方ですの？」

途端に、その質問はヤバいんじゃないかと、私と島先輩が視線を絡ませる。ちなみに高砂先輩は我関せずと、ひたすら骨から肉を取り外す作業に没頭していた。

「うふふ、あなた方がちゃんとお仕事をこなしてくだされば、お会いできる機会もあると思いますの」

幸い、真咲さまの微笑みが絶えることはなく、私はホッと安堵の息を吐く。

（でも、今の質問が許容範囲なら、もう少し踏み込んでみても大丈夫かも……）

私は、意を決して口を開いた。

「あ、あの！　ま、真咲さま。そ、その、見つけないといけない四人についてわかっていることがあれば、教えていただけませんか？」

「特にございませんわ」

真咲さまは、相変わらずにこやかに微笑んではいたが、それは明確な拒絶だった。

「あの……真咲……さま」

続いて、複雑そうな顔で手を挙げたのは、島先輩。

「なんでしょう？」

「いや、一生懸命やるねんけど、ちゃんとやるねんけどさ。その四人って……見つかったら殺されるんやろか？　そう思ったら無茶苦茶気ぃ重いねんけど……」

「なるほど……」

真咲さまは少し考えるような素振りを見せた後、パンと手を打って楽しそうに微笑んだ。

「それではこういたしましょう。その四人を殺さないと約束する代わりに、少し難易度を上げましょうか。新たに一つ制限を加えます。『豚からの質問に答えてはいけません』、これを破った方は、その場で豚に堕ちていただくことにしましょう。うん、そうしましょう」

島先輩が「しまった」という顔をするのと同時に、唯ちゃんが「ぶっ殺すぞ」と、言わんばかりの目つきで島先輩を睨みつける。

真咲さまの気軽な物言いとは裏腹に、難易度が急角度で上昇した。質問に答えるなというのは、かなりキツい。極端な話、拘束されている部員の誰かに「元気？」と聞かれて「元気」と答えたら、それで豚堕ちなのだ。

そこからしばらくの間、私たちは無言。時折、唯ちゃんが真咲さまと他愛もないことで談笑する程度で、私たちは黙々と食事を進め、高砂先輩一人だけが、甘いハニーソースを胸やけしそうなほどぶっかけた肉を、次から次へとおかわりしていた。

一時間ほどで食事が終わり、真咲さまが退席するのを見届けると、銀髪メイドが静かに口を開く。

「それでは、お仕事の時間でございます。これから皆さまには、豚どもへの給餌をお願いいたします。鞭打ちは明朝から。本日は、まず餌を与える手順を覚えていただきます。餌はつい数時間前まで皆さまがいらっしゃった『飼育場』前の廊下に準備しておきますので、これ以後、朝食後と夕食後に、それを豚どもに与えていただくことになります。それでは、どうぞこちらへ」

　促されるままに銀髪メイドの後をついていくと、部員たちが閉じ込められている部屋の前、廊下の両脇に、ずらりとバケツが並んでいるのが見えた。

　青いプラスチックの、いかにもなバケツが十四。それと植物を植えるプランターみたいな鉄の容器が七つ。

　バケツの中を覗き込んでみれば、中身は二種類。おがくずみたいなものと白い液体が入っていた。

「中身はオートミールと牛乳でございます」

「うぇ……これ……ご飯なん？　マジで」

「あら、欧米では割と一般的ですわよ。朝食とかダイエット食としてですけれど……コーンフレークなんかもこの一種ですわ」

　思わず顔を顰める島先輩に、唯ちゃんがそう説明する。

「まずはそちらの飼料箱を豚どもの前に設置していただいて、そちらにオートミールを入れ、上から牛乳を流し込む。それだけでございます」

　簡単と言えば簡単だけれど、自分たちが食べたものと比べると正直かなりの罪悪感を覚える。

「それではお始めください」

私たちは、それぞれ手に飼料箱を持って、扉の内側へと足を踏み入れる。

途端に部員たちが、一斉に私たちの方を向いた。

あらためて見れば、部員たちの姿は相当みすぼらしい。今朝までは自分たちも同じだったはずなのだけれど、赤い縄で縛られた全裸、数日も風呂に入っておらず、髪は皮脂まみれ、食事も摂っていないだけに、酷くやつれている。

部長の「大丈夫か？ 何もされなかったか？」と問う声が聞こえて、思わず答えかけた私の肩を、唯ちゃんが掴んで左右に首を振った。

(そうだ。質問に答えちゃいけなかったんだ……)

危なかった。慣れるまでは一切口を開かないと、決めてしまったほうが良いだろう。

私たちは銀髪メイドに指示されるがままに、飼料箱を部員たちの前に一列に並べる。七つだから、二人で一つという計算なのだろう。

「島ッ！ これはなんだ！ 何をする気なのだ、お前たちは！」

部長が詰問するように声を荒げるも、やはり答えるわけにはいかない。物凄くストレスを感じる。質問に答えちゃいけないだけなのだけれど、実はこれって致命的な制限を受けてしまったんじゃないだろうか。

部員たちは、何が始まるのだろうと、怯えたような顔で私たちのすることを眺めていた。作業の合間にも、ボソボソと「アイツら風呂入ってる」とか「なんでミニ○カポ○ス」という部員たちの声が聞こえてくる。

（好きで着てるわけじゃないやい！）

そう思っても、口に出すわけにはいかない。

続いて、私たちはバケツリレーの要領で、飼料箱にオートミールを注ぎ込み、続いて牛乳をぶっかける。

一頻《ひとしき》りの作業が終わっても、部員たちは訝《いぶか》しげな目で私たちと飼料箱を眺めているだけ。それはそうだろう。いきなりこんな意味不明な物を置かれたって、食べて良い物なのかどうかもわからない。

「ご飯やで！　たぶん旨くはないと思うけど、食べんと死んでまうからな。我慢して食べてや」

島先輩が訴えるようにそう口にするも、部員たちは戸惑ったような顔をするばかり、何せ皿もなければ、スプーンもない、それ以前に後ろ手に縛られていては掬うこともできやしない。

島先輩は部長のほうに目を向けて、一つ頷く。すると、部長が島先輩に頷き返したかと思うと、率先して飼料箱に鼻先を突っ込んで食べ始めた。

「お、見た目はアレだが、意外とイケるな」

部長が皆に聞こえるようにそう言ったかと思うと、一拍の間を置いて、部員たちが飼料箱に殺到する。

横一列に並んだ飼料箱に、顔を突っ込む部員たち。激しい水音と咀嚼音が、薄暗い部屋に響き渡った。

部員たちは息継ぎするように、時折顔を上げる。その口元から牛乳が滴り落ち、顎を伝って首元のリボンを汚していた。

（これじゃ……はんとに家畜だよ……）

その光景の汚らしさに、私は思わず眉を顰める。

この立場には堕とされたくないと、心の底からそう思った。

第十三章　寺島響子は返り討ち

可愛い響子ちゃん

「黒沢さんはどうしたの？」

「あ、あはは……えーと、それが……さ」

深夜、マンションに帰ってきた姉ちゃんは、室内をぐるりと見回した後、思いっきりオレを睨みつけてきた。昨日のこともあるからか、誤魔化せば拳銃を突き付けられてもおかしくないような剣呑な目つき。

観念してくろさーちゃんが出て行ったことを告げると、姉ちゃんは、今まで見たこともないような絶望的な顔になって膝から崩れ落ちた。

「ね、姉ちゃん!?」

「ど、ど、ど、どうしよう、な、なんてお詫びすれば……」

誰に対するお詫びなのかはわからないけれど、この反応は流石に大袈裟すぎる。

「大丈夫だってば、心配しなくてもくろさーちゃん、一応友達に迎えに来てもらってたみたいだしさ」

「と、友達？　例の彼氏じゃないでしょうね！」

「違う違う、藤原って子。くろさーちゃんは親友だって言ってたけど……」

そう告げると姉ちゃんは、ホッと安堵の吐息を漏らした。

それで、少しは落ち着きを取り戻したかなと思ったのだけれど、次の瞬間、姉ちゃんはいきなりオレの胸倉を捩じり上げて、ブチ切れ顔を鼻先へと突き付けてくる。

「響子ちゃん……正直に答えなさい。あなた、黒沢さんに何をしたの？」

「ね、姉ちゃん、顔怖いってば……」

「うるさい。答えろ、愚妹」

「愚妹は酷くね!?　た、大したことじゃないって。ちょ、ちょっと元気づけようとしただけだってば。その……冗談でオレのセフレにならない？　って言ってみただけなんだけど、真に受けちゃったみたいでさ……」

「……なんて馬鹿なことを」

姉ちゃんが、この世の終わりみたいな顔をして、突き放すようにオレの胸倉から手を離した。

何を慌てているのかはわからないけれど、流石にそんな反応をされたら、オレだって不安になってくる。

(もしかして、くろさーちゃんって、超重要人物だったりすんのか？)

「取り返しのつかない失態……どうお詫びすれば……」

姉ちゃんは思い詰めた表情でブツブツと呟いていたかと思うと、唐突にこっちに目を向けた。

そして、空洞みたいな虚ろな目でオレをじっと見据えながら、何か、意を決したかのように小さく頷く。

「響子ちゃん、こっちにきなさい」

「だから、なんなんだよ！　わけわかんねえって！」

「いいから！　来なさい！」

姉ちゃんはオレの手首を攫んで、無理やり寝室へと引っ張りこむ。そして寝室の壁、その一角に手を当てると、そこに突然、扉が現れた。

「はぁっ!?　な、なんだ!?　姉ちゃん、なんだよ、これ!?」

「いいから！　黙ってついてきなさい」

姉ちゃんに無理やり連れ込まれた扉の向こう側。そこは、むちゃくちゃ豪華な部屋だった。

白漆喰の壁に大理石の床。見るからに高そうな調度品は、どれも青で統一されている。

(おいおい、このマンションって、こんなに広かったか？)

オレとしては困惑するしかない。昨日は寝室で寝泊まりしていたが、あんなところに扉なんてなかったし、それ以前に扉の出現した壁の向こう側はリビングだ。構造的にもこんな部屋なんてあるはずがない。

「ね、姉ちゃん、な、なんだよ！　ここ！」

姉ちゃんは、ただただ混乱するオレに冷ややかな視線を投げかけて、不機嫌そうに言い捨てる。

「うるさい、黙れ」

「だ、黙れって……ちょ、ちょっとぐらい説明しろってば！　どうしちゃったんだよ、姉ちゃん」

昔から姉妹喧嘩は日常茶飯事だけれど、姉ちゃんのこんな冷たい目を見るのは初めてだ。戸惑うオレを置き去りに、つかつかと部屋から歩み出ていく姉ちゃん。オレは慌ててその後を追った。部屋の外は映画にでも出てきそうな石造りの廊下。さっぱりわけがわからない。

（ここ、あのマンションなんだよな？　いったい何ＬＤＫあるんだよ……）

姉ちゃんの後を追って突き当たりの扉、その中に飛び込むと広い部屋の真ん中に、天蓋付きの十人は余裕で横になれそうな、でっかいベッドが鎮座している。

そして、そこに腰を下ろす一人の少年の姿があった。

根の暗そうないかにも冴えない感じの男の子。姉ちゃんとオレの姿を目にすると、そいつはやや戸惑ったような様子で口を開いた。

「どうしたの？　今日は来ないと思ってたんだけど。それにそっちの人は？」

すると、姉ちゃんはいきなりそいつの足下に跪《ひざまず》いた。

「申し訳ございません、ご主人さま。私がついていながら、妹が美鈴さまに大変なご無礼を働きました」

「ちょ、ちょっと涼子。話が見えないんだけど……？」

姉ちゃんはそいつに、オレが焚きつけて、くろさーちゃんが彼氏に会いに行ったこと。そして、オレがくろさーちゃんにセフレになれって迫ったことを告げる。だが、全く話が見えてこないのは、オレだって同じだ。

(姉ちゃんは、なんでこんなガキに謝ってんだ？　誰だよ、コイツ？)

　無理やり想像してみるなら、姉ちゃんがこれだけ下手《したて》に出てるってことは、こいつはたぶん国会議員のドラ息子とか、なんかそんなのに違いない。ということは、くろさーちゃんに横恋慕したこのクソガキが、姉ちゃんにくろさーちゃんを監視させてたとか……たぶんそういう感じなのだろう。

　権力を笠にきて、人を顎で使うようなヤツには反吐《へど》が出る。だが、オレのせいで、姉ちゃんがこんなクソガキに土下座しなきゃならないような状況に追い込んじまったのも、また事実だ。

(しゃあねぇな……)

「おい、クソガキ。悪かったよ、姉ちゃんは関係ねぇ、オレが罰でもなんでも受けてやるよ」

　オレは、クソガキの童貞臭いツラを見据えて言い放つ。するとそいつは、苦笑するような顔をして姉ちゃんに問いかけた。

「へー……涼子、妹さんこう言ってるけど？　抱いちゃって良いの？」

「それは……あまり罰とは……」

(ほらみろ、抱くとか抱かないとか、やっぱりそういうことじゃねぇか)

「おいクソガキ。いいよ、オレが相手してやる。ったく、童貞臭いツラしやがって、どこのドラ息子かしんねーけどさ。ヒーヒー言わせてやっから、それで水に流せよ」

「童貞臭いツラ……」

クソガキは、ムッとしたような顔をした。

「だってそうだろ、童貞野郎。ブサイクで根暗、女に全く相手にされねーような童貞お坊ちゃまにボランティアだ。別に短小の皮かむりでも、みこすり半でイっちまっても、笑わないでやるから安心しな」

「へ、へぇ……じゃあ……お、お願いしちゃおうかな」

クソガキのこめかみの辺りが、ヒクヒクとヒクついている。どうやら、いっちょ前にムカついてやがるらしぃ。

「はは、気を悪くしたか？　でもまあ、仕方ねぇよな。童貞お坊ちゃまに個人レッスンだ。でも、挿《い》れる前にイっちまっても文句言うなよ。良い子にしてりゃ、気持ち良くしてやっからよ」

姉ちゃんのほうへ眼を向ければ、なぜか顔面蒼白。とんでもないバカを見たとでもいうような顔をして硬直していた。

×××

「んひぃいいいいいいいいいいいいいっ!?」

響子は、ブリッジするかのように身を仰け反らせて、絶叫とともにぎゅっとシーツを握り締めた。

「あれあれぇ？　またイっちゃったの？　童貞お坊ちゃんにレッスンとか偉そうなこと言ってたのに情けないなぁ。じゃあ、涼子。そうだな……今度は頬が良いな。『クソ雑魚』にしようか」

「かしこまりました」

肩で息をしている響子の頬に、涼子が黒マジックで『クソ雑魚』と書いた。これで三ヵ所目。既に彼女の胸元には『負け女』、下腹には下向きの矢印とともに『へたれマ○コ』と落書きされている。

最初の挿入からまだ三十分。響子は既に三度目の絶頂を迎えて息も絶え絶え。対して、僕はまだ一度もイっていない。

そもそも調子に乗って、『一回イく度に落書きしてやる』とか言い出したのは、響子のほうなのだ。

(それにしても……やっぱ妹なんだな)

顔立ちは確かに似ているが、雰囲気は涼子から怜悧さをさっ引いて、生意気さをてんこ盛りにした感じ。見た目も男っぽいし、抱き心地には正直期待していなかったのだけど、脱がせてみたら涼子とそっくりの極上の体つき。しかも、感じやすい部分は、隅々まで知り尽くした涼子の身体と全く同じなのだから、イかせるのなんてわけもない。

僕は肉棒を引き抜いて、響子の身体をひっくり返し、無理やり四つん這いの姿勢を取らせる。

クソ雑魚…
負け女
へたれマ○コ

「ぁ、ちょ、ちょっと待てって……休ませろってぇ……」

「いやいや、ヒーヒー言わせてくれるんでしょ？　ヒーヒーどころか僕、まだ一回もイってないよ？」

そう言い放つと、僕は背後から彼女を刺し貫く。

「んひぃっ!?　そんな一気に入ってくんなぁ！　バ、バカ野郎っ！」

「残念、苦情は受け付けません」

僕が尻たぶを掴んで腰を動かし始めると、途端に彼女は可愛らしい声を漏らして、身を捩った。

「あ、あひっ、ひぃ、やぁん、あ、あ、あっ……」

パン、パン、パンッ！　と、盛大に鳴り響く破裂音。後背位から激しく突き込まれて、僕の股間に打ち据えられた響子のお尻が、大きな音を立てる。

既に三度もイかされている彼女の股間はびしょ濡れで、容赦なく肉棒を突き込む度に、それを受け止める膣が、ぐちゅっ、ぐちゅっと恥ずかしい音を立てた。

「んっ、んうっ、うっ、あひっ！　あん、いやぁっ!?」

彼女は結構な負けず嫌いらしく、さっきから何度も声を我慢しようとしているように見えた。

だが、その度に僕は、意地悪く彼女の弱い所を突き込んでやる。

「んひっ……んんっ……んんっ……ぁぁ……ぁあああん」

数分と立たずに、目は快楽に溺れ、喘ぎ声は甘く蕩けていく。僕は腰の動きを止めると、背後から彼女の口に指を突っ込んで、口の中を弄り倒しながら耳元でねちっこく囁いてやった。

「僕なんかじゃ物足りないかな？　そうだよね。あれだけ大口叩くぐらいだもんね」

「んぁっ……はぁ、はぁ……んんっ……」

響子はまともに答えることもできずに、呻き声を漏らすだけ。無意識なのだろう。舌が美味しそうに僕の指をねぶり、押し広げられた唇の間から、唾液がシーツにつーと滴り落ちた。

「じゃあ、童貞お坊ちゃんは、童貞お坊ちゃんなりに頑張るから……ねっ！」

「ひぃんっ!?　ぁあああああああっ！」

言葉尻に合わせて、再び勢いよく腰を突き出すと、響子は大きく身を反らす。僕はそのまま勢いよく抽送を再開し、パン、パン、パンッ！　と激しく肉を打つ卑猥な音が鳴り響いた。

「んひっ、ひゃ、ひゃめ、ひゃめろって、うひっ、ひゃん、し、死ぬっ、死んじゃうぅ！」

背後の圧力から逃れるように、あるいは助けを求めるように、彼女はよろよろとベッドの上を這って逃げる。だが逃がしてやるつもりはない。追撃に次ぐ追撃。逃亡兵は死刑と相場が決まっているのだ。

「あ、あっ、あああああっ、あふぁ、あん、あぁっ!?　イってる、イってるんだってばぁ！　ああっ、あん、さっきからぁ、ずっとイってるんだってばぁあ！」

だが、僕は全く聞こえないフリをして、腰を動かし続けた。

休まず肉棒を突き込み、膣洞を掻き回す。もちろん、膣奥を圧し潰してやるのも忘れない。

「む、無視すんなぁ、ばかぁ！　ぐすっ、もうやめてってばぁ……」

「あれ、泣いちゃった？　もしかしてこの程度で参っちゃってるの？　そんなはずないよね？」

「泣いてないっ！　でも、イヤなんだってば、ひぃん!?　も、もうイきたくないんだってぇ、つらいんだよぉ……」

「ははっ、泣いてないなら止める理由もないよね」

「そんなぁ……」

僕は動きを止めるどころか、パン、パン、パンッ！　と、さらに激しく腰を打ち付ける。すると響子がいきなり身体を強張《こわば》らせた。

「あっ、ひっ、あんっ！　すごいのくる、いやぁああっ！　イ、イ、イクぅぅぅぅぅぅぅううううう！」

彼女は、馬が嘶《いなな》くかのように身を仰け反らせたかと思うと、そのまま、四つん這いの体勢からべちゃっと、潰れるようにベッドの上へと倒れこむ。その拍子にずるっと肉棒が抜け落ちて、奥に溜まっていた愛液が、彼女の膣からびゅびゅっと噴き出した。

「あーあ……自分だけイクとか。ほんと自分勝手なヤツだなぁ……ま、いいや、涼子。たぶん五回はイってると思うから、そうだな『メス豚』『文雄専用オナホール』『チ○ポジャンキー』『ガバガバマ○コ』。あと、なんか適当に書いといて」

「かしこまりました」

涼子は言われた通りの文言を、息も絶え絶えに呻く響子の背中やお尻に黒マジックで書きこみ、最後に彼女の肩に「恥ずかしい妹」と書き込んだ。

（本音過ぎるだろ、それ……）

涼子から漏れ出した生々しい本音に若干引きながら、僕は響子の身体を掴んで、また裏返す。

「さてと……」

大の字にベッドに横たわる形となった彼女の目は虚ろ。胸だけが酸素を求めて激しく上下していた。

「響子さん？　おーい、生きてる？」

僕が彼女の目の前で手を振ると、彼女はハッとしたような顔になって、荒い息の下から、こう言葉を紡ぎ出した。

「きょ、きょぉは……これぐらいでぇ……かんべんしといてやるぅ……」

（どこの新喜劇の人だ、お前は！）

これにはもう呆れるしかない。強情というか、負けず嫌いというか、クソ雑魚の癖にここで虚勢を張れるのは、一周回って凄いとすら思う。だがまあ、ここで許す気なんてさらさらないのだから、丁度いい。

「いやいや、勘弁してもらう必要なんてどこにもないでしょ？　僕まだ一回もイかせてもらってないし」

僕は仰向けに寝転がっている彼女の上へと、ずっしりと体重をかけて圧《の》しかかった。

「重っ、やめっ……そ、そうだ、手、手でしてやるからぁ、手コキは自信あるんだって」

「アホか」

思わず本音が漏れてしまった。このタイミングで手コキとか、人を嘗《な》めるにもほどがある。こういうバカメスには、きっちり主従関係を叩き込んでやらねばならない。

「ひぃぃ!?」

今度は正常位。僕は全体重をかけた、いわゆる種付けプレスの体勢で彼女の雌穴を一気に貫く。そして、そのまま彼女の頭を抱え込むと、激しく腰を叩きつけ始めた。

「いひぃいいい!?　イったばっかり！　イったばっかりなのにぃ、あふぁ、ひゃ、ひゃん、あ、あ、いいいっ……」

ズブッ、ズブ、ズブ、ズブッ！　と、身体を密着させて、膣奥の最深部を亀頭で強く圧迫してやる。姉の涼子は、これをやるといつも即イキするのだ。

「ぎゃぁ、いやぁ、あ、あ、ああ、おおおおおおおおっ!?」

響子のほうも案の定、即座に肉食獣の断末魔みたいな悲鳴を上げ始めた。ちらりと姉のほうに目を向けると、彼女はモジモジと膝を摺り合わせている。パンツスーツの下は、たぶんもう大洪水なのだろう。

(涼子を一緒に抱いてやるのも悪くないかもな……)

そんなことを考えた途端、突然、僕の肩口に鋭い痛みが走った。見れば、響子がそこに噛みついている。

「痛いって！」

ぶん殴るように、力いっぱい腰を叩きつけてやると、「んぁあああっ!?」と、悲鳴を上げながら、彼女は口を離して身を仰け反らせた。

「なんなんらよ、おまえは！　オレがこんなにぃ、イかされるわけないんら！　ばかぁ！　ばかぁ！」

「な、な、な、なんらよ……」

(自分の思い通りにならなきゃ噛みついてくるとか……ほんと犬みたいな女だ)

僕は腰の動きを止めると、彼女の顔を両手で挟み込んで、じっと目を合わせる。

そして、怯えるような顔をする彼女を見据えながら、無言のまま再び腰を動かし始めた。

ゆっくりと、しかし、奥深くまで捩じりこむように。

「うぁっ、ひぃ、ふかぃぃ！　やめっ！　あ、あんっ……」

盛大に眉間に皺を寄せて、彼女は激しく身悶える。ほんの少し前まで僕を見下しきっていた視線、強気に嘲笑う口元。そんな気位の高い響子の姿は、もはやどこにもなかった。

怯えと快感の入り混じった表情を隠すこともできずに、彼女はその雌の中心に、僕の大きく膨らみ切った肉棒を受け入れ続けることしかできない。

今度は、僕が嘲笑ってやる番だった。

「大口叩いてた割にはだらしないな。まだまだこれからだよ」

「ムリ、ムリだってば……あんっ、これ以上、ひんっ、や、やられたらおかしくなっちまう、よぉ、あんっ……」

「おかしくなればいいんだよ。お前が誰に噛みついたか、ちゃんと理解させてやるから」

「ううっ……ひぃっ、あん、あん」

ずちゅっ！　ずちゅっ！　と、さらに突きまくってやると、彼女はとうとう泣き出してしまった。

「うっ、うっ、うぇっ、ひくっごめんなさぃ……生意気なこと言って、すみませんでしたぁ、オレが悪かったからぁ、もう許して、許してよぉ……」

響子、とうとう全面降伏。だが、僕には許す気なんて、これっぽっちもない。

（せっかくだし、僕好みに、ちょっと矯正しておこうか……）

「謝る態度がなってないな。僕、女の子がオレっていうのは好きじゃないんだよ。うん、自分のことは『響子ちゃん』って言うようにしてみよう。それでもう一回可愛く謝ってみようか」

「ぐすっ……う、うぅ……響子ちゃんが悪かったですぅ。ごめんなさぁい。響子ちゃん可愛いでしょ？　ね、もう許して」

「良くできました。でも、もう遅ぃ」

僕は、取り付く島も与えずに彼女の謝罪を拒絶した。即座に身を起こして、火を噴くように腰を叩きつけてやる。

「あひぃぃぃ!?　ひどぃいいい！　ひぁ、ちゃんと、ひん!?　言ったのにぃ！　いやぁ!?　イクのいやぁあああ！」

「イヤがってるのは、口だけだね。響子のマ〇コはずっぽりチ〇ポを呑み込んで、ちっとも離そうとしてないよ。でも安心していい。僕もそろそろイキそうだからね、もうちょっとだ」

「いやぁああ、響子ちゃん、ほんとに限界なのぉ！　響子ちゃん、壊れちゃうぅ……」

実際、僕もそろそろ限界が近い。腰の奥で渦巻いている欲望が、「ここから出せ！」と熱を持って僕の内側で暴れている。そして、とどめとばかりに奥深くへと肉槍を突き込んだその瞬間、一気にそれが弾けた。

どくっ！　びゅるるる！　びゅっ！　びゅるっ！

「響子ちゃん、またイクっ！　イっちゃう！　あっ、あ、ぁあっ！　ぁぁあああぁ！」

必死に僕の身体にしがみつく響子。僕は、彼女の最奥に大量の精液を流し込み、わずかに余韻を楽しんだ後、ゆっくりとペニスを引き抜く。

僕が離れたあとも、響子は身動き一つできずに、ベッドの中心にだらしなく寝そべったまま。時折、汗ばんだ裸身をビクン、ビクンと断続的に痙攣させていた。

だが――

(……レベルアップの音がしないな)

響子は想像以上に強情な性格のようだ。さっきのもとりあえず降参したフリをしただけ。そんな感じなのかもしれない。これは、やはり一度むちゃくちゃに壊してしまうしかないだろう。

「リリ、いるかい？」

僕が宙を見上げて呼びかけると、くるりと回転しながら、リリが姿を現した。

「なんデビ？」

「悪いけど、例の栄養ドリンク貰えないかな、一本丸ごと」

「丸ごと!?　うわぁ……やる気デビな」

一瞬、引くような素振りを見せるリリ。だが、彼女はすぐにニヤニヤと口元を歪ませる。

「まあ、バカなメスに身のほどを思い知らせてやるのは、悪いことじゃないデビ」

そして、僕は彼女から魔界の栄養ドリンクを受け取ると、一気にそれを呷《あお》った。

×××

「ごめんねー、お母さんったら、はしゃいじゃって」

「あはは、良いママさんじゃん」

すっごく広い和室に布団を並べて、舞とアタシは二人して天井を眺めている。

時刻はもう深夜。耳を澄ませば、庭のほうから鹿威《ししおど》しのカポーンという音が聞こえてきた。

今日の昼間、アタシは寺島さんのマンションを出た。

響子さんは、悪い人じゃないとは思うのだけれど、流石にセフレになれはない。そんなことを言われたら、とてもじゃないけれど、同じ家になんていられるわけがない。

しなだれかかってくる響子さんの手を振り払い、寺島さんの寝室に籠もって、舞に『泊めてくれない？』とメッセを送ったら、電話がかかってきて、すぐに迎えに来てくれた。運転手付きのすっごく大きな外車で。

舞の家に来たのはこれが初めて。お金持ちだとは聞いていたけれど、実物は想像以上だった。今、アタシたちがいるのは屋敷の敷地内の端にある離れ。この離れ全体が舞のモノなのだという。

洋室三つに和室が二つ。リビングダイニングを含む５ＬＤＫが舞の部屋なのだそうだ。いきなり部屋の概念を揺るがされた。

最初は母屋に通されて、夕食に同席させてもらったのだけれど、舞のパパさんもママさんも、娘が友達を連れてきたことがすごく嬉しかったそうで、物凄い歓迎を受けた。

専属の寿司職人が、お寿司を握ってくれるような夕食といえば、その豪華さが伝わるだろうか？

舞のママさんは良く喋る人だった。けっこう根掘り葉掘りいろいろなことを聞かれたけれど、とりわけ、舞の彼氏のことを興味津々といった様子で聞いてきた。

アタシとしては笑って誤魔化すしかない。あのキモ男のことを正直に話したら、ご両親はいったいどんな顔をしただろうか。まあ、普通は反対すると思う。

「突然、無理言ってごめん」

寝床から天井を眺めながらアタシがそう口にすると、舞は「あはは」と笑った。

「いーってば。お義父《とう》さんもお母さんも喜んでるし。昨日は、美鈴ん家《ち》に泊まったことにしてもらったしね。お互いさまっしょ」

確かに昨日、マンションへの帰り道、アタシの家に泊まったことにしてほしいというメッセを受け取っていた。アタシは心の中がグチャグチャでそれどころじゃなかったから、特に返事はしなかったのだけれど……。

「それにしても、昨日はビックリだったよねー。まさかあんなところで美鈴と会っちゃうなんて」

「……ほんとだよね」

確かに、ラブホの廊下で親友とすれ違うなんて、滅多にあることじゃない。

「そー言えばさ、舞。初めてなんじゃなかったっけ？　キモ島とその、エッチすんの……」

「ん？　まだエッチなんてしてないよ？」

「え!?　だって昨日……」

すると舞は、ガバッと身を起こして、ニンマリと笑った。

「え、聞いちゃう？　それ聞いちゃうの？　あーし、惚気《のろけ》ちゃうよ？」

「あー、惚気られんのは勘弁かな」

「えー！　聞いてよー！　いーし、勝手に喋るし！」

「喋んのかよ」

「それがさー。昨日あーし、めちゃくちゃ凹むことがあってさ。ふーみんにまで見捨てられたら、どうしようって怖くなっちゃって、強引にホテルまで連れてってもらったんだよね」

「アンタから誘ったってこと？」

「そうそう。でも、ふーみんが好きだからっていうより、不安で仕方ないからって、そんな理由じゃん」

「うん」

「あーし、裸になって迫ったんだけど、『抱かない』って言われちゃったんだよね」

「はぁ？　勃《た》たなかったってこと？」

「違う違う、股間めっちゃ膨らんでたもん。やせ我慢だよ。でも、ふーみんてば、『今、舞を癒やすのは抱くことじゃないよね』って、『二人で、ちゃんと恋愛のステップを踏んでいこう』って言って、抱きしめてくれたの」

「あの顔で？」

あの顔からそんなセリフが出ると思うと、益々キモいような気がする。

「なんでー！　ふーみん、イケメンじゃん！」

「悪いけど……それはちょっと同意し難いわ」

「ラブホで裸の女の子前にして、あんなこと言える男なんて他にいないって。あーしホントに愛されてるんだって、超幸せになっちゃったもん」

「えー……いざ、ヤルってところで、怖じ気づいただけなんじゃないの？　ヘタレっぽいし、アイツ」

「むー……美鈴、なんか突っかかるねー。前から思ってたんだけどさ、美鈴って、ふーみんのことになると、なんかムキになるよねー」

「はぁ？　ムキになんかなってないし！　そんなわけないじゃん！」

「ははーん、羨ましいんだ？」

舞がニヤニヤしながら、こっちに顔を向けてくる。

「はぁ？　ばっかじゃないの？　アタシには純くんって、ずーっと素敵な彼氏がいるんだから！」

「へー。じゃあ、粕谷っちとのエッチはどうだったのよ？」

「そりゃー……素敵だったわよ」

「へー、どんな感じ？　どんな感じ？」

「言わない。普通はそういうことは人に言わないの！」

「えー……いけずぅ」

そこで一旦話は途切れて、ちょっとの沈黙。しばらくして、また舞が口を開いた。

「ところでさ、美鈴、明日はどうすんの？」

「うーん……たぶん、明日もまだ報道陣っているよね？」

「そうだろうね、今日も何回か、ニュースで美鈴んち映ってんの見たし」

「うわ……映ってたんだ」

少なくとも、寺島さんのマンションで見ていた間は、アタシん家がテレビに映ったりすることはなかったんだけれど、ネタが尽きて、とうとうそんなものまで映し始めたということだろうか？

「舞は予定あんの？」

「あーしはねー、ふーみん家《ち》に行くつもり」

「デートかぁ……じゃあアタシはどうしよっかな……」

「美鈴も一緒に行っちゃう？」

「はぁ!?」

「実は、別にデートじゃないんだよね。約束もしてないし。勝手に行くだけ。あーし、ふーみんのママさんとも仲良しだし。ねえねえ、一緒に行こうよぉ」

（この子は一体何を言っているんだろう）

アタシは、本気でそう思った。

✕女子陸上部員監禁五日目――バーサーク・オーバーラン

昨夜は、フミフミが珍しくガチギレしていた。

なにせ、魔界の栄養ドリンクを一本丸ごと寄こせというぐらいだ。完全に凶暴化《バーサーク》する前提である。

リョーコから大体の状況は聞いたが、身のほど知らずな妹が煽り倒したというのはあくまで切っかけ、たぶん、フミフミが一番腹に据えかねたのは、黒沢ちゃんを彼氏に会わせたという一点だろう。

そして一夜が明け、今は日曜日の午前六時。

アタシは空間を割って、『寝室』へと足を踏み入れた。

（そろそろ凶暴化《バーサーク》も終わって、フミフミも正気に戻っている頃デビ）

だが、目に飛び込んできた『寝室』の状況は、アタシの想像を軽く超えていた。

「なんデビ……コレ？」

アタシは呆然と呟く。

一言で表現するなら大惨事。黒沢ちゃん相手に起こした前回の凶暴化《バーサーク》が、可愛く思えるような有様である。

べちょべちょのぐちょぐちょなのは言わずもがな。ソファーはひっくり返り、クローゼットは穴だらけ、そのうえベッドの天蓋、その柱がへし折れてるって、いったいどんな状況だよ。

フミフミが未だに女をガンガンに犯しているのも、まー前回もそうだったから良しとしよう。

一番意味がわからなかったのは――

「なんで、おっぱいちゃんが犯されてんの⁉」

フミフミが壁に押さえ付けながら犯し続けている相手は、リョーコの妹ではなく、なぜかおっぱいちゃん。

既に彼女に意識はなく、ピクピクと身体を痙攣させながら白目を剥いている。そのうえ、頭からバケツでぶっかけられたかのように、白濁液に塗《まみ》れていた。

フミフミは、そんな彼女を壁と自分の身体の間に挟み込んで、一切の容赦なくガッツンガッツンと掘削機のような勢いで腰を叩きつけ続けている。しかも、おっぱいちゃんの足は地面に着いていない。

「ヤ、ヤバすぎ……」

アタシが呆然と眺めている間に、「うっ！」と、フミフミが呻いたかと思うと、陰唇とペニスの隙間からぷしゅっ！　ぷしゅっ！　と音を立てて、膣内《なか》に溜まっていた精液が噴き零れ、赤いじゅうたんに新たな染みを描き出した。

「あはっ……あはは……」

とりあえず笑ってはみたものの、思わず頬が引き攣る。ドン引きである。

(ガ、ガチのセックスモンスターじゃん)

だが、それでもフミフミは止まらない。

射精の余韻に浸るでもなく、ノータイムで再びおっぱいちゃんに腰を打ち付け始めたのだ。

あらためて見回してみると、リョーコの妹が、潰れたカエルみたいな恰好で部屋の隅に転がっている。

もちろん精液塗《まみ》れ。それだけじゃない。どれだけ膣内《なか》に出したのかはわからないけれど、彼女の下腹は妊婦のようにパンパンに膨らんでいた。

リョーコの妹の状態は『従属』。フミフミのステータスを確認してみると、部屋の設置数や家具の設置レベルも上がっているし、『大浴場設置』に加えて、『視覚憑依《サイトハック》』や『好悪目盛《ラブスケール》』といった新規の機能も使用できるようになっている。夜のうちに、二段階のレベルアップを果たしているのは間違いなかった。

「それにしても、なんでこうなった……？」

アタシは意識のないまま犯され続けているおっぱいちゃんを眺めながら、呆然と呟く。すると——

「ご説明いたします」

「うわっ!?　びっくりしたっ！」

突然、背後から声がして振り向くと、そこには体中から精液を滴らせたリョーコの姿があった。

「ご主人さまは、朝方近くまでひたすら響子ちゃんを犯し続けておられたのですが、響子ちゃんが泡を吹き始めまして、ああ、これはマズい、これは死ぬなと思ったので止めに入りました」

リョーコは、いつも通りの冷静な表情でそう説明する。但し、股間と胸元をズタズタに引き裂かれた、パンツスーツ姿である。

「止めに入ったところまでは良かったのですが、今度は私を力尽くで犯し始められまして……もちろん、私にとってはご褒美ですが。そこから一時間ほど経った辺りで、何もご存じない真咲さまが『おっはよー』と、寝室に入って来られ、その途端、標的がそちらに移って、今に至るというわけでございます」

「ああ……なるほどデビ」

アタシが思わず頬を引き攣らせると、リョーコがさらに言葉を紡いだ。

「ちなみに今、ご主人さまの視線は、リリさまを追っておられます。たぶんロックオンです」

「へ？」

思わず間抜けな声を漏らしたその瞬間、フミフミの手がいきなりアタシの脚を握った。そして、抵抗する暇もなく、信じられないような力でアタシは床の上に組み伏せられる。

「あ痛っ！　フ、フミフミ!?　ちょ、ちょっと待つデビ！」

だが、彼は全く反応しない。

「このバカッ！　ブサイク！　離すデビ！　こ、こんなことしたらシャレにならないデビよッ！」

覆い被さってこようとするフミフミを手で押し退け、アタシは必死に身を起こす。だが、アタシがどうにか膝立ちになったところで、彼は両腕を掴んで、ギンギンにそそり立ったアレを眼前へと突き付けてきた。

(ひぃいいいいいいい！　ヤ、ヤバい！　ヤバい！　ヤバい！)

生臭い臭いが鼻腔を突く。必死に顔を背けると、彼はグリグリとアタシの頬に先端を押し付けてきた。ヌルヌルした粘液が頬を滴り落ちて、その感触にゾワゾワゾワッと皮膚が粟立つ。

(マ、マズい！　は、早く逃げないと！)

姿を消して逃亡しようと試みるも、ここまで心が乱れていては消えることも叶わない。

「フ、フミフミ！　い、いい加減に……ふごぁ!?」

不用意に口を開いたのがマズかった。失敗だった。彼は、いきなりアタシの口にペニスを

突っ込んできたかと思うと、グイグイと容赦なく喉の奥へと押し込んできたのだ。

「うごぁ、げぇっ、うごっ、ぼごっ、げぇええええ！」

いきなり喉奥を突き込まれて、アタシは目を白黒させた。顎が外れそうなほどの太さ。灼熱した鉄の棒を咥えさせられたかのような錯覚。苦みとわずかにしょっぱい味が口腔に広がった。次の瞬間、彼は両手を離したかと思うと、間髪入れずにアタシの角を掴んで激しく腰を前後させ始める。

「ごぇっ！　ぼ、ぼぇ！　ご、ごぼっ！　ぐげっ！」

みっともなく濁った泪声《なみだごえ》。あまりの苦しさに洩れたアタシの悲鳴に、じゅぼ、じゅぼと鳴り響く卑猥な水音がユニゾンした。

鼻先を陰毛に埋められ、一突きごとに奥へ奥へと侵入してくる凶悪な肉の塊。完全に道具扱い。喉奥を無理やりに犯されて、その嘔吐反応でお腹を絞り上げられるような苦しさが襲いかかってきた。

（こ、殺されるっ！）

息苦しさに涙が零れ落ちる。アタシは、必死にフミフミの腕を掴んで爪を立てた。だが、激しい抽送にやむ気配はない。それどころか、益々昂るかのように、その動きは一層激しさを増した。

「ぶぼっ！　ぼぼぼっ！　ごべっ！　ぼがっ！」

藻掻きながらも、酸欠で次第に意識が朦朧としてくる。だが、意識が遠のき始めたのとほぼ同時に、口の中で肉棒が急激に大きく膨らんだ。そして次の瞬間——

びゅる！　びゅるるるる！　びゅるっ！

「んごっ!?」

根元まで口内へと押し込まれた状態で、彼はいきなり精を解き放った。

喉の奥で肉棒が破裂する。思わず目を見開いたアタシの喉奥を叩いて流れ込んでくる、生臭いドロドロの粘液。息ができない。溺れる。頭を押さえつけられた状態では、成すすべもない。

「んごぉっ！　ごぉおおっ！」

指先が虚しく宙を掻いた。声を上げれば上げるほどに逆流してくる粘液。それは口の端、果ては鼻からも溢れ出して、藻掻くアタシを嘲笑うかのように、滑稽な鼻提灯が膨らんだ。

やがて、びくっ！　びくっ！　と脈動を繰り返しながら、射精が終わりを告げる。快感ゆえかわずかにフミフミの力が弛んだ、その一瞬の隙を突いて、アタシは必死に彼の手を振りほどいた。

仰け反るように背後へ逃れると、ずるりとペニスが抜け落ちて、アタシの唇とペニスの間で精液が白く濁ったアーチを描いて飛び散る。

「ごぼっ！　ごぼっ！　げぇえええ！　げぇえええ！」

胃の腑を搾り上げられるような感覚。小刻みに身が震える。嘔吐するたびに喉の奥から白濁液が床の上へとボトボトと鈍い音を立てて零れ落ちた。

だが、そんなアタシに、再びフミフミが容赦なく襲いかかってくる。彼は倒れこんだまま身悶えているアタシの足を掴んだかと思うと、強引に身を手繰り寄せ、ボンデージの股布へと手をかけた。

（ひっ!?　や、犯られる！）

アタシの背筋を冷たいものが走り抜ける。流石にこれはシャレにならない。いつかは、フミフミに抱かれる、そんな時がくるかもしれないとは思ってはいたけれど、こんなのは流石にイヤ過ぎる。

「フ、フリージア！」

アタシは、身を起こしながら必死に声を上げた。

途端に、アタシとフミフミの間、彼の顔の前でキラリと銀の光が閃く。

「がぁあああああっ！」

一拍の、間の抜けたような静寂を挟んで次の瞬間、獣のような悲鳴を上げて、フミフミが身を仰け反らせた。飛び散る血、両手で顔を覆って身悶える彼の指の間から、だくだくと血が滴り落ちた。

「お待たせいたしました、お姫ぃさま」

呆然とするアタシの耳元で、そう囁く声がある。わずかに身を反らせば、背後からアタシの身体を抱きかかえるフリージアの横顔が見えた。彼女の手には、愛用のダマスカスナイフが握られている。

「め、目を潰したデビか？」

「瞼《まぶた》を斬っただけでございます。フミフミさまに顔を見られるわけには参りませんので。後ほどトーチャーに治療させれば、何も問題はございません」

アタシにそう告げると、フリージアはおもむろに立ち上がって、まるでマントでも脱ぎ捨てるかのように、腕を一払い。途端にメイド服が横薙ぎに脱げ落ちて、ヘッドドレスと白いレース地のガーターベルトだけを身に着けた淫らな裸身が現れる。

「制圧いたします」

一言そう宣言すると、彼女は身悶えるフミフミの身体を組み敷いて、恐ろしい速さでその腰の上に馬乗りになった。ズブリと淫らな水音が響いた途端、フリージアの冷ややかな表情がいきなり快感に蕩ける。

「あぁっ……なんて逞しい。素敵でございます。セ・ボン！　セ・ボンでございます！」

淫らに濡れた膣洞に深々とフミフミの雄渾《ゆうこん》を収めて、フリージアは歓喜の声を上げながら、ゆっくりと腰を動かし始める。

「んっ、あんっ、ああっ、んんっ……」

鼻にかかったような喘ぎ声、血に塗れた目元を手で覆って呻き続けているフミフミに構うことなく、彼女は次第に腰の動きを速めていく。

「はぁん、あんっ、あんっ、あんっ、あ、あ、あ、あ、あんっ……」

石榴色《ざくろいろ》の艶めかしい舌が淫らに唇の外へと垂れ落ち、白い乳房がたわわに弾んで、尻肉がフミフミの腰骨に打ちつけられる破裂音が響いた。

フリージアの楚々とした見た目のせいで、傍目には道ならぬメイドの秘め事を思わせる耽美な光景ではあるが、実際には背筋も凍るような淫魔の捕食シーンである。その証拠に、彼女が腰を叩きつける度に、フミフミの身体が小刻みに震えている。絶頂しているのだ。精を吸い上げられているのだ。

「お、おごっ、ごぁっ、う、うっ！　うあ！　おおおおっ！　ぐっ！」

獣のような声を上げて、身を捩るフミフミ。だが逃れられない。びゅる、びゅると精が放たれる音が間断なく響き渡る。淫魔にマウントポジションを取られて逃れられるものなどいない。それがたとえ魔王であったとしてもだ。

「なんて素敵っ……搾り取っても搾り取っても溢れて参ります。あ、ぁあっ……溺れてしまいそう」

だが、彼女がうっとりと睫毛を震わせたその瞬間、いきなりフミフミが、フリージアの尻肉を掴んだ。

「なっ!?」

これには彼女も驚愕の表情を浮かべる。もはや抵抗する力など残っていない、そう思っていたにもかかわらず、フミフミは迎え撃つかのように、激しく腰を突き上げ始めたのだ。

「う、うそっ！　ひぃっ！　あ、あん！　は、激しいっ！　あんっ！　ひぃん！　あ、あ、あ、あ、あっ！」

激しく響き渡る淫らな水音、二人が繋がっている場所からメレンゲ状に泡立った精液が、ドロリと滴り落ちる。フリージアの表情から余裕が消え去って、次第に追い詰められていくのが見て取れた。

「こ、このっ！」

だが、彼女にも淫魔《サキュバス》のプライドがある。フリージアは快感に抗うように眉間に皺を寄せ、フミフミの胸に手を付いた。そして、切羽詰まった表情を浮かべたままM字に脚を開いて、激しく腰を叩きつけ始める。

「ひぁっ！　あん、あ、あ、あ、あ、あっ！　お、おおおっ！　あぁあああああっ！」

互いが互いを攻め合う肉弾戦。もはやそれはセックスの枠を越え、淫魔《サキュバス》と凶戦士《バーサーカー》の意地とプライドを懸けた性の頂上決戦の様相を呈している。ここまでいけば、アタシには息を呑んで見守ることしかできない。おおよそセックスとはほど遠い、激しく肉打つ音が、アタシが喉を鳴らす音すら打ち消した。

やがて激しい攻防の末に、互いが互いにとどめを刺そうとするかのような渾身のストローク。鼓膜に突き刺さるような破裂音に、間欠泉が噴き出すかのような凄まじい水音が重なり合った。

「あぁっ！　あああああああああああああああっ！」

フリージアが頤《おとがい》を反らして絶叫したかと思うと、そのままフミフミの胸の上へと崩れ落ちる。

「フ、フリージア！」

アタシが思わず声を上げるのとほぼ同時に、指が減り込む程に尻肉を掴んでいたフミフミの手が、力なく床に落ちた。唐突に静まり返る部屋、突然舞い降りた静寂に、アタシは戸惑いながら問いかける。

「お……終わったデビか？」

　すると、フミフミの胸に倒れ込んだままのフリージアが、荒い呼吸の下から弱々しい声を漏らした。

「はぁはぁ……もう……お腹……いっぱいでございます。まさか、このワタクシをここまで追い詰めるなんて……なんと恐ろしい方でしょう……ギリギリでございました」

　それは、正直に言って信じられない光景だった。

　今でこそアタシの従者を務めているが、フリージアは、先代の魔王を腹上死させたほどの淫魔。アタシが生まれる前、紀元前千二百年頃には、ヒッタイトという国の男子の大半を腹上死させ、滅亡させたとも聞いている。淫魔を統べる女王、黙示録に記された大淫婦、淫魔の中の淫魔《サキュバスオブサキュバス》。彼女は多くの異名を持つ、性の怪物なのだ。それがギリギリ。しかもフミフミ自身は、一晩中女を犯した後という出鱈目っぷり。

「お姫ぃさま、やはり、お姫ぃさまの目は正しかったようです。フミフミさまは相当な逸材でございます」

　フリージアはそう言うと盛大にげっぷして、満足げに腹を擦《さす》った。

✖黒ギャルお嬢さまは、夜討ち朝駆け上等

トーチャーにフミフミの治療と洗浄を行わせた後、『部屋』から引っ張り出して、まるで何事もなかったかのように、自室のベッドに横たわらせる。

それにしても今日は危なかった。アタシ自身危うく犯されるところだったのだ。

当面は凶暴化《バーサーク》を禁止にしたほうが良いだろう。魔界の栄養ドリンクを定期的に摂取しているせいか、フミフミ自身の絶倫化が著しいのだ。凶暴化《バーサーク》の効果時間が延びているのも恐らくそのせいだろう。

「まったく、フミフミの癖にアタシに手を出すなんて、二万年早いデビよ」

フリージアのおかげでどうにか難を逃れたが、上位淫魔《エルダーサキュバス》の全力吸精《ドレイン》を喰らって気絶程度で済んでいるのだから、恐ろしいとしか言いようがない。おそらく、今日中には目を覚ますはずだ。

とりあえず、リョーコはマンションに帰らせ、おっぱいちゃんとリョーコの妹は、トーチャーに命じて順番に身体を洗わせて、それぞれおっぱいちゃんの部屋とリョーコの部屋に運ばせる。激戦を制したフリージアはフラフラになりながらも、自身の仕事へと戻っていった。

最後に、大惨事の寝室は一度削除して再構築。これでとりあえず問題はないはずだ。

（まったく……手間のかかる男デビ）

ベッドに横たわるフミフミを見下ろして、溜め息を吐いた途端——

「おはようございまーす」

俄《にわか》に階下が騒がしくなった。

（なんデビ？）

部屋を抜け出て階段の下を覗き込むと、玄関にお嬢様モードの黒ギャルと黒沢ちゃんの姿がある。

（な、なんで？　黒ギャルはともかく、なんで黒沢ちゃんが……？）

「あら、いらっしゃい、舞さん」

「おはようございます。お義母《かあ》さま」

「あの、その……おはようございます」

フミフミのママさんが玄関に迎えに出ると、楚々と上品に腰を折る黒ギャルお嬢さまの背後で、黒沢ちゃんがおずおずと頭を下げた。

「あら、綺麗なお嬢さん。舞さん、この方は？」

「はい、私と文雄さまのクラスメイトで黒沢美鈴さんです。今日は、三人で一緒にお勉強をしようと……」

「ああ、そうなのね。文雄はまだ寝てるみたい。ちょっと待っててね。起こしてくるから」

「あの、お義母《かあ》さま。もし宜しければ、ワタクシが文雄さまを起こして差し上げても宜しいでしょうか？」

「そう？　じゃあお願いしようかしら。うふふ、私が起こすより、舞さんに起こしてもらったほうが文雄も喜ぶでしょうしね」

「まあ、お義母《かあ》さまったら。それではお邪魔いたします」

「……お邪魔します」

黒ギャルと黒沢ちゃんは玄関に上がると、そのまま階段を上がってくる。

(何これー!? なんでこんなことになってんの？)

アタシは姿を消して、突然降って湧いたこの面白すぎる状況を、生暖かく見守ることにした。

✖✖✖

「ねえ、舞……」

「しーっ！　ふーみん、起きちゃうじゃん」

キモ島の部屋、そのドアの前で舞に声をかけると、彼女は慌てて唇の前で指を立てた。仕方なくアタシは、声を潜めて問いかける。

「起こしに来たんじゃないの？」

「ふーみんは寝ててくれたほうが、色々と都合が良いんだってば……」

「何それ？」

「いいから、いいから」

舞はそっと扉を押し開くと、抜き足、差し足、忍び足。足音を殺して部屋に侵入する。仕方なくアタシもそれに倣《なら》って後に続く。コソ泥にでもなったような気分だ。

部屋の中は、意外とちゃんと片付いていた。これは本当に意外。男の子の部屋って、もっと散らかっているものだと思っていたのだ。

本棚はマンガばかりで、アタシでも名前を聞いたことがあるような少年マンガがずらりと並んでいる。物は少なめ。意外とちゃんと勉強するのか、机の上にはノートパソコンの他に、参考書や教科書が並んでいた。

(まあ、一応、受験生なわけだし、当然かな……)

舞は部屋に入ると、いきなりゴミ箱の中を覗き込む。

「あれぇ？　空《から》だ」

「何やってんの？」

「えー……だってさ。一昨日、あれだけやせ我慢してたんだもん。家に帰ったら、絶対、独りエッチしてると思ったんだけどなー」

「な、な、何言ってんのよ！」

「しーっ、美鈴、声が大きいってば」

舞は再び唇に指を立てると、今度はしゃがみこんでベッドの下を覗き込んだ。

「ここも、なんにもないなぁ……。絶対、どっかにエッチな本とか隠してるはずなんだけど……。パソコンの中見ればなんか出てきそうだけど、パスワードかかってそうだし、やっぱ机の引き出しの裏とかかな？」

「ちょ、ちょっと、舞！　アンタ、ホントに何やってんのよ！」

「見ればわかるっしょ。リサーチだよ、リサーチ。どんな本見て独りエッチしてるかがわかればさ。ふーみんの好みもわかるじゃん。そしたら、コスプレしてあげたりできるし……まあ、巨乳モノだったら燃やすけど」

これには流石に引いた。この子にはプライバシーという概念はないのだろうか？

それにしても、キモ島は良く寝ている。普通なら、ヒソヒソ声でもこれぐらい騒がしくすれば起きてもおかしくないと思うのだけれど、全く目を覚ます気配もない。

舞はキモ島の顔を覗き込んで、うっとりと蕩けた顔をした。

「んふっ、ふーみんってば、寝顔までイケメン」

「どこがよ。めっちゃブサイクじゃん」

アタシも随分見慣れてしまったせいか、以前ほどこの男のことをブサイクだとは思わなくなったが、それでもイケメンは過大評価にもほどがある。

「なんでー、めっちゃ可愛いじゃん」

「舞、アタシ、本気でアンタの美的センス疑い始めてんだけど？」

「美術は、小学校からずっとA評価だってば」

「それでわかった……。ピカソ的な意味合いでのイケメンってことだわ、それ」

「それにしても、ちっとも起きる気配ないねー、じゃーこんなことしちゃったり……」

舞はニンマリ笑うと、いきなりタオルケットの足下を捲《めく》り上げた。

「へー……ふーみん、スウェットをパジャマにしてんのかー。今度お揃《そろ》のスウェット買ってこよーかなー」

「ちょ、ちょっと、舞！　アンタいい加減に……」

「いいから、いいから。こんなチャンス滅多にないんだからさー。美鈴にも、ふーみんがどんだけスゴいか見せてあげよーと思ってさ」

「いらないから！　見たくないから！」

「えー、いいじゃん。これ見ちゃったら、もうふーみんのことバカにしたりできなくなっちゃうんだから」

そういうと、舞はスウェットのズボンをパンツごと一気にズリ下げた。

アタシは思わず「きゃっ！」と声を上げて、顔を背ける。

流石にこれはむちゃくちゃだ。舞には常識とか羞恥心とかいうものが完全に欠落している。

(っていうか！　そこまでされてなんで起きない。キモ島！)

アタシが胸の内で理不尽なクレームを付けたのとほぼ同時に、舞ががっかりするような声を漏らした。

「あれぇ……なんで？　朝なのにあんまり元気ない」

その声のせいで、アタシは不覚にも、ソレを真面《まとも》に見てしまう。へにょりと横たわる黒ナマコみたいなソレは、純くんのソレとは、全く別物としか言いようがなかった。

「ちょ、ちょっと！　舞、なんてもの見せるのよ！　しまいなさいそんなの！」

「えー。でも、ふーみんのって、ホントはこんなもんじゃないんだよ。ちょっと待っててね、元気にしちゃうから」

「ちょ!?」

舞は「はむっ」と、いきなりソレを口に含んだ。そして、驚きのあまり硬直するアタシを他所《よそ》に、彼女は頭を上下させて、熱心にソレを扱《しご》き始める。

じゅぼっ！　じゅぼっ！　じゅぼっ！　じゅぼっ！

水気を含んだ卑猥な音が部屋の中に響いて、アタシは動揺しまくり。親御さんが上がってこないか気になって仕方がないのに、舞のすることからも目を離すことができずにいた。

次第に顔が熱くなってくる。口の中に唾液が溢れてくる。そんなつもりもないのに、おち◯ちんの感触を想像して、口の中で舌がソワソワした。

「んふっ、ふぉっひふはっへひた」

「な、何言ってんのか、わかんないわよ！」

「ぷはっ、おっきくなってきたって言ったの。見て見て、これでまだ半勃《はんだ》ちぐらいなんだよ。すごくない？」

（アレで半勃ち？　おっきすぎるでしょ。あんなの入んないよ！　ムリ、絶対ムリ！）

「ちっちゃいのがさ、口の中でむくむくーって、おっきくなっていく感触って、さいこーなんだよね。美鈴もそう思わない？」

「お、思わないわよ！　ア、アタシは、そんな汚い物咥《くわ》えたことなんてないもん！」

嘘だ。この間も純くんのを咥えたし、大きくなる感触が最高だというのも良くわかる。

「ふーみんのって、すっごく良い匂いすんのよねー。オスの匂いっていうの、あーもーたまらんです」

舞は、アタシに見せつけるようにニヤニヤしながら、キモ島のモノに頬擦《ほおず》りする。

駄目だ。目が離せない。頬擦りする感触がなんとなくわかる。そんな記憶は全くないのに、アタシも同じことをしたことがあるような気がする。おち○ちんが、ドクンドクンと脈打つ感触を知っている。それは、間違いなく純くんの感触じゃなかった。

（あーもう、なんなのよ！　この記憶！）

たぶん、アタシは完全に動揺しきった顔をしているに違いない。呼吸を整えるのに必死だ。

「じゃあ、とりあえずイかせちゃうから、ちょっと待っててね」

「イ、イかせるって、舞ッ!?」

慌てるアタシに構うことなく、舞は再びソレを口に含むと、ゆっくり味わうみたいに呑み込んでいく。信じられなかった。長くて大きいソレが、苦もなく全部呑み込まれていくのだ。たぶん舞の喉の奥、胸元近くにまで届いているに違いない。見ているこっちが、えづきそうになる。

だが、舞は全く平気な様子で、頭を上下させ始めた。

じゅぼっ！　じゅぼっ！　じゅぼっ！　じゅぼっ！

再びいやらしい音が響き渡って、眠ったままのキモ島が苦しげに眉根を寄せ始める。呼吸も荒くなっている。その顔を見ていると、お腹の奥でじゅんと何かが滴り落ちる感触があった。

そして、ずぞぞぞぞっ！　と、舞が盛大に啜り上げるような音を立てると、キモ島の口から呻くような声が漏れて、ビクン、ビクンと彼の腰が痙攣する。

次の瞬間、舞が眉根を寄せるのとほぼ同時に、彼女の口の中で微かな水音が響き渡った。

(ああ……イっちゃったんだ)

「んくっ、んくっ、んくっ、んくっ……」

舞が喉を鳴らすたびに、精液の味が思い出されて、舌がはしたなく口の中で蠢く。濃い味、呑み込むのも大変なぐらいにねばねば。誰のモノかはわからないけれど、アタシはその味を覚えていた。

(飲みたい……飲みたい……飲みたいよぉ……)

アタシが思わず、その場に座り込むのと同時に、舞が「ぷはぁ」と顔を上げる。

「相変わらずふーみんのって、濃くって呑み込むの大変なんだよねー」

無邪気に微笑む舞。それを羨ましいと思っていることを否定できなくて、アタシはどうしようもないぐらいの絶望感を覚えていた。

✖ 取り調べ開始

望まなくとも朝は来る。来てしまう。

朝食の後、私たちは飼育場へと、部員たちの給餌に向かった。

ペットの食事が主人より後というのは、躾《しつけ》の基本だというけれど、この場合もそんな理屈なのだろう。

給餌も昨晩に続いて二回目ともなると、私たちも部員たちも勝手が分かってスムーズ。大食いの太田（姉）先輩の隣を避けるように、場所取りみたいなものまで発生している。

今朝も変わらずオートミール。「またアレか……」という声もちらほら聞こえてくるけれど、表立って不満を漏らす者はいない。

飢えることに比べれば、マズくても食べられるだけマシなのだ。とはいえ、私たちの今朝の食事がニューヨークの名店から取り寄せた一皿二千円もするエッグベネディクトの食べ放題だったと知ったら、皆は一体どんな顔をするだろうか。

飼料箱が空になるのを待って、それを回収するところまでが給餌のお仕事。この後はすぐに鞭打ちの時間。そう思っていたのだけれど、空になった飼料箱を廊下に積み上げたところで、銀髪メイドが私たちに、「食堂に集まるように」と、そう告げた。

食堂で、私たちをテーブルにつかせて、銀髪メイドは口を開いた。

「げぷぅううぅっ……」

うん……いきなり盛大なげっぷを聞かされたほうは、一体どんな顔をすればいいのだろう？

「失礼しました。今朝はちょっと食べすぎてしまったもので……コホン。気を取り直して、皆さまには本日から『取り調べ』を開始していただきます。鞭打ちは一人百回以上を行っていただきま……うぷっ、失礼しました。午前中に百回鞭打って、午後からは自由時間としていただいても、なんら問題はございません」

銀髪メイドの顔色がやけに悪い。ただでさえ白い肌が、ちょっと青ざめている。途中、彼女は必死にげっぷを堪えるように、何度も目を白黒させていた。

そんな、なんとも言えない微妙な空気が漂う中で、島先輩がおずおずと手を挙げる。

「あの……質問ええやろか？」

「どうぞ」

「二つあんねんけど。まず問題の四人がわかったらどうしたらええかってのと、その、百回打ったっていうのは、自己申告でええんかってところを……」

「良い質問でございますね。飼育場の入口には、ワタクシかトーチャー、もしくは別の使用人がおります。大罪人が誰かわかれば、その者にお告げください。即時別室に隔離し、綿密な取り調べを行います。鞭のカウントについても、その者にお尋ねいただければ結構です。きっちりカウントしておりますので」

私は思わず首を傾げる。

(綿密な取り調べでわかるんだったら、なんで最初からそうしないんだろ？)

すると、銀髪メイドは、私と唯ちゃんを見据えて口を開いた。

「森部さまは『最初から綿密な取り調べをしないのはなぜか？』、香山さまは『とりあえず雨宮の名を挙げよう』と、そうお考えになったと思いますが……」

「『ひっ!?』」

私と唯ちゃんは、思わず椅子の上で飛び上がった。

「な、なんで？　心の中が読めるの？」

「心の中が読めるわけではありません。表情が読めるだけでございます。メイドは主の顔色一つでご要望を察する必要がございますので」

（か、顔色から読めるような内容じゃないと思うんだけど……）

「話を戻させていただきます。森部さまの疑問には、監禁王さまのお考えとしか答えようがありません。尚、香山さまのお考えの内容はお奨めできません。綿密な取り調べの結果、その方が無関係であったと発覚した場合、皆さまと立場を入れ替わっていただきますので、名を告げるのは、確信されてからのほうが良いかと存じます」

「……また豚堕ちのパターンが増えましたわ」

唯ちゃんが、苦々しげに呟いた。

「では、鞭をお配り致します」

銀髪メイドはそう言うと、どこから取り出したのか、私たちの前に、環状に束ねた鞭を差し出してくる。

皮で編み上げた一本鞭。それもかなりの重量感だ。こんなので叩かれたら、シャレにならないぐらい痛いに違いない。

「うわ……マジもんやないか。バラエティとかで、罰ゲームにつこてるようなヤツかと思てたわ……」

「ああいうバラ鞭は音は大きいのですけれど、大して痛くありませんので」

銀髪メイドは『痛くないと意味ないでしょ』とでもいうような顔をして、しれっとそう言い放つ。

「で、でも、こんなんで百回も打たれたら死んでまうで」

「その点はぬかりございません。毎晩零時を回ると、鞭で打たれたダメージは完全に回復する仕様になっております」

「仕様？」

「仕様です」

「仕様て……」

「仕様でございます」

そんな馬鹿なとは思うのだけれど、ここでは信じられないことばかりが起こっている。恐らくメイドのいう仕様というのも嘘というわけではないのだろう。

「それでは、ワタクシは飼育場前に控えておりますので、ご準備が整われましたら『取り調べ』を……うぷっ、失礼。お始めいただければと存じます」

銀髪メイドが食堂を出て姿が見えなくなると、私たちは一斉に溜め息を吐く。遂にこの時が来てしまった。一応、覚悟はしたつもりだったのだけれども、いざ鞭を手に取ると身が震える。

（本当に、こんなので叩くの？　みんなを？）

「あの……寵姫さまを貶めた四人が見つかれば、みんなの待遇が良くなることと、見つかった四人も殺さないって約束してもらったことを伝えて、自主的に名乗り出てもらうのは……どうかな？」

私がそう主張すると、唯ちゃんが呆れたとでもいうような顔をした。

「森部さん。あなた、この期に及んでまだ八方美人でいられると思っていますの？　いつも、いつも人の顔色ばかり窺って」

「そ、そんなつもりじゃ……」

「良いですこと？　真咲さまは最初から四人を殺すなんて、一言も仰っておられませんのよ？」

「え？」

「思い出してごらんなさいな。部長が、その四人についてどうなるのかと尋ねた時、真咲さまはこう仰いましたの。『数年かけて身を削ぎ落とし、最低限生きていられる臓器だけにした後、宅配便で帰宅させる』と」

確かにそうだ。あまりの内容の酷さに誤解していたけれど、殺すとは一言も言っていない。むしろ『最低限、生きていられる』とさえ言っている。

「つまり、その四人にとっては、状況は何も変わっていないということですわ。『身を斬り刻まない』とは言っていないんですもの。つまり……島先輩がいらないことを言って、私たちにただ制限が増えただけですのよ」

四人はより一層頑《かたく》なになるに違いない。

「……すまんなぁ」

島先輩が、力なく項垂《うなだ》れた。

なるほど……自分たちが身を斬り刻まれるのに、他の者たちの待遇が良くなると聞けば、四人はより一層頑《かたく》なになるに違いない。

思わず肩を落とす私を見据えて、唯ちゃんはさらに語気を強めた。

「森部さん、アナタは他の部員たちに同情しているようですけれど、そんな余裕がありまして？　私たちの立場は他の方々と紙一重ですのよ。特に、入れ替わりの可能性があることは絶対に隠し通さないと。私が豚の立場であれば、そんなことを知ったら、意地でも入れ替わろうと致しますわ」

「せやな。入れ替わりが発生する条件がバレれば、罠を仕掛けてくるやろな……白鳥なんかは一発で殺《と》りにくるやろ。ウチも初ちゃんも、あいつに勝負ごとで勝ったこと一回もあらへんし……」

白鳥先輩は、長距離の選手なのだけれど、大して速いというわけでもないのに、駆け引き上手でいつのまにか好成績を上げているのだ。部員同士の賭けでも、一度だって彼女が負けたところを見たことがない。

「で、でも……このうちの誰か一人でも豚堕ちしたら、全部バレちゃうんじゃ……」

アタシがそう口にすると、島先輩が私の肩をパンと叩いた。

「せや！　せやから、ウチらは、運命共同体みたいなもんなんや。フォローしあわなアカンねや」

×××

数分後、私たちは四人全員で、飼育場の扉の前に立っていた。

もちろん、四人同時に鞭打ちを行う必要など全くないのだけれども、一人でここに入って鞭を振るうような勇気は誰にもない。

「準備は宜しいですね？」

扉の前に立っていた銀髪メイドの問いかけに、私たちは緊張の面持ちで頷く。

彼女が一礼して扉を開けた途端、私たちは一斉に飼育場へと踏み込んだ。

食堂での打ち合わせは、まず今日は叩くことに慣れようという結論で落ち着いた。どういうことかと言うと、決心が鈍る前に、とにかく勢いで叩き始めてしまえという、実に乱暴な話である。

騒然とする薄暗い飼育場。ドタバタと踏み込んでくる私たちの姿に、部員たちは驚いて一斉に後退る。

「雨宮ぁぁぁあああああああっ！」

先頭で踏み込んだ唯ちゃんは、いきなり奇声を上げて、真っ直ぐに雨宮先輩へと襲いかかった。

「な、な、な……！」

戸惑って顔を引き攣らせる雨宮先輩に、躊躇《ちゅうちょ》なく振り下ろされる鞭。風斬り音に続いて、肉を叩く鋭い打擲音《ちょうちゃくおん》。横たわっていた雨宮先輩が身を起こすより早く、唯ちゃんの鞭が彼女の肩口を打ち据えた。

「痛ぁぁあっ！」

背を向け、身を捩って逃げようとする雨宮先輩を、唯ちゃんは逃すものかとひたすら鞭打つ。まるで綾飛びをしているかのように、彼女は右へ左へと腕を振るって、先輩へと鞭を叩きつけた。

「や、やめろぉ！　お腸！　このバカッ！」

雨宮先輩が振り向いて怒鳴り声をあげたその瞬間、狙ったわけではないのだろうが、唯ちゃんの鞭が雨宮先輩の顔面を強《したた》かに打ち据える。

「ぎゃんっ！」

獣のような声を上げてもんどりうった彼女は、「う……うぅ……」と呻きながら、床の上で身悶えた。

亀甲縛りで全裸の少女を、ミニ○カ○リスが鞭で打ち据えているというのに、そこには一欠けらの淫靡さもない。そこにあるのは、ただただ陰惨な暴力だけだ。

「このっ！　このっ！　雨宮！　クソ女！　おまえのせいで！　おまえのせいでぇぇえ！」

「うぁっ、や、やめっ、やめろぉ……う、うぅ……」

雨宮先輩はされるがまま。手が自由なら頭を手で覆って丸まりもするのだろうが、後ろ手に縛られたままでは、そうもいかない。

彼女の肌の上には、すでに無数の赤い格子模様。破れた肌から血が滲みだしていた。

四人でそれぞれ鞭を打ち始めようと話しあったはずなのに、唯ちゃんのこの勢いに、私たちは驚き顔で、ただ呆然と立ち尽くしたまま。

「良い気味ですわ！　ほらっ！　もっと良い声でお鳴きなさい！」

降り止まない鞭の雨にさらされ、雨宮先輩は顔をくしゃくしゃにして泣き喚いた。

「やめてよぉお！　痛いってばぁ、なんでアタシだけぇ！」

途端に唯ちゃんのこめかみに青筋が走る。

「やかましいですわ！　醜い豚の分際で！」

そして、彼女がひと際強く鞭を振り下ろしたその瞬間、雨宮先輩の身体に覆いかぶさるように割って入る人影があった。

背中をピシャリと打ち据えられて、その人影が「ぐっ！」と堪えるような、くぐもった吐息を漏らす
それは、田代部長だった。

「香山っ！　やめろ、これ以上やったら雨宮が死ぬぞ！」

雨宮先輩に覆い被さりながら部長がそう声を上げると、唯ちゃんはヒステリックに喚き散らした。

「邪魔しないでくださいまし！　いつまで部長きどりですの、タダの家畜の分際で！」

完全に興奮しきった唯ちゃんは、鞭を振り上げて部長の背中を滅多打ちにし始める。

その途端、島先輩が慌てて唯ちゃんの肩を掴んだ。

「やめぇや！　初ちゃんは大罪人の可能性ないねんから、鞭打ちの必要なんかあれへんやろ！」

だが、唯ちゃんは島先輩をギロリと睨みつけると、その手を振り払った。

「先輩面するのは、やめてくださらないかしら？　ここではもうアナタと私は、対等の査問官ですのよ。むしろ部長の補欠で選ばれたアナタと私では、私のほうが立場は上じゃありませんこと？」

「なんやと！」

声を荒げて胸倉を掴む島先輩を無視して、唯ちゃんは入口辺りにいる銀髪メイドに問いかける。

「フリージアさま、査問官を叩いてもカウントに入りますの？」

「入りません。むしろ監禁王さまの望まれないことですので、ペナルティを与えることになるでしょう」

「お聞きになりました？　監禁王さまから罰を与えられたくなければ、その手をお離しなさいな」

唯ちゃんが目を細めて挑発するように言い放つと、島先輩は苦々しげに手を離した。

「フリージアさま……私はあとどれぐらい叩けば宜しいのかしら」

「あと四ですね」

「あら、百なんて、意外とすぐですのね」

唯ちゃんは、そう言って周囲を見回すと、金春先輩のところで視線を止めた。

「そういえば、そこの腐れ雨宮と仲が良いのは、アナタでしたわね」

「や、やめっ……きゃぁああああ！」

金春先輩をピシピシとおざなりに叩いて、唯ちゃんは「これで百」と、鞭を肩に担ぐ。

「雨宮ぁ……明日も楽しみにしていなさいな」

結衣ちゃんはひっくひっくと泣きじゃくっている雨宮先輩を見下ろしてニタァっと口元を歪め、それから銀髪メイドにこう告げた。

「私はお風呂に入って参りますわ。豚の臭いが纏わりついて不快ですもの。フリージアさま、宜しいですわよね？」

「ええ、もちろんでございます」

唯ちゃんが厚底ブーツを鳴らして飼育場を出て行ってしまうと、泣きじゃくる雨宮先輩の涙声と、それを気遣う部長の声を押し除《の》けて、部員たちの唯ちゃんを罵る声が溢れ返った。

お風呂という発言に異常に嫉妬している者もいたけれど、概《おおむ》ねは雨宮先輩を打ち据えた行為と、先輩たちへの不遜な物言いに対する非難。

確かに唯ちゃんの態度は褒められたものではないし、先輩たちに対する態度はほぼ八つ当たことだろう。

り。雨宮先輩への理不尽な暴力は、打ち据えられる者からしてみれば、許し難い暴挙に見えた

だが、彼女たちの口から零れ落ちる悪口《あっこう》は、目の前で起こった出来事を消費し終わると、すぐに数日前、数週間前、数カ月前の出来事にまで遡《さかのぼ》り、尾ひれ背びれをこれでもかとくっ付けて、唯ちゃんを良いところの欠片《かけら》もない極悪人へと仕立て上げる。

女の子が集まると、これが怖い。『わかる』という言葉を積み重ねて、負の共感が肥大していく様は、醜悪としか言いようがなかった。

これから私自身がみんなを鞭で叩いて、こんな刺々しい悪意を向けられるのだと思うと、どうしようもなく足が竦む。

(無理……無理だよ、こんなの)

胸の内でそんな弱音を零《こぼ》したその瞬間、突然視界の隅で、黒い紐が宙を舞った。

ヒュンと風斬り音。ピシャリと打擲《ちょうちゃく》音。それに重なるように「きゃっ！」と、短い悲鳴が響き渡る。

思わず目を丸くして顔を向ければ、高砂先輩がいつもの眠そうな目をしたまま、彼女の足下で蹲っている一年生たちを鞭で打ち据えていた。

「痛っ！　痛いですってば！」

「や、やめ、痛いぃ!?」

「いやぁぁっ！」

先輩は一年生七人を、一撃ごとに丁寧にローテーションしながら叩いていく。

唯ちゃんに比べれば、ずっと力の抜けた打撃。一目見ればわかる。高砂先輩は、明らかにノルマをこなすためだけに叩いていた。

「ちっ！　あの怠《なま》け者《もん》……あんだけ手ぇ抜くな言うたのに」

島先輩が、私の斜め後ろで小さく舌打ちをする。

結局、高砂先輩は何一つ問い質すこともせずに、後輩たちをただ黙々と、ものの数分で叩き終えて、銀髪メイドに眠たげな目を向けた。

「終わり……帰っていい？」

「ええ、結構でございます」

気だるげな足取りで部屋を出ていく高砂先輩の背を見送って、島先輩が忌ま忌ましげに舌打ちする。

「高砂のヤツ、後でしばかなアカンな」

「ま、まあまあ」

そして、島先輩は苦笑する私と視線を合わせて頷くと、部員たちに向かって大声を張り上げた。

「誤解ないように言うとくで。さっきウチとお腸夫人はちょっと言い合いしたけどな。ウチは別に、お腸夫人のやり方が間違えてるとは言うてないからな」

二年生を中心に、小さなざわめきが漏れた。田代部長はじっと島先輩のことを見つめている。

「ウチらの目的はみんなを叩くことやない。ウチらがこうなる原因を作ったアホ四人を見つけ出すことや。でもまあ、素直に出て来い言うたかて出てけえへんわな。そらそや。見つかったら酷い目に遭わされんのわかっとるし。やから……」

島先輩はぐるりと皆を見回して、こう言った。

「しばき倒さんとしゃーないねん。名乗り出たほうがマシやと思うぐらい、しばき倒さなしゃーないねんや」

そして、ある二年生のところで視線を止める。

肩までのストレートの髪、そんなつもりはないのに、頻繁に「なんで怒ってんの」と人に聞かれる藪睨《やぶにら》みの仏頂面——白鳥先輩だ。

「でも、ウチらが叩かんでも、お前らが自主的にアホ四人を見つけてくれたら、叩かんで済むねん……言うてる意味わかるな？」

ゴクリと喉を鳴らす音が、いくつも聞こえた。島先輩は、そのまま白鳥先輩の前へと歩み寄る。

「いうたかて……ウチかて叩かんわけにはいかへんからな。とりあえず、叩きやすいヤツを叩くことにするわ」

「で、私ってことですか？」

島先輩はそれには答えず、無言で白鳥先輩を見据える。

（そうか……あんな何気ない一言でも、質問に答えたことになっちゃうんだ。私ならうっかり答えちゃいそう。やっぱり一切喋らないようにしないと……）

「ウチの質問に答えてもらうで。逆はなしや。お前、三年の藤原舞……さまは知っとるか？」

「……あの、辱められたって人ですよね？」

島先輩は無言で、ピシャリと白鳥先輩の腿《もも》に鞭を振り下ろした。

「痛っ！」

白鳥先輩は眉根を寄せる。だが彼女に怯むような様子はない。

「どやねん？　知っとんのか？　知らへんいうたら、最低でもあと十発は喰らうことになるで？」

「理不尽ですね……ええ、知ってますよ。知り合いのお兄さんが仲良しで物凄いお金持ちだって聞いたことがあります」

「へー、あの黒ギャル、金持ちなんかいな。人は見かけに寄らんっちゅうことやな……で、金に汚いお前は、その金持ちから金ふんだくろうとしたわけや？」

「妄想逞し過ぎませんか、それ」

「やかましい！　質問にだけ答えろや！」

「そもそも知り合いに聞いた話でしか、その人のこと知りませんし、顔だってわかりませんよ」

白鳥先輩は、小馬鹿にするように肩を竦め、島先輩はムッとしながらも質問を重ねる。

「その知り合いいうのは誰や？」

「……一年の立岡絆《たちおかきづな》って子です。佐藤が同じクラスで、私も時々話をする程度ですけどね」

「ほう、佐藤か……」

島先輩が、そう言いながら顔を向けると、佐藤さんはビクンと身体を跳ねさせた。

「じ、自分は、関係ないっスよ！」

「やかましい。白鳥と佐藤、あとは金春と足立、おまえら四人そこに並べや」

今度は金春先輩と足立先輩が、ビクンと身を跳ねさせる。

「なんで私が！」

「私、もうお腸夫人に叩かれましたよ！　ふ、不公平じゃないですか！」

「やかましい。早う、そこ並べや！」

島先輩は二人を怒鳴りつけながら、追い立てるように鞭を振るう。

そもそも島先輩は、最初から二年生を叩くと言っていたのだ。だから雨宮先輩を除いた三人の二年生に、名前が出た一年の佐藤さんを加えたこの四人を、とりあえず今日のターゲットにしたのだろう。

「よーし。おまえらケツこっちに向けぇ。正直に答えーよ？　お前らん中で藤原舞さまに、手ェ出したやつおるか？　おるんやったら名乗り出ろや！」

もちろん、返事をする者はいない。

「シカトかいな」

「私たちじゃないってことですよ」

白鳥先輩が呆れ口調でそう言った途端、島先輩が彼女のお尻に鞭を振り下ろして、すごい音がした。

「っ……うっ……」

顔を歪めて身悶える白鳥先輩。お尻に刻まれた鞭の後が次第に赤さを増していく。

「お、おい！」

田代部長が身を乗り出そうとした途端、島先輩は彼女のすぐ傍の床を鞭で打って静かに告げた。

「初ちゃん、おとなしゅう見といてくれへんか。ウチ、初ちゃんは叩きとうないねん」

結局四人と島先輩は『白状せえ！』『知らないって言ってるでしょ！』と怒鳴り合いながら、百回の鞭打ちを終える。結局、この四人の中に、名乗り出る者はいなかった。

四人ともお尻はミミズ腫れだらけ。見ているだけで相当痛そうだ。

(最後まで耐えきったんだから、この四人は大罪人候補から除外しても良いのかな……？　でも、大罪人だってバレたら、もっと酷い目に遭うんだし、そうとも言い切れないよね……)

私がそんな事を考えていると、島先輩は白鳥先輩を見据えて口を開く。

「白鳥……ウチの言うたこと理解できたやんな？」

「散々、人をぶっ叩いといて……よくもまあ、勝手なことを」

白鳥先輩が恨めしげに睨みつけると。島先輩は手をひらひらさせながら、廊下へと出て行った。

そして、島先輩の背中を見送った後、一拍の呼吸を置いて、私は唐突に気付いた。気付いてしまった。

(もう、私しか残ってない!?)

何をぼんやりしてたんだろう。気が付けば、この場にいる査問官は私だけ。

周囲を見回せば、目を真っ赤にした雨宮先輩の視線が痛い。威嚇するような白鳥先輩の視線が痛い。心配するような部長の視線だけが救いで、あとの視線は全部痛い。

(ど、ど、ど、ど、どうしよう!?)

慌てて一年生たちのほうへ向き直ると、彼女たちは「お？　やんのか？」と言わんばかりに、こちらを睨みつけてきた。

(こ、怖ぃ。怖すぎるよぉ……)

「あん？　森部ぇ、まさかアンタ、森部の分際でアタシら叩く気じゃないよね？」

「ダメっスよ、さおりっち、無理しちゃ。ほら、震えてるじゃないっスか」

そう言って、岸城さんと斉藤さんが声を上げて笑う。

「森部ぇ、アタシら仲間じゃん。ランニングの時、鈍《のろ》いアンタにペースあわせてやってんの、アタシらだよね？」

「ほら、ほら、さおりぃ、うちらと友達でいたかったらさ……ね、わかるっしょ？」

大牟田さんと小池さんが、右側から傍へと歩み寄ってくる。

「そもそもグズの森部には無理だろ？　そんなの」

「鞭なんて振り回したら、危ないよー、こっちに寄こしなってば」

　堀田さんとマーコが、左側から顔を覗き込んでくる。

（もうやだ！　逃げ出したい……）

　彼女たちが後ろ手に縛られていなければ、とっくに鞭をひったくられていることだろう。

「ち、近寄らないで……」

　なすすべもなく後退る私。

（む、無理、もう無理。こ、このまま自分からギブアップして豚に落ちちゃったほうが楽なのかも……ひ、人を叩くなんて私には……）

　そんなことを考え始めた途端、傍まで近寄って来ていた一年生たちが、私の背後に目を向けて、「ひっ!?」と、一斉に後退《あとずさ》った。

（え？　え？　な、何？）

　次の瞬間、戸惑う私の肩を誰かがそっと掴む。慌てて振り返ろうとした私の耳元に、ヒソヒソと囁《ささや》く声があった。それは銀髪メイドの声。

「森部さま、怯える必要はございません。今、アナタは監禁王さまの忠実なる僕《しもべ》。偉大なる監禁王さまは、アナタを傷つける者を許しません。思い切って鞭をお振るいくださいませ」

「で、でも……」

「ワタクシがついております。アナタに危害を加えるものは、偉大なる監禁王さまの名のもと、ワタクシが死よりも辛い罰を与えましょう」

ほとんど覚えていない。

最初の一撃はギリギリ覚えている。小池さんの胸に当たったのを覚えている。それ以降は、もはや破れかぶれ。私は鞭を振り上げて、狙いも付けず、勢い任せに振り下ろした。

正直に言ってしまえば、私は一年生たちよりも、銀髪メイドのほうが怖かったのだ。

「う、うわぁあああああ！」

「大丈夫でございます。監禁王さまを信じて……」

「う、うう、う……」

「百を超えましたが、まだ続けられますか？」

銀髪メイドにそう声をかけられて我に返るまで、私は無我夢中で鞭を振るい続けていた。

誰をどれだけ叩いたかなんて覚えていない。

気が付いたら、赤いミミズ腫れだらけの一年生たちが、怯え切った目で私を見つめていた。

「今日は……もう終わります」

私がそう告げると、銀髪メイドはやけに丁寧に「お疲れさまです」と腰を折る。そして、部員たちの方に向き直ってこう続けた。

「では、森部さまが部屋をお出になりましたら、豚の皆さまにはペナルティです」

「な、なぜだ！」

田代部長が驚愕の表情で立ち上がると、銀髪メイドは呆れたという風に肩を竦める。

「アナタですよ。アナタ。あれだけ申しましたのに、アナタがそこのメス豚を庇って、香山さまの執行を妨害されたからです」

途端に、部員たちから部長に対する非難の声が上がった。

「部長！　アンタねぇ！　雨宮なんかほっときゃいいんだよ！」

「なんかって何よ！」

「また、あのビリビリ？　もうやだよぉ……」

これ以上は聞きたくない。部員たちの醜い言い争いに耳を塞いで、私は部屋を飛び出した。

「うっ……ううっ……ぐすっ……」

胸の内で渦巻く嫌悪感。薄暗い廊下を歩いているうちにボロボロと涙が零れ始めて、私は手にした鞭を力なく引き摺りながら、部屋へと戻る。

扉を開けると、ベッドに腰を下ろす唯ちゃんの姿が見えた。

風呂上りらしき彼女はバスタオル一枚を巻いただけのあられもない姿。縦巻きの癖がついた濡れ髪は、タオルドライもまともに済ませていないのか、やけに重そうに見える。

「遅かったですわね」

確かに時間がかかってしまった。唯ちゃんが先に飼育場を出てから、既に二時間以上も経っている。

（だって、仕方ないじゃない。唯ちゃんみたいに、平気で人を鞭打てる人間じゃないもん……）

私は、扉を入ってすぐのところ、そこで赤じゅうたんの上にへなへなと座りこんでしまった。

「で、何を泣いていらっしゃるの？　その様子じゃ、豚どもを叩けなかったのかしら？」

私は、ぶんぶんと首を振る。

「ぐすっ、うぇっ……、ぐすっ、ずびっ、ぐす……」

叩いた。ちゃんと叩いた。叩いて、帰ってきた。そう返事をしようとしたのだが、言葉にならなかった。

涙が止まらない。息苦しい。私の情緒はもうむちゃくちゃだ。罪悪感とか、達成感とか、名前をつけられる感情は良いとして、それらを巻き込んで、胸の奥で渦巻いているこの感情は一体なんなんだろう。どす黒いくせに、誇らしいこの感情は。

唯ちゃんは呆れたような顔をして、私に問いかける。

「あの後、何がありましたの？」

あの後のこと……唯ちゃんが鞭打ち百回を終えて、一足先に飼育場を出ていった後のこと。私が、たどたどしくも嗚咽交じりに話し終えると、彼女はニコリと微笑んで、ぎゅっと私の手を握った。

「でも……鞭を打った瞬間、気持ち良いと思ったのでしょ？」

私は、思わず身を固くする。

思った。思ってしまった。認めたくはないけれど、最初の一撃、小池さんの胸を打ち据えたその時、確かに背筋をゾクゾクっと、電気が走るような、そんな気持ち良さがあったのだ。

私が何も言えずに項垂《うなだ》れると、唯ちゃんは耳元でこう囁いた。

「ワタクシ、監禁王さまにお仕えしたいと思っておりますの……。森部さんも一緒に、真咲さまにお願いしてみませんこと？」

✖ 二人の微妙な距離

「うっ……うぅん……」

随分良く寝たような気がする。なのに、なんだか身体が怠《ダル》い。

目を開けようとしたら、窓から差し込む陽光が、直接顔に当たっていて酷く眩しかった。

僕は、再び目を閉じる。窓があるということは、ここは『寝室』ではない。つまり、僕の自室ってことだ。恐らく寝ているうちに、リリが運び出してくれたのだろう。

目覚め切っていない頭でぼんやりと思い起こしてみれば、昨晩のことは大体、ちゃんと覚えている。もちろん、暴走している間のこともだ。

涼子の妹……えーと、確か響子。そんな名前だったと思う。僕は彼女に思い知らせてやろうと、栄養ドリンクを一本丸ごと飲んだ。そして、目論見通りに大暴走。散々に彼女を犯しまくり、レベルアップの電子音は二回聞いた。つまり響子は今、『従属』状態ってことだ。残念ながら一気に『隷属』とまではいかなかったらしい。

そして、響子が気を失った後は、乱入してきた涼子の服を破きながら犯して、その途中で、たまたま部屋に入って来た真咲ちゃんも、壁に押さえつけて犯しまくった。

（うわっ、我ながら最悪だ……。後で涼子と真咲ちゃんに謝まんなきゃ……）

そこまで考えたところで、僕はすーっと血の気が引くのを感じた。

（ヤバい……僕、リリを襲ったんだ……最後まではいかなかったみたいだけど）

マズいなと思う反面、惜しかったなという気持ちもある。リリを抱きたいかと言われれば、当然抱きたいに決まっている。なんだかんだ言っても、彼女は超がつく美少女なのだ。ロリだけど。

（どんな顔して、リリに会えばいいんだよ……）

思わず頭を抱えかけて、僕はすぐ隣から聞こえてくる微かな呼吸音に気が付いた。

誰かが僕の手を腿に挟み込むようにしがみついている。慌てて寝息の聞こえたほうへ目を向けると、そこには「すーすー」と気持ち良さげに眠っている、お嬢さまモードの藤原さんの寝顔があった。

（な、なんだ、藤原さんか……母さんがまた、勝手に部屋に入れたんだな）

藤原さんなら、まあ問題はない。おかしいとは思うけれど、有り得ることだ。

僕は、そっと身を起こして藤原さんの髪を撫でる。

あらためて目にすると、藤原さんはやっぱり可愛い。睫毛長いし、日焼けしているのに肌もツルツル。顔の一つ一つのパーツが小さくて、儚《はかな》げに見える。

じっと彼女の顔を眺めていると、突然、部屋の隅のほうから女の子の声がした。

「起きたんだ？」

慌てて、声のしたほうに目を向けると、そこには壁にもたれかかって体育座りをする女の子の姿があった。

「黒沢……さん？」

それは、アースカラーのロングスカートに濃い緑のチュニック。軽装な森ガールみたいな恰好の黒沢さん。

「なんでこんな所にいるんだって顔ね」

「あ……うん」

（まさにその通り）

「アタシ今、舞んところで泊めてもらってんの。で、舞がアンタん家《ち》に行くっていうから、アタシは行かないって言ったんだけど……舞ってほら、言い出したら聞かないとこあるじゃん。で、強引に連れて来られたってわけ」

「そう……なんだ」

「そうよ」

そのまま沈黙。なんとも微妙な空気が漂う。そもそも僕と黒沢さんが同じ部屋にいて、会話を交わしていることが異常なのだ。話なんて続くわけがない。言葉もない僕らの代わりに、外からは、きゃっきゃとはしゃぐ子供たちの声が微かに聞こえてきた。

黒沢さんは、目を伏せながら、ポツリと呟く。

「なんて呼べばいい？」

「え？」

「アンタのこと。いつまでもキモ島って呼んでんのは、舞に悪いじゃん。けど、ふーみんとは呼びたくないの」

「あ、ああ……じゃあ普通に木島くんとか文雄くんとか」

すると、黒沢さんはジトっとした目を向けてくる。

「なんで、アタシがアンタに君付けしなきゃいけないのよ。バカじゃないの」

「えぇー……」

足蹴にされたところまで関係が戻ってるわけだから仕方ないとは思うのだけれど、この言いようは酷くない？

「何？　こっち、じっと見んのやめてくんない。キモいから」

「あ、ごめん。制服じゃない黒沢さんが珍しくて」

実際、かなり新鮮だ。制服以外だといろいろすっ飛ばして、下着姿か裸しか見たことがないわけで。

「この服、舞からの借り物だけどさ、後で舞に言っとくわ。すぐにクリーニングに出したほうが良いよって」

「僕が見ただけで汚れちゃうの!?」

僕が思わず声を上げると、そこで藤原さんが、いきなり「ふわぁぁぁっ……」と、伸びをした。

どうやら目を覚ましたらしい。

「うにゅ、おっはよ……。お昼寝してー、起きたらふーみんが隣にいるとか、最の高だよねー、にゅにゅにゅ」

藤原さんが僕の胸に頬を擦り付け始めると、黒沢さんは「ふん」と鼻を鳴らして、顔を背ける。

「なーに？　美鈴と仲良くなれた？」

「え、あの、ちょっとだけ……」

「ちっとも仲良くなってないわよ」

憮然とした表情でそう言い放つと、黒沢さんはスッと立ち上がる。

「舞、そろそろ帰ろ。あと、アンタらが寝てる間に、ここのお母さんが覗きに来てたから。舞が隣で寝てんの見て『あらあらまああ』とか嬉しそうに言ってたし」

(ちょっとまって!?　それめっちゃキツいんだけど！)

思わず項垂れる僕とは対照的に、藤原さんは「あはは、親公認のカップルだしー！」と、はしゃぎ声をあげて、黒沢さんはまた、「ふん」と鼻を鳴らした。

×××

藤原さんと黒沢さんの二人が帰った後、僕は思い切ってリリを呼んでみた。

「リリ、いるかい？」

呼びかけてみても、なんの反応もない。部屋の中にはどこかきまりの悪い静寂が居座った。

それでも繰り返し呼びかけ続けていると、十二回目ぐらいでムスッとむくれたリリが姿を現す。

「その……リリ、ごめん」

「………」

謝れど、彼女はジトっとした目で、無言のまま僕を見据えるだけ。

（うわっ……無茶苦茶怒ってるよ）

怒った女の子の取り扱い説明書が欲しい。結局、僕は平謝りに謝ることしかできず、三ダースほども「ごめんなさい」を積み重ねた辺りで、リリが大きく息を吐いて、小さく肩を竦めた。

「今後は凶暴化《バーサーク》禁止！　わかったデビな！」

「う、うん、しない。絶対しないよ！」

僕が大袈裟に頷くと、リリは悪戯っ子を叱り終えた母親みたいに苦笑した。

「わかればいいデビ。まあ、凶暴化のお陰でリョーコの妹は一足飛びに『従属』状態まで堕とせたわけだし、全部が全部悪いというわけじゃないデビ」

「……うん、それはまあ」

「陸上部のほうも概ね順調デビ。黒ギャルの写真を持ってる四人を探すことを建前にしながら、部員たちをずっと観察しているデビが、フミフミが犯人だと勘付いたっていう部員は、ほぼ特定できたデビ」

「マジで！　ど、どの子？」

僕が思わず声を上げると、リリは悪戯っぽく口元を歪める。

「まあ、それは最後のお楽しみデビ。それより前に、多分あと三日ぐらいでフミフミが選んだ四人、そのうち一人ぐらいは抱かせてあげられると思うデビ」

「マジで？　へえ……それは楽しみだな」

「で、今晩はどうするデビ？　一応、上位淫魔《エルダーサキュバス》の全力ドレインを喰らったわけだし、黒ギャルにも一回抜かれてるんだから、一晩ぐらい休養しても良いと思うデビが」

「ちょ、ちょっと待って？　今、聞き捨てならないこと言わなかった？　藤原さんに一回抜かれてるって、ど、どういうこと？」

「フミフミが寝てる間に、サクッと口で抜いてたデビ。黒沢ちゃんの目の前で」

「はあっ!?」

思わず目を丸くする僕に、リリはニマニマとした笑いを浮かべた。

「なかなか、良い感じに頭のおかしい女デビな。でも、そのお陰で黒沢ちゃんがかなりフミフミを意識するようになったデビ」

「そうかなぁ？　いつも通りに突っかかってきたけど……」

「まあ、見てると良いデビ。で、話を戻すデビが、今晩はどうするデビ？」

「うん、折角『従属』まで堕とせたんだし、涼子の妹を追撃するよ。充分手応えはあったし、引き続き徹底的にプライドをへし折って、無力さを自覚させてやれば『隷属』まで堕とせると思うんだよね」

「……まあ、何事も経験デビ、やるだけやってみれば良いデビ」

リリは少し眉根を寄せて、素っ気なく言い捨てる。僕は、もしかしたらまだちょっと怒ってるのかなと、そう思った。

✖もっと可愛い響子ちゃん

目が覚めたら、一糸纏わぬ全裸。オレは、姉ちゃんに連れられて最初に入った部屋、青を基調とした豪奢なその部屋のベッドの上にいた。

ベッドサイドの時計に目を向ければ、夜の八時。一体どれだけ眠り続けていたのだろう。

「つたく……何が、いったいどうなってんだよ」

途端に、あのクソガキのいやらしい笑い顔が脳裏にフラッシュバックする。無茶苦茶に犯されて、泣いて喚いて必死に許しを乞うみっともない自分の姿を思い出し、オレはその悔しさにギュッとシーツを握り締めた。

「バケモンじゃねぇか……」

思い出せば、身が震える。

大学デビューして、夜はクラブに入り浸り、それこそ両手で足りないぐらいのヤバい男たちと付き合って、可愛い女の子には軒並み手を出して、セフレにして、男から寝取りもした。

正直、男相手でも女相手でも、オレよりセックスの上手いヤツなんていないとすら思っていたのだ。

だがそれは、ただの自惚れだった。

クソ生意気なガキにお仕置きしてやるつもりだったというのに、あれよあれよという間にイかされまくり、反撃の糸口すら見つからない。

盛大にイカされて、足腰の立たないフラフラのオレに覆い被さってきたかと思うと、そこから狂気の鬼ピストン。イこうが、泣き叫ぼうがお構いなしだ。

意識を飛ばした途端に子宮をぶち破るような勢いで突き上げられて、強制的に現実に連れ戻され、再び快楽の海に投げ込まれる。

最後は意地もプライドもどこかに吹っ飛んで、子供のようにガチ泣きしてしまったというのに、ヤツには人の心がないのか、一切手を緩めてくれない。

射精《だ》しても射精《だ》しても衰えもせず、チ〇ポを引き抜くこともなしに一体何発膣内《なか》出しされたのか。思い出しただけでも歯の根が噛み合わなくなる。

(姉ちゃんが、ご主人さまって呼んでた意味が良くわかった……あれは、逆らっちゃダメなヤツだ)

関わらずに生きていくか、媚びて可愛がられるか。どっちかを選ばなきゃならない。そんな化け物だ。

あんなセックスを覚えてしまったら、たぶん他の男に抱かれても物足りなさを覚えるに違いない。実際、昨晩のことを思い出しただけで、身体の奥が疼き始めている。心のどこかであの快楽を求め始めている。

でも時間が経てば、いつかはきっと忘れられる。忘れられると信じたい。でなければ、本当にあのクソガキの奴隷に堕ちるしかないのだから。

（……逃げ出すなら、今しかねぇだろ！）

オレは、ベッドを降りて壁面の扉、そのノブに手をかける。

（この扉の向こうは、姉ちゃんのマンションのマンションだったはず……）

扉はあっさり開いた。向こうには、マンションの寝室が見えている。だが、どういうわけか、そこで急に足が動かなくなる。

結局、オレはどうやっても、そこから足を踏み出すことができなかった。

「なんでだよ！　ちくしょう！」

叩きつけるように扉を閉じて、オレはその場にへなへなと座り込んだ。

「マジで……どうなってんだよ、これ……」

呆然とそう呟くのとほぼ同時に、ガチャッと音がして、廊下に続くほうの扉が開く。あのクソガキがまたオレを犯しに来たんじゃないかと、オレは恐怖に身を強張らせた。

だが、顔を覗かせたのは、ネグリジェ姿の可愛らしい女の子。

「こんばんは、響子さん。起きましたか？」

ニコニコと微笑みながら、その女の子が部屋の中へと入ってくる。一歩間違えば小学生かと思うような童顔で小柄。なのに、とんでもない巨乳ちゃんである。

「なんだよ、アンタ？」

「わたしは羽田真咲っていいます。文雄くんに、着る物を見繕ってあげてって言われて来たんですけど」

「着る物……ああ助かる」

(文雄ってのは、あのクソガキのことだろう)

「アンタは……その、文雄ってのとは、どういう関係なんだ？」

「そうですねー。恋人で、性奴隷で、奥さんって感じかな」

「意味わかんねー……」

「そのうちわかりますって。特に文雄くん、今夜は響子さんを一晩中可愛がってやるって言ってましたから、可愛くお洒落しないと！」

「はぁっ!?　じょ、冗談だろ！」

死刑宣告にも等しいその発言に、背筋が凍りつくような気がした。

「冗談じゃないですよ？　文雄くんが一晩中って言ったら、ホントに一晩中ですし。あーあ、うらやましいなぁ。私も可愛がってほしいんですけど……響子さんは新人さんだから、優先してあげちゃいます」

この羽田真咲という女の子が、あのクソガキに抱かれることを本気で羨ましがってるのは、見ればわかる。

「ア、アンタ、その文雄ってヤツのこと、好きなんだろ？　好きな男が他の女抱いても良いのかよ！」

「はい。それで文雄くんが喜ぶんなら、ドンドン抱いちゃってって感じです。それに響子さんも経験したからわかると思うんですけど、文雄くんのあのエッチは、一人じゃ受け止められるものじゃありませんから」

「う……たしかに」

「今、文雄くんの相手をしているの、私と涼子さんだけなので、響子さんは大歓迎です！」

「はぁ、ちょ、ちょっと待って⁉　姉ちゃんも抱かれてんの？　だって姉ちゃん、婚約者いるんだぜ？　来月、結婚するんだぜ？」

「えー、そうなんですか？　でも文雄くん以上の男の人なんていませんし。涼子さんだって、他の男の人なんて、たぶんゾウリムシぐらいにしか思ってませんよ？」

「……ゾウリムシ」

一度しか会ったことはないが、姉ちゃんの婚約者の姿が脳裏を過る。かなり年上の銀縁眼鏡の優男だ。

あの男は、こんな状況になっていることを知っているのだろうか？

「ささ、長話してると文雄くん、待ちくたびれちゃいますからね。手早く着替えちゃいましょう！」

そう言って、彼女はニコッと微笑んだ。

×××

羽田という女の子に手を曳かれて、オレは昨日無茶苦茶に犯された、あのでっかいベッドのある部屋へと連れてこられた。

「じゃ、頑張って文雄くんを気持ち良くしてあげてくださいね」

「ま、待てってば！」

扉の外へ出ていく彼女。振り向けば、例の天蓋付きの大きなベッドに腰かけて、あのクソガキがニヤニヤと笑っている。

「あはは、それ凄く可愛いね」

「……どこがだよ。こんなのオレに似合うわけないだろうが！」

オレは、羞恥に身を焦がしながら、下唇に歯を立てた。

どういうわけかオレは、あの羽田という子が選んだ服を拒否できなかった。「イヤだ！　ふざけんな！」と喚きながらも、気が付けば袖を通していたのだ。まるで拒否することを禁止されているかのように。

その結果、今のオレの恰好は赤いタータンチェックのジャンパースカートに、ハート柄のニーハイソックス。

頭にはスカートと揃いの柄のでっかいリボン。スカートの丈は短く、裾に白いフリルをあしらった、いわゆるロリータファッションである。

「ふむ……オレっていうのは、好きじゃないって言ったよね？　そうだな。今日は『きょーこたん』にしようか。で、僕のことは『おにいたん』って呼んでね。幼児言葉で宜しく」

「はぁ？　おにいたんは、おバカたんでちゅね。きょーこたんがそんなことちゅゆわけないでちょ！」

言ってしまってから、オレは思わず口を手で覆った。

「お、おにいたん⁉　きょーこたんになにをちたんでちゅ！」

(な、なんだよ、これ！　さ、催眠術か何かなのか？)

頭で考えた言葉が、口から出る時には幼児言葉に変わっている。

この格好でこの喋り方。脳みその足りないバカ女みたいだ。趣味が悪過ぎる。悪い冗談にもほどがある。

パンクでロックなカッコいい女。大学デビューを果たして以来、そう言われてきたし、オレ自身そう思ってきた。そのつもりだった。それをこいつは、なんの価値もないかのように、あっさりと引っぺがしやがった。

「ころちゅじょ、おにいたん！」

オレが殺意を込めて睨みつけると、クソガキはやれやれと肩を竦める。

「そろそろ、響子にも理解してもらわないとね」

「な、なにをでちゅか？」

「響子はもう僕の性奴隷で、僕を満足させることが生きる意味で、僕に愛されることだけが幸せだってことをさ」

「お、おばかたん！　じょーだんは顔だけにしゅゆでちゅ！　きょーこたんは、おにいたんの言いなりになんて、ならないでちゅよ！」

すると、クソガキは本気で驚いたような顔をした。

「へぇ……『従属』状態でも、まだそんなに反抗的なんだ。びっくりした。流石は涼子の妹ってとこかな」

「おねえたんは、関係ないでちゅ！」

(どいつもこいつも！　こんなところでまで！　オレがどんなに頑張ったって、いつもいつも『流石は姉さんの妹』だ。ふざけんな！　結局コイツもそうだ。涼子の妹、涼子の妹って！)

「怒ったか？　まあ、お前ら姉妹の関係はどうでもいいよ。でも、そうだな……響子、おまえの粗相のツケは、全部涼子に回すことにする。きょーこたんは、まだひとりでおしりがふけまてんねーって、涼子と一緒に笑うことにするよ」

その瞬間、頭に血が上った。

身体が勝手に動いていた。オレはこのクソガキを殴らなきゃ、気が済まない。

だが、拳が届くより前に――

「跪け！」

その声が聞こえた途端、オレは自分の意思とは裏腹に、床の上へと膝を落としていた。

「だから……そろそろ理解させてやるって言ってるだろ？」

「ぐっ……」

クソガキは、オレのほうへと歩み寄りながら、いたぶるように口を開く。

「響子には、ちゃんと謝ってもらわないとね。僕をバカにしたこと。僕を殺すって言ったこと。あーいま、僕を殴ろうとしたこともね。けっこう根に持つタイプなんだよ。僕」

（だれが謝るか！　ふざけんな！）

心の中でそう怒鳴りつけようとも、身体が心を裏切る。

「おにいたん。ごめんなちゃい。きょーこたんが悪い子でちた。ゆるしてくだちゃい。もうちまちぇん」

血管がブチ切れそうになっている。声が震えている。なのにオレは、額を床に擦りつけて、このクソガキに媚びるみたいに謝っている。

（なんだこれ？　なんなんだよ！　これは！）

「ふぇえっ……、ふぇぇ……ぐすっ、ぐすっ……」

悔しくて、悔しくて、無力な自分が情けなくて、涙が出てきた。だが、その泣き声すら幼児のようだ。

「仕方ないなー、うん。許してあげるよ。じゃあ、こっちにおいで、可愛がってあげるから」

オレは、涙で顔をぐしゃぐしゃにしながら、ふらふらと立ち上がった。

✖✖✖

僕はベッドから立ち上がると、響子の腕を取り、その身体を乱暴に引き寄せた。

ふらつく足下。涙でぐちゃぐちゃの顔。彼女は心ここにあらずといった様子で、大して抵抗することもなく、僕の胸板に身を預ける。

恰好はロリータなのに、顔立ち、体つきは成人女性。口調は舌っ足らずなのに、言葉の内容は反抗的。

その、なんとも言えないバランスの悪さとぐちゃぐちゃの泣き顔に、僕の嗜虐欲求が臨界寸前まで膨らんでいる。

（ヤバい……楽しい）

リリは以前、他人の運命を力ずくで捻じ曲げるのは楽しいなんてことを言っていたが、僕もその楽しさに気づいてしまったようだ。大分、悪魔の考え方に染まりつつあるような気もするけれど、それを別にイヤだとも思わなくなっているのが、一番の問題なのかもしれない。

僕は、力任せに腕を引いて、ベッドの上に彼女を投げ出す。

「ひゃん、乱暴にしちゃやらっ！」

お尻をついて、仰向けに倒れこむ響子。タータンチェックのジャンパースカートが捲れ上がって、その下の、子供っぽいかぼちゃパンツが露わになった。

（かぼちゃパンツって……おいおい、真咲ちゃん……）

子供っぽい恰好をさせろと言っただけなのだけれど、真咲ちゃんは割と凝り性だったらしい。

僕は脚の間に身を捻じ込んで、そのまま彼女に覆いかぶさる。少しは抵抗するかと思っていたのだけれど、彼女はそうはしなかった。ただ、反抗的な目で僕を見返してくるだけ。

「抵抗しないの？」

「てーこーしたってむだなんでちょ？　きょーこたんをむりやりねじふせてまんぞくでちゅか？　ださださおにいたん」

「うん、満足だね」

僕は彼女の腕をまとめて片手で押さえ込み、ジャンパースカートの肩ひもをほどく。そして一気にその胸元を捲り下ろした。

「ひゃっ!?」

途端にまろび出るおっぱい。ノーブラなのも子供はブラをしないからということなのだろうか。

それにしても、響子の胸はふっくらと盛り上がって形も良い。体つきは涼子とそっくりだけど、この部分だけは、響子のほうが少し大きいような気がした。

響子は頬を赤らめながらも、プイと顔を逸らして唇を噛む。

「……好きにちなちゃいよ」

「言われるまでもないってば」

膨らみを鷲掴みにすると、痛そうに響子の眉根が寄った。

「いたっ、いたいでちゅ、へたくそ！」

手の中で歪む肉の柔らかさと、押し返してくる肌の弾力に、力加減を忘れて、握り潰してしまいそうになる。

真咲ちゃんの蕩けるほどに柔らかいおっぱいとは、また違う感触。響子のは内側に芯があって、その芯が押し返してくるような手触りが心地良い。

指を喰い込ませるたびに、響子の発する甘い女の匂いが鮮明になっていくような、そんな気がした。

しばらく乳房の感触を楽しんでいると、響子が嘲るように笑う。

「あはは、ちからづくのせっくしゅで、女がよろこぶと思ってるんだから、哀れでしゅね。いたいばっかりで、きもちよくもなんともないでちゅよ」

「ああそうか、悪い悪い。涼子は強くされるのが好きなドMだから、響子もそうだと思ってたよ。涼子の劣化コピーだし」

響子は、一瞬きょとんとした顔になったかと思うと、流石にその一言は許せなかったのだろう。突然、涙に濡れた目を怒らせて、激しく抵抗し始めた。

「むぅううう！　はなしぇ、はなしぇ！　きょーこたんはおねえたんとは、かんけいないもん！　おにいたんなんかきらい、だいきらいでちゅ！」

「大人しくしろ！」

僕がそう命じると、途端に響子の手足は動きを止める。

「抵抗しないんじゃなかったのか？」

「うるちゃい、ちね！」

頬を膨らませて、プイと顔を背けるその挙動はどこか子供っぽい。もしかしたら、恰好や言葉遣いにメンタルまで引き摺られつつあるのかもしれない。

やれやれと肩を竦めながら、僕は彼女の下半身へと手を伸ばした。

スカートをお腹まで捲り上げ、かぼちゃパンツの上から、恥丘の膨らみに手を置いて、その割れ目を指でなぞり上げる。

「ひんっ、あ、や、ちょっ……」

「今さら、こんなことで騒がないでよ。セックスには自信あるんでしょ？」

「う、うぅ……」

指の腹で股布の上から割れ目を撫でさする。普通のショーツよりも大分厚い布を通して、響子の中心が蠢いている様子がわずかに伝わってきた。

「そのまま股を広げてろよ」

「いやでちゅ！」

だが、口ではそう言いながらも、身体は勝手に動き始める。

ギシギシと股関節が軋むほどに、彼女の両足が広がっていく。

「もー！　なんなんでちゅか！　いたい、おまたがいたいでちゅ！」

布の上から恥丘を撫で下ろし、割れ目に指を沈ませながら、僕は彼女の片足を脇で挟んで固定する。

途端に、ビクッと響子の足に緊張感が走った。

だが、そんなのはお構いなし。指先がクリ○リスをかすめると、響子の腰が悩ましげに跳ねる。そして、ゆっくりと焦らすように淫芽の周辺をなぞってやると、吐息に甘い声が混じり始めた。

「ンっ……く、あ、ぁふ……んっ……ぁ……っ」

執拗に指で弄り続けていると、かぼちゃパンツの厚手の布に恥ずかしい染みが滲み始める。

「あはは、すぐにびちょびちょだ。やっぱ雑魚マ○コだね」

「ち、ちがうもん！　ばかぁ！」

響子が顔を赤らめて声を荒げるのをニヤニヤと眺めながら、僕はかぼちゃパンツのゴムに指をかけると、それを一気に引き下ろした。

「おにいたんのばかぁ、ちね、へんたいぃぃ！」

響子はそう言って声を上げるが、身動きは封じられている。なすすべもなく足を大きく開いたままだ。

「さてと、そろそろ僕も楽しませてもらおうかな」

僕はパンツを脱ぐとペニスを取り出し、少し自分で擦って状態を整える。気配を感じた響子は、屹立する僕のモノを見て目を逸らすが、好奇心には勝てないのか、またちらっと見て、その大きさに目を見張った。

「いまさら、ビビる必要ないだろ？　もう何回も咥え込んだんだからさ」

「ビビってないでちゅ！　お、おおきければいいってものじゃないでちゅよ！　や、やるならとっととやればいいでちゅ！」

　響子はきゅっと目をつぶり、身を強張らせる。その様子はなげやりなように見えて、どこか期待しているようにも見えた。

「じゃ、楽しませてもらうかな」

　僕は肉棒を手に取り、亀頭でゆっくりと割れ目をなぞる。

「んっ……っ……ぁ……あん……」

　カウパーを塗り付けるように、じっくり撫で上げてやると、膣孔が鯉の口のようにヒクつきながら、ドプっと蜜を溢れさせた。

「そうそう、アソコの具合だけはね。涼子より響子のほうが良いんだよね」

「そ、そんなの誉め言葉じゃないでちゅ」

「誉めたわけじゃないよ。事実だからね。だから、響子の下手くそなクセにうぬぼれたセックスはいらないから、ただのオナホとして使うことにするよ。身動きもできないわけだしね」

「な、いいかげんに……」

　響子が声を荒げかけたその瞬間、僕は膣口に亀頭を押し当てると一気に腰を突き出した。

「んひぃぃぃ!?」

　そして、そのまま激しく腰を使い始める。

「んっ、あ、あっ、あっ、あっ、ああっ、ひっ……」

響子の腰はビクンビクンと跳ねているが、手足は全く動いていない。世にいうマグロ状態だ。

僕は腰を動かしながら、響子の上に覆い被さって、鼻先に顔を突きつける。

「響子は見た目は悪くないし、マ○コの具合も悪くない。なら一番良い使い道は、可愛く着飾らせて、生オナホだろ？」

「ちね！　ころしゅ、ころしてやゆ！」

「あらま、口の悪いオナホだな。そうだな……おにいたんだいすき以外の言葉は、言っちゃダメ」

「おにいたんだいすき！　おにいたんだいすきぃぃ！」

声のニュアンスは、たぶん罵倒してるのだと思うのだけど、言葉として出てくるのは『おにいたんだいすき』なのはかなり滑稽だ。思わず笑いがこみ上げてくる。

目の前の響子の悔しげな顔、睨みつけてくるその目から、悔し涙が流れ落ちた。

「あー、あとその表情もいいな。ゾクゾクするよ。涼子は、いたぶっても喜んじゃうからさ」

「おにいぃぃたん、だいすきぃ！」

たぶん、今のは『おぼえてやがれ』的なことを言ったんだと思う。

「ほんと役立たずだよね、響子は。いいところはマ○コだけ。だからさ……」

そこで、一気に腰を突き上げて、子宮を圧し潰してやる。

「ひぃっ!?　あっ、おにぃたん、ひっ、だいすきぃ……」

響子は大きく目を見開いて、身を仰け反らせた。

「生オナホとして、朝まで使いまくってやるよ」

✖女子陸上部員監禁・六日目――美鈴悩む

本当に、朝まで使いまくってやった。

身動き一つできない相手を組み敷いて、自分勝手に犯し続けるという、もはや、セックスとも呼べない拷問。栄養ドリンクを舐めては、三回射精をワンセットにして、それを朝までひたすら繰り返した。

響子がいくら泣き叫ぼうが一顧だにせず、何度イこうがお構いなし。欲望の赴くままに腰を振り、欲求のままに精を放ち続けた。

そんなことをすれば、女は一体どうなってしまうのか？

「ねぇ、リリ、このオナホ、壊れちゃったよ」

朝の訪れを告げるために現れたリリに、僕は肩を竦めてみせる。

「うわぁ……これはヒドいデビな」

そういうリリは半笑い。実に悪魔らしい表情だった。

深夜二時を越えた辺りから、響子は「あー……あー……」と、意味不明な呻き声を漏らすだけになった。まあ、それでも穴を使う分には、なんの問題もない。だが、そのまま使い続けていたら、六時過ぎには白目を剥いたまま痙攣が止まらなくなってしまったのだ。

彼女の顔を覗き込めば、どれだけ美人でもこうなっちゃお終いとしか思えないような、酷いアヘ顔になっている。涙と涎でぐちゃぐちゃ、拭うこともできなくて、鼻水が顎の下にまで白い筋を描いていた。

可愛らしいジャンパースカートも胸元ははだけ、裾は捲り上がり、お腹の辺りに巻き付いているだけ。身動きできないお蔭で、髪型に大した崩れがないのがまた、シュールだった。

それでもまだ、響子は『隷属』に到っていない。ここまでやってダメなら、肉体的な刺激だけでは、そこまで堕とすことはできないと考えるべきだろう。何か、満たしていない条件があるのだ。

「あとでトーチャーに治させるデビよ。ぶっ壊れた精神だけを治して、記憶はそのまま。それでもまだ、反抗的な態度を取れるかどうかは見ものデビ」

「できれば、また突っかかってきてほしいな」

「あはは、で、またぶっ壊すデビか？」

「だってさ、真咲ちゃんにはこんなこと可哀そうでできないし、涼子は喜んじゃうから逆に楽しくないんだよね。その点、響子は僕のＳっ気を満足させてくれるから、結構好みのタイプかも」

「迷惑極まりない好みデビ」

そう言って、リリは肩を竦める。

「じゃ、響子のこと頼むよ」

僕は、リリに後を任せて独りシャワーを浴び、響子にかけておいた『禁止《プロヒビット》』を解いて、『寝室』を出た。

×××

朝になって、舞と一緒に車で学校まで送ってもらった。

お金持ちの車はベンツに違いないから、『カッコいいね、このベンツ』と言ったら『シトロエンだよー。ＤＳ９、お義父さんの趣味なんだよね』と返された。

そんなことを言われても、シトロエンがどんなベンツなのかはわからない。とりあえず、「へぇー……」と頷くことにした。ちょっと上擦っていたかもしれない。

通学路には所々にお巡りさんが立っていて、正門周りの報道陣は、土日を挟んで随分数が減っていた。

(この分なら、アタシん家の前ももう大丈夫かも。あとでママに電話で様子を聞いてみよう)

舞と一緒に教室に足を踏み入れると、いつもとなんら変わりのない風景。

ただ、集まって話している子たちから漏れ聞こえてくる話題は当然、女子陸上部失踪事件のこと。ちらちらと視線を感じるのは、ニュースで何度もアタシの名前が出てたみたいだから、それは仕方ないことなんだと思う。嬉しくはないけれど。

「ふーみん、おっはよー！」

舞は教室に入るなり、フミオの傍へと駆け寄っていく。

彼女はそのまま隣の席にカバンを放り出すと、フミオの席に椅子をくっつけて、彼の腕にしがみついた。

舞は他人の目なんて、全く気にする気もないらしい。フミオは迷惑そうだけど、本気で嫌がっているわけじゃないのは見ればわかる。

アタシも自分の席に着く前に、フミオのところに歩み寄って、一言声をかけた。

「おはよう」

「え!? あ、ああ、お、おはよう」

挨拶したぐらいで、いちいち『びっくりした』みたいな顔をするのはやめてほしい。

アタシが、そのまま自分の席に戻ろうとすると、舞が思い出したかのように口を開いた。

「そうだ、ふーみん。今日は美鈴と一緒に帰んなきゃいけないから、一緒に帰れないんだけど、ごめんね」

「いや、いつも一緒に帰ってるみたいに言うのやめてくんない？　僕は独りで帰ってるのに、藤原さんが勝手にくっついてくるだけだからね」

「えー……ふーみん冷たいぃ！　っていうか！　藤原さんじゃなくて、舞って呼んでってば！」

フミオは、舞にだけは自然に喋る。まあ彼氏と彼女なら当然なのかもしれないけれど、なんとなく腑に落ちなさを感じた。ペットが家族の中で自分にだけ馴れてくれない、なんとなくそんな感じ。

そんなモヤモヤした気分のまま、アタシが自分の席に着くと、「美鈴、おはよう」と、純くんが近寄ってきて前の席の椅子、その背もたれを抱え込むように座った。

「おはよう、純くん」

「さっき、キモ島と何話してたのさ？」

「挨拶しただけだけど……って、なに、もしかして純くん、妬いちゃった？」

「そ、そんなんじゃないけどよー」

目を逸らす純くんは可愛らしい。アタシは思わず口元が緩むのを感じた。

純くんは少しモジモジした様子で声を潜める。

「ところでさ……今週、どこかで会えないかな？」

「アタシ、刑事さんのマンション出て、舞のところに泊めてもらってるんだけど、流石に舞に迷惑かけられないから。マスコミに見つかったら……さ。来週には多分、家に帰れてると思うんだけど」

「そうか。それなら、まあ仕方ないよな」

報道陣に見つかるとマズいのは本当だけど、舞に頼めば車で送迎ぐらいはしてくれると思う。でも、二人きりになるのは、まだ気持ちの整理がつかないのだ。

モデル仲間の子たちから、男の子は一度身体を許すと、そればかりを求めてくるようになると聞いている。それがイヤだというわけではなくて……色々と比べてしまうのがイヤなのだ。舞に、フミオのアレを見せられてからは特に酷い。気を抜くと、純くんの可愛いのじゃなくて、フミオの太いアレを口で扱いている妄想が頭を過《よぎ》ってしまうのだ。

思わず、溜め息が漏れる。

（アタシ……いつから、こんなエッチな子になっちゃったんだろう。本当、勘弁してほしいよ）

「じゃあさ、帰りは舞ちゃんも一緒？」

「うん。車で迎えに来てもらうことになってんの。すごいんだよ、シトロエンのベンツ。お金持ちはやっぱ違うなーって感じ」

「ベンツか、すげーな。じゃあ舞ちゃんはキモ島と一緒じゃないんだよな？」

「うん、それはそうだけど……何？」

さっきから何か言葉のニュアンスが気になる。アタシじゃなくて、舞を心配してるような……。

「実は、昨日の夜からさ。ウチの一年のマネの姿が見当たんないらしくて。寮でちょっとした騒ぎになってるみたいでさ」

「えー！　大変じゃん！　でもそれが舞になんの関係があんの？」

「そのマネが、こういうメッセ残してんだよ」

アタシは純くんが差し出して来たスマホの画面を見て、思わず息を呑んだ。

『いま、警察にチクってきたんだけど、陸上部が居なくなった日に、三年の木島先輩が部室の周りウロウロしてんの見ちゃったんだよねー。私も、あの先輩にはちょっと前から付きまとわれて怖い思いしてるからさー。ざまーって感じ。もし私が行方不明になったら、あの先輩の仕業かもｗｗｗ』

「アイツが陸上部みんなを攫ったって？　あはは、ないない！　そんなバカなことあるわけないじゃん」

「いや……俺も流石にそりゃないだろうって思うんだけどさ、見てみ、この後……」

純くんが画面をスライドさせると、ＳＮＳのタイムラインにやけに物騒なやりとりが並んでいる。

「攫うとか、囲むとか……ヤバくない？　これ」

「そのいなくなったマネって、結構誰にでも色目使うような子でさ。一年坊主どもが、その子を取り合ってたんだよな。そいつらがいきりたっちまって……。帰り道でキモ島取り囲むぐらいのことは、やりかねねーわけ。だから、キモ島はともかく、舞ちゃんまで巻き込まれるようなことになったらシャレにならねーからさ」

「これ、教えてあげたほうが良くない？」

「キモ島に？　そんな義理ねーよ。っていうか、ありえねーとは思っててもさ、美鈴や真咲ちゃん攫ったのが、アイツかもしれねーなんて話が出てきちまったら、まず俺がアイツを問いただしてーぐらいだわ」

「ちょっと！　やめてよね。ただでさえ今お巡りさんが一杯立ってるのに、純くんが暴力なんかで捕まっちゃったら、アタシやだよ」

「大丈夫、俺は別にやんねーけどさ。舞ちゃんにも言っちゃダメだからな。絶対に巻き込まれるから、あの子」

たぶん、純くんの言う通り、舞に教えたらどんな行動に出るかわかったものではない。危なすぎる。

アタシは、フミオのほうを振り返る。

相変わらず舞にちょっかいをかけられては、やれやれみたいな顔をしていた。

フミオが犯人？　流石にそれはありえない。でも、考えてみればアタシが行方不明になったのは、アイツを踏みつけにした翌日。そして、未だに帰ってこないのはアイツが告白した真咲……いや、考え過ぎだろう。どうかしてる。アイツに人を攫えるような、気力も体力も財力もあるとは思えない。

だがこの日、アタシは狙われていることをフミオに教えるべきかどうか、ずっと悩み続けることになった。

✖ボロボロ初ちゃん、ガチギレ島さん

昨晩の夕食の席に、真咲さまはいらっしゃらなかった。

監禁王さまに仕えたい。そうお願いするつもりだった唯ちゃんは、とても残念そうにしていた。私も一緒にお仕えしないかと誘われたが、一応お断りしたつもりでいる。はっきりイヤだというのは気が引けたので、婉曲に断ったつもりなのだけれど、唯ちゃんにちゃんと伝わっているのかどうかはあまり自信がない。

そして一夜が明けて今日、朝食の時間。ふわふわのチーズオムレツを食べ終わって、豚の給餌の時間がやってくる。私たちは銀髪メイドに指示されるままに、オートミールと牛乳の入ったバケツを手にして飼育場へと足を踏み入れた。

昨日と同じ……だと思っていたら、そこで一波乱があった。

「初ちゃん！　どないしたんや！　それ！」

島先輩が大声を上げて、私たちは彼女の視線の先へと目を向ける。するとそこには、アザだらけの田代部長が、身体を投げ出すように床に転がっていた。

他の部員たちの様子を見ても、銀髪メイドの言っていた通り、鞭打ちの痕は影も形もなくなっている。つまり部長の身体に残る痣は、鞭打ちによるものではないということだ。

「誰や！　こんなことしたん誰やっ！」

島先輩が豚どもを見回して声を張り上げると、田代部長は弱々しく身を起こして、消え入りそうな声でこう答える。

「島……大丈夫だ。心配ない。それより皆に食事を……」

「アホか！　初ちゃん、ボロボロやないか。こいつらのメシどころやないやろが！」

島先輩は、そのまま部員たちへと詰め寄ろうとしたのだが、銀髪メイドがその前に立ちはだかった。

「島さま、今は給餌のお時間でございます。取り調べのお時間ではございません」

「せやかて！」

「従っていただけないのであれば、ペナルティを与えることになりますが？」

「ぐっ……」

島先輩は唇を噛みしめると、部員たちを見回して低い声でこう吐き捨てる。

「お前ら……後で覚悟しとけや」

怒気を孕みながらも黙々と給餌作業を行い、飼料箱を回収し終わった途端、鞭を手にそのまま飼育場に突入しようとする島先輩。私たちは慌てて彼女を押し止《とど》めた。

「一旦クールダウンしましょう。ね、ね！」

「せやかて森部……。って、高砂！　お腸夫人！　お前らまで。押すな！　押すなて！」

「芸人の『押すな』は押せってことですわよね。とにかく、一旦仕切り直すのが賢明ですわよ」

「誰が芸人や！」

島先輩がブチ切れる気持ちも良くわかる。実際、あの光景には私もかなり憤《いきどお》りを感じた。

誰がどう見ても、あれはリンチの痕。寄ってたかって蹴られ、踏みつけにされた痕だ。

誰がやったにせよ、他の者たちはどうしてそれを止めなかったのか？　止められなかったのか？

「落ち着いた！　落ち着いたから、さっさと行くで！」

「全然、落ち着けてないじゃないですか、島先輩！」

どうにか食堂にまで引っ張ってきたものの、椅子に座らせた途端、慌ただしく立ち上がろうとする島先輩。私はその手を掴んで説得する。

「気持ちはわかりますけれど、冷静にならないと、思いがけないミスをすることになりますってば」

「せえへんて！」

「頭を冷やされたほうが宜しいんじゃなくて？　豚堕ちするのは勝手ですけれど、こちらの迷惑も考えていただきたいものですわね」

途端に島先輩が、唯ちゃんをギロリと睨んだ。

「お腸夫人……お前、最近調子に乗り過ぎちゃうか？　口の利き方には気ぃつけぇや！」

「八つ当たりはやめてくださいまし。ご自分でもおわかりになるでしょ？　今のアナタなら、白鳥先輩あたりに挑発されて『キレて、答えて、ハイ豚堕ち』って、どこかのテレフォンショッピングの商品説明みたいに、お手軽スリーステップで即陥落するのは目に見えてますわよ」

「ぐっ……」

島先輩はバカではない。勉強できるできないは別として、いわゆる知恵の回る人だ。それだけに、唯ちゃんの言うことが理に適っているのがわかってしまったのだろう。

「クソっ！」

テーブルを拳で叩く島先輩。それを横目に、唯ちゃんは私と高砂先輩にこう告げた。

「高砂先輩は島先輩をお願いしますわ。まずは、森部さんと私が先に鞭打ちを済ませてしまいます。森部さんは何も喋らないほうが宜しくてよ。貴方も正直なところ、あまり冷静には見えませんもの」

唯ちゃんの後について食堂を出て、私は飼育場の前まで来た。

銀髪メイドは、私たちの姿を見ると一礼して、「どうぞ」と扉を押し開く。

「行きますわよ。森部さん」

「うん」

私たちは小さく頷きあって、飼育場の中へと足を踏み入れた。

朝食の残り香、牛乳の匂いが鼻を突く。田代部長は隅のほうで転がったまま、胸は上下しているから多分大丈夫だと思う。私は自分にそう言い聞かせた。

唯ちゃんの姿を見た途端、雨宮先輩は「ひっ!?」と顔を引き攣らせる。部員たちは一斉に雨宮先輩の周りから後退った。

「雨宮ァ、覚悟はできてますわよね」

「イヤぁ……もう許してよぉ……なんで私ばっかりィ！」

「頭の悪い豚ですこと。まだ口の利き方もわからないのね。許してください、唯さまで……

しょうが！」

そのまま大きく鞭を振りかぶって、唯ちゃんは雨宮先輩を打ち据える。風斬り音に続いて、バチィイッ！　と、大きな打擲音が響き渡った。

「痛いぃ!?　ゆ、許してください。……ゆ、唯、さま」

涙ながらに許しを乞う雨宮先輩。だが、唯ちゃんは再び鞭を振り上げる。

「まだ、躊躇がありますわね」

「ひぃっ、唯さま！　唯さま！　お、お許しください！」

「だーめっ！」

ビシィ！　と、さっきよりも鋭い音。「ぎゃぁぁぁあああ！！」と、雨宮先輩が悲鳴を上げて仰け反った。

「まだ二発ですわよ？　そんなんじゃ、あと九十八発も耐えられるのかしら」

「無理ぃ！　無理ですぅ！　お許しくださいぃぃ、唯さまぁ！」

雨宮先輩が「唯さま」と口にする度に、唯ちゃんは小さく身を震わせている。どこか興奮を抑えきれずにいる。そんな風に見える。ゾクゾクする。そんな感じなのかもしれない。

「もっと、もっとですわ！」

ビシィ、ビシィと力任せの重い鞭の音。「ぎゃあああ！」と、雨宮先輩の獣のような悲鳴が響き渡る。

なんとなく頭の中で数を数えていると、三十発を超えた辺りで唯ちゃんは、涙と涎で顔もぐちゃぐちゃの雨宮先輩の髪を掴んで顔を上げさせると、口元を下弦の月みたいな形に歪めて囁きかけた。

「私の靴を舐めなさい」

「そ、そんな……」

「舐めろ！」

「ぎゃぁあああっ！」

唯ちゃんは横殴りに顔を鞭で叩く、あれは痛い。のたうちまわる雨宮先輩の背中をさらに鞭で滅多打ちに打ち据えて、息も絶え絶えの彼女に、唯ちゃんはさらに詰め寄った。

「もう一度だけ言いますわよ。私の靴をお舐めなさい」

「う……うぅ……」

跪いた雨宮先輩の目の前に掲げられるつま先。はらはらと涙を流しながら、先輩は唯ちゃんのブーツに舌を這わせる。

「どう、おいしい？」

「むちゅっ、おい……しいれふ」

「そう、遠慮はいらないわ、もっとお舐めなさい。あれぇ……おかしいわね？　ちっとも美味しそうに見えませんわよ。もっと嬉しそうに舐めたらどうなの？」

「えへ、えへへ……れろっ」

目尻から涙を零しながら、雨宮先輩は無理やり笑顔をつくった。

これは流石に酷いと思う。だが、私が唯ちゃんを止める理由もなければ義理もない。雨宮先輩とは特別仲が良かったわけでもないのだ。ただ、これだけ無茶苦茶されれば、もし雨宮先輩が例の四人の一人なら、とっくに名乗り出ているんじゃないかとも思う。

唯ちゃんは、ペロペロと靴を舐め続けている雨宮先輩の頭を撫でながら、優しげな声で囁きかけた。

「従順な子は可愛いわね。鞭打ちを減らしてあげたいけれど、私も百回打たなければなりませんの。どうしようかしら」

すると、雨宮先輩は唯ちゃんに縋りつくように声を上げる。

「き、聞いてください！　大牟田と小池が唯さまの悪口を言ってましたぁ！　腹下し女とか、お嬢ぶりっ子とか、言ってました！　ア、アイツらを叩いてください！」

「へぇ……、そう。そんなこと言ってたのね……」

唯ちゃんがギロリと睨むと、一年の大牟田さんと小池さんが、慌てて雨宮先輩を怒鳴りつけた。

「アンタが言わせたんでしょうが！　違うから香山さん！　そいつが香山さんを悪く言うから、話を合わせただけなの。わ、私たち後輩だし、先輩には逆らえないから！」

「そ、そう！　悪いのは雨宮先輩！　そいつよ！　そいつ！」

慌てて雨宮先輩が声を上げる。

「良く言うわよ、最後まで悪口言ってたのアンタじゃないのよ、小池！　そうだ！　イタ電かけてやったとか言ってたよね、アンタ！」

その瞬間、唯ちゃんのコメカミがピクッと動いた。

「へぇ……アレ、あんただったのね。小池」

小池さんの顔からサッと血の気が引く。唯ちゃんは銀髪メイドのほうへと振り返った。

「フリージアさま、私はどれぐらい打ちましたの？」

「三十九です」

「よかったわね、雨宮。今日はあと一発で許してあげる。あとは小池と大牟田にするわ。その代わり大きな声で、私に感謝なさい『ありがとうございます』って」

「あ、ありがとうございま……んひぃっ！」

最後の一発を打ち込んだ後、唯ちゃんはそのまま倒れ込んだ雨宮先輩を顧みることもせずに、小池さんと大牟田さんのほうへと向き直る。

「さあ、お待たせ。アナタたちの番ですわよ」

「ひっ……ち、違うの。私は悪くない、悪いのは雨宮だってば！」

「やかましいですわ！」

唯ちゃんが鞭を振り上げる。そこからは滅多打ち。彼女たちは鞭に打たれながら、唯ちゃんではなく、雨宮先輩を罵り続けていた。

さて、私もいつまでも見ているだけというわけにはいかない。

二人を鞭打つ唯ちゃんを横目に、私は他の一年生たちのほうへと向き直る。

途端に、彼女たちは怯えるような顔になった。

「も、森部さん、ア、アタシたち友達じゃん。ほ、ほら、二年の先輩とかアンタのことといっつも怒鳴りつけてたじゃん。雨宮先輩とか足立先輩とか、あっちをやっちゃおうよ、ね、ね」

「良く考えてみたら、太田先輩とか一回も叩かれてないじゃん。贔屓だよ、贔屓、ねえ、太田先輩とかにしようよ」

堀田さんとマーコが顔を左右に振りながらそう主張して、彼女たちが誰かの名前を出すたびに名前を出されたものが怒鳴り声を上げた。醜い。本当に醜い。自分が彼女たちの立場なら、同じようなことを言うのだろうか？　うん、きっと言うだろう。私は弱い。自分が弱いことぐらいはわかっている。

「ね、ねえ、なんとか言ってよ、その……森部……さま」

とうとう『様』呼ばわりだ。

だけど、私は島先輩や唯ちゃんほど度胸もないし、頭も良くない。今日は、一切口をきかないと決めている。失敗しないためには、それしかないと思っている。部長に何があったかを問い質したいとは思うけれど、変な色気を出せば絶対に失敗する。

そんなことを考えていると、二年生たちが集まっている辺りから、私を呼ぶ声が聞こえた。

「ねえ、森部」

声の主へと目を向けると、そこにいたのは白鳥先輩。

相変わらず機嫌の悪そうなむっつりとした表情。目が悪いだけだと言っていたけれど、喧嘩を売ってるとしか思えないような藪睨みの目が私をじっと見ていた。

（無視しなきゃ……一番相手にしちゃダメな人だ……白鳥先輩は）

私が言葉のやりとりをしたところで、太刀打ちできる相手ではない。

私が背を向けると、白鳥先輩が揶揄《からか》うように声を上げた。

「まったく、返事もできないなんて、礼儀もへったくれもあったもんじゃないわね。あなたは比較的マシな部類だと思ってたんだけど……」

（挑発に乗っちゃダメ。無視、無視）

私が何も答えないでいると、白鳥先輩はさらに言葉を紡いだ。

「……まあ良いわ。ねえ、森部。私、アンタたちが探してる四人が誰だか、もうわかっちゃった」

「えっ⁉」

思わず声を上げて、私は慌てて口を塞ぐ。

（大丈夫。今のは質問に答えたわけじゃない）

周りを見回せば、白鳥先輩のその一言に、部員たちの間にも動揺が広がっていた。

「あはは！　アンタは香山と違って、人ぶん殴って喜ぶようなタイプじゃないもんね。だいぶ無理してるんでしょ、今？」

（……何を企んでいるんだろ）

警戒心はマックス。たぶん今、私は駆け引きを仕掛けられている。絶対に口を開いちゃダメだ。

「私なら、あなたを楽にしてあげられる。その四人を引っ張り出して、とりあえずこんな茶番を終わらしてしまえる。その後がどうなんのかは知らないけど……」

そして白鳥先輩は、私を見据えてこう言った。

「だから……あなた、私と立場を交代しなさい」

私は、思わず息を呑んだ。

(なんで、入れ替わりがあることを知ってんの!?)

思わず目を見開いて振り返った私に、白鳥先輩はニヤッと口元を歪めてみせる。

「うん、やっぱりね。今ので確信に変わったわ。あなたたちと私たちの立場が入れ替わる条件がある。……まあ、あなたの態度を見れば、その条件も大体わかってるんだけどね」

あらためて、この人のヤバさがわかったような気がする。ダメだ。相手にしちゃダメだ。とにかく一刻も早くここから出なくちゃいけない。

私は意を決して、一年生のほうへと向き直る。そして一番手近にいた岸城さんへと鞭を振り下ろした。

✖ 好きな人はお兄ちゃん

「武彦さん、お茶をどうぞ」

「ああ、ありがとう。涼子さん」

朝礼の後、署の三階、臨時に設置された捜査本部で、仲村警視が書類に目を通している。

捜査員はみんな出払って、部屋には私と警視の二人だけ。

私は本部長付きの連絡員ということになってはいるが、単純に手元に置いておきたいという
ことなのだろう。業務内容は良く言えば秘書、悪く言えば小間使いといったところ。

ご主人さまと出会う前なら、婚約者とずっと一緒にいられるこの状況に浮かれていたのだろ
うと思うのだが、今となっては苦痛でしかない。

(署内でイチャつきたがるような、不心得者じゃないのは救いだけれど……)

仲村警視が書類を手に、ズズっとお茶を啜るのとほぼ同時に、扉をノックする音が響いた。

「どうぞ」

返事をするのとほぼ同時に扉が開いて、猪本先輩が部屋へと入ってくる。彼はそのまま仲村
警視のデスクへと歩み寄り、堅苦しい態度で口を開いた。

「本部長、報告があります」

すると、仲村警視は書類をデスクの上に投げ出して、肩を竦める。

「おいおい、猪本。他に誰もいない時はいつも通りで良いって。同期なんだからさ」

「そう言われてもな……まあ、お言葉に甘えようか」

猪本先輩はちらりと私のほうへ目を向けて、頭を掻く。

「で、どうしたんだ？」

「ああ、実は陸上部の部員たちを林道へと誘導できる人間、その線で洗っていた件だが、陸上部の顧問に少々気になる背後関係が浮かび上がってきたんでな」

「ほう……気になる背後関係とは？」

「あの顧問は陸上の世界では、割と有名な監督らしいんだが、私生活はボロボロだな。借金塗れで一家は離散。娘はソープに沈んでる」

「読めたぞ。金貸しに大陸系マフィアでも噛んでるんだろ」

「いや、金貸しのほうは、さほど問題じゃない。背後に暴力団《マルジー》の影がないわけじゃないが、決定的にヤバいのは見つからん」

「じゃあ、何が問題なんだ？」

「借金の原因だよ。よくもまあ、それだけ金を使ったもんだと呆れるしかないんだが、数千万にも届くその借金は全部、娘がホストにいれあげて貢ぎまくった結果らしい。で、そのホストクラブの経営者なんだが……神島杏奈。陸上部の照屋って子の姉だ」

「事情聴取の際にも名前が挙がっていましたね。神島杏奈には、売春の斡旋と強要で前科もあります」

私が口を挟むと、猪本先輩は無言で頷く。その一方で仲村警視の表情はなぜか、厳しいものへと変わっていた。

「あくまで仮説の域を出ない話だが、借金漬けにした顧問に部員たちを誘導させて連れ出させた。林道から国道へ出て車に載せ、たとえば、大陸系の連中に引き渡したとでも考えれば、犯人は神島杏奈、いや神島組ってのは十分成立する」

少し興奮気味に捲し立てる猪本先輩。だが、仲村警視はそれを冷ややかな目で眺めてこう言った。

「却下だ」

「な！　どうしてだ。筋は通っているじゃないか！」

「通っていないだろ、猪本。本部設立の時にも言ったが、こんなリスキーな方法で女子生徒十八名を攫う旨味は神島組にはない。世間の注目を集めるようなやり方は、連中の手口じゃないだろ」

「しょっぴいてみれば、何かそうするだけの意味が見つかるかもしれんだろ！」

「バカなことを言うな。昔とは違うんだ。そんな根拠の薄い話でしょっ引いてみろ。たちまち人権屋とマスコミの餌食だぞ」

「しかし……！」

「却下だっ！」

らしくもない感情的な態度を見せる仲村警視に、私と猪本先輩は思わず顔を見合わせた。

×××

この場から逃れたい。その一心で、私は鞭を振るった。無我夢中だった。

私が鞭を振るっている間にも、白鳥先輩は何やら話しかけてきていたようだけれど、目の前で身悶える同級生たちに意識を向けることで、そっちはどうにか無視することができた。

マーコ、堀田さん、斎藤さん、岸城さん、佐藤さん、太田妹。誰を何回かなんて全く考えもせずに、目についた子をひたすら打ち据える。鞭打つ手を一度止めてしまったら、また打ち始めるのには勇気がいる。

無心で打ち据えているうちに、悲鳴も鞭の音も『音』というくくりでしか認識できなくなって、意味は消える。ゲシュタルトが崩壊して、気が付いたら誰が誰だか良くわからなくなっていた。

手が疲れて、肩が痛くなってきて、打つ相手を変えることも辛くなってきて、私は作業的に、目の前の一人を延々と打ち据える。

目の前に部長が飛び込んできたのは、その時だ。

「待て！　森部！　待ってくれ、それ以上やったら斎藤が死んでしまう！」

危うく部長を鞭打ちかけて、私はハッと我に返る。

気が付けば、目の前で斎藤さんがぐったりとしていた。

肩で息をする私と、怯え切ったミミズ腫れだらけの一年生たちの顔。憔悴しきった顔の部長が、咎めるような目で私を見ていた。

「はぁ、はぁ……フリージアさま。わ、私、あと何回叩けば……」

銀髪メイドのほうを振り返って問いかけると、彼女は抑揚のない口調でこう言った。

「既に百を十四回、超えております」

「そ、そう……ですか……」

既に、飼育場に唯ちゃんの姿はない。私は部員たちのほうを顧みることも怖くなって、そのまま小走りに飼育場を走り出る。

廊下に出ると、島先輩と高砂先輩が丁度こちらへと歩いてくるところだった。

「先輩！」

「森部、迷惑かけた。ウチはもう大丈夫や」

島先輩がニカッと歯を見せて笑う。その顔を見ると少しだけホッとした。

「せ、先輩、し、白鳥先輩に気、気をつけて！　あの人、駆け引きを仕掛けてきましたから」

「駆け引き？　そうか……ちっとはやる気になったんかな、アイツ」

そう言って、島先輩は高砂先輩を無理やり引っ張るようにして飼育場へと入っていった。

そして私が、とぼとぼと与えられた部屋に戻ると――

「んっ……んあっ、い、いいですわ……」

唯ちゃんがベッドの上に横たわって、はだけた胸と股間に指を這わせている。彼女は、自分を慰めていた。

「……はぁ、はぁ……んんっ」

予想外の光景に、思わず戸口で硬直する私。

次の瞬間、目があってしまった私と唯ちゃんは、二人して「あ」と間抜けな声を漏らした。

×××

「し、失礼しました」

「い、いいえ、おかまいなく」

なんとも気マズい沈黙の末に、私たちはベッドの上で互いにぎこちなく頭を下げ合う。

「あの雨宮に靴を舐めさせたかと思うと、興奮してしまって……。こんな気持ちになったのは初めてですわ。い、いつも、こんなはしたないことをしているわけじゃありませんのよ！」

「う、うん、わ、わかったから……その気持ちは、ちょっとわかるし……」

私たちは、二人して赤くなってうつむく。

「その……森部さんは、ステディな殿方はいらっしゃるのかしら？」

おずおずと口を開いたかと思うと、唯ちゃんは唐突にそんなことを聞いてきた。

「ステディな殿方？　彼氏ってこと？　いない！　いないよ。そんなのいたことないよ！」

(彼氏いない歴＝年齢ですよ、はい)

「そ、そういう唯ちゃんは？」

「許嫁はおりましたけれど……破談になりましたわ」

「許嫁!?」

(何それ！　そんな漫画みたいなこと、ホントにあるんだ！)

流石、お金持ち。親が結婚相手まで面倒みてくれるなんて、消極的な人間からしてみれば羨ましい限りである。

「十五も年上の殿方で、二回ほどしかお会いしたことはありませんでしたし、その……見た目も脂ぎったおじさまとしか……」

「そう……なんだ。じゃあ破談になって良かったんじゃない？　唯ちゃん可愛いし。好きな人と結婚できるほうが良いよ、絶対」

「好きな人と言われても困るのですけれど……森部さんはその……想いを寄せておられる殿方はいらっしゃるの？」

なんだか、モジモジする唯ちゃんはいつもと随分違う感じで、とっても可愛らしい気がした。

「えーと……だ、誰にも言ったことないから、内緒にしてほしいんだけど……その……お兄ちゃん」

「お兄さまですか？」

唯ちゃんは、きょとんとした顔をする。

「あ、ごめん。お兄ちゃんって言ってもほんとの兄妹じゃなくて、近所に住んでるお兄ちゃんってこと。かっこよくはないけど優しい人で、小学生の時には手を曳いて、一緒に学校まで連れてってくれて、その……初恋なんだよね。お兄ちゃん今、三年生なんだけど……ね」

「森部さんもしかして……その殿方を追って同じ学校に？」

「……うん」

「まあ！」

唯ちゃんの表情がパーッと明るくなる。逆に私はだんだん恥ずかしくなってきて、思わず俯《うつむ》いてしまった。

「その……私、あんまり頭良くないけど、同じ学校に行きたくて受験勉強は頑張ったの……って、なんでこんな話してるんだろうね……あはは」

「そういうことでしたら、ここから出られるように頑張らないとですわね！　戻れたらその方を私にも紹介してくださいませ」

「紹介って……まずは私が話しかけられるようにならないと……なんだけどね」

唯ちゃんの恥ずかしい姿を見たせいで、なぜかこんな話になってしまった。

でも、唯ちゃんと少しだけ仲良くなれたような気がして、ちょっと嬉しいような、そんな気がした。

第十四章　島夏美は助けたい。

木島文雄襲撃

「なんだったんだろうな……一体」

挙動不審としか言いようがない。

今日の黒沢さんは、どうにも様子がおかしかった。

彼女は休み時間の度に藤原さんの所へ来たかと思うと、他愛もない話をしながら、なぜかチラチラと僕の様子を窺っているように見えた。

いやいやそんなはずはない。僕が自意識過剰なだけ……とも思ったのだけれど、藤原さんもなんとなく気付いていたようで昼休み、お弁当を食べている時に――

「今日、なんか美鈴変だよね？　なんかふーみんを意識してるような感じなんだけど……とうとう、ふーみんの魅力に気付いちゃったのかな？」

そう言って首を傾げた。

「魅力って……」

自分で言うのもなんだけど、そんなもの有るわけがない。

今の黒沢さんと僕の関係を思えば、どんな嫌がらせをしてやろうかと企んでいる。そんな風に考えたほうが、まだしっくりくる。

そして、五時限目終了後の休み時間、遂に黒沢美鈴の嫌がらせが始まった。

彼女は、いきなり「じゃんけーん！」と言って僕の前で手を振りかざし、僕は「え、な、何？」などと警戒しながらも一応相手をする。

黒沢さんは、じゃんけんがめっちゃ弱かった。後だし気味な癖に弱かった。

だが、負けても負けても一向にやめようとしない。

九回目にしてやっと勝利を収めると、彼女はホッとしたような吐息を漏らした後、僕の鼻先に指を突きつけてきた。

「アタシの勝ち。じゃあ、罰ゲームね」

「……はい？」

どうやら彼女の八回の負けは、ノーカンらしい。

（なんなの？　バグってんのこの子？）

大抵いつも意味不明な藤原さんがきょとんとするぐらいだから、相当意味不明だ。

で、「コーヒー牛乳買ってこいよ」とでも言いだすのかと思ったら、彼女はなぜか「アンタ、今日は裏門から遠回りして帰りなさいよ」などと言い出した。

（地味っ！　なんという地味な嫌がらせ！　遠回りさせるだけとか……）

その場は一応『う、うん、わかった』と返事をしたものの、もちろん従うつもりなどない。

そもそも裏口はありえない。黒沢さんは知る由もないことだけれど、裏の林道は今、警察の捜査のホットスポットだ。そんなところにノコノコ行けば、『犯人は現場に戻ってくる』的な捉え方をされてもおかしくはない。

（……いや、流石にそれは、刑事ドラマの見過ぎか）

放課後、僕は黒沢さんが藤原さんと一緒に教室を出るのを見届けた後、しばらく待って普通に正門へと向かった。

正門前のマスコミは、先週に比べると随分数が減っている。テレビカメラの類は全くなく、新聞か雑誌かはわからないけれど、首からカメラを提げた記者らしき人間が数名だけ。彼らは門にもたれかかって雑談に興じていた。

時刻は五時を少し回ったところ。

陽は傾きつつも尚高く、空の澄み具合は夏が近いことを思わせる。この季節特有の羽虫の群れを顔の前で払いながら、僕はいつも通りの通学路、住宅街のほうへと足を向けた。

基本的に人通りが少ない道である。とりわけ、このあたりの新興住宅街は人づきあいも深くないのか、奥様方が路上で井戸端会議に興じているということもない。

そして、真咲ちゃんが粕谷くんに告白するのを目撃した、例の児童公園を横目に坂を下ろうとしたその時――

「痛っ！　つっ……!?」

唐突に、後頭部に激しい衝撃が走った。

頭蓋骨を伝って鼓膜を震わせる鈍い音。目の前に星が散るなんていう表現を良く見かけるけれど、あれはマジだ。本当に星だか火花だか良くわからないものが、目の前で飛び散った。

(な、なんだ!?　何が……)

鈍い痛みに呻きながら、頭を押さえて蹲《うずくま》る。指先にどろりとした感触、鼻を突く鉄錆の臭い。

(ヤバい……血が出てる!)

そう思った次の瞬間、僕は襟首を掴まれて、振り回されるように公園の中へと引き摺り込まれた。

叢《くさむら》の上に投げ出され、禿げた芝に鼻先を突っ込む。草いきれ、土いきれ、直射日光に一日さらされた地面は生暖かく、鼻先に土の匂いが漂った。

「うげっ!　っ……ぐぁっ……」

慌てて身を起こそうとすると、次から次へと誰かが僕の身体を蹴りつけてくる。

痛みから逃れようと地面を転がると、乾いた土がうっすらと土煙を漂わせた。

何が起こっているのかわからない。思考が全然追いついてこない。

痛みに顔を歪ませて見上げると、マスクとニット帽で顔を隠した男たちが、倒れ込んだままの僕を見下ろしていた。

数は六人。制服を身に着けているところを見ると、ウチの学校の生徒たちのようだけれど、校章や学年章の類は着けておらず、ぱっと見で誰だかわかるような要素は何も見当たらない。

そのうち一人が木刀のようなものを手にしている。どうやら僕は、あれで頭をぶん殴られたらしい。

（マジかよ……そんなもんで殴ったら死んでもおかしくないだろ）

喧嘩慣れしてるような連中じゃないのかもしれない。だが、加減を知らない分、そういう連中のほうが怖いのだ。

「な、何すんだよ！」

僕が声を上げると、連中は一言も発せずに、次から次へと蹴りつけてくる。

「ぐっ、痛っ！　ぐぅっ……」

カブトムシの幼虫みたいに身を丸めて耐えるも、一発一発の蹴りが無茶苦茶重い、シャレにならないぐらい痛い。

マスク男たちは散々に僕を蹴りつけた後、一人が脇腹を踏みつけにして、声を荒げた。

興奮しきった擦れ声。でも、どこか少し幼いようにも聞こえる。

「てめぇ！　凛ちゃんをどこへやった！　あぁん！」

「う、うぅっ……な、な、なんのこと……だよ」

「しらばっくれてんじゃねぇぞ！　てめぇが攫った女だろうが！　あぁん！」

（凛？　どこかで聞いたことがあるような……攫った？　身に覚えがあり過ぎて誰のことだかわからない）

だが、どっちにしろ、しらを切るしかない。

「な、なんのことだかわかんない……よ。う、うぅ……人違いだって……」

「うるせぇ！」

込んできた。

木刀を手にした奴が、キレ気味に叫んだかと思うと、僕の脇腹に思いっきり踵落《かかと》としをぶち込んできた。

「うがっ!?　う、ううっ……」

(無茶苦茶しやがる。肋骨にひびぐらい入っててもおかしくないぞ、これ……)

一撃一撃が全力過ぎる。必死過ぎる。やっぱり喧嘩慣れしていないらしい。

「おい、ソイツ立たせろよ、誰かが通る前に攫っちまうぞ」

「おらっ、立て！」

僕は、言われるがままにフラフラと立ち上がる。

六対一で、しかも僕はもうボロボロ。マスク男たちは完全に侮っている。チャンスは今しかない。

僕は立ち上がってすぐ、よろけるフリをして、マスク男たちの間に頭から突っ込んだ。全く警戒していなかったのだろう。彼らは一切反応できていなかった。僕は、そのまま転げるように彼らの包囲から抜け出して、一気に駆け出した。

「なっ！　テメェ！　逃がすかよ！」

もちろん、僕の脚の遅さは折り紙付きだ。一瞬の隙を突いて逃げ出したとしても、すぐに追いつかれるのは目に見えている。

必死に足を動かし、伸びてくる手を振り払って、どうにか公園隅の公衆トイレの中へと駆け込んだ。

汚い和式便所。その個室に入って慌ただしく鍵をかける。一拍ほど遅れて、ドンっ！　と、ドアを蹴りつける音が響き渡った。

「逃げてんじゃねーよ、クソが！」

「便器に顔突っ込みてーらしいな、コイツ！」

「もう逃げ場なんてねーぞ！　こういうのを袋の鼠っつーんだよ！」

確かに普通なら絶体絶命。自ら死地に飛び込んだようなものだ。

だが、僕には能力がある。

僕はトイレの個室、その壁面に『扉』を呼び出して、中へと転がり込んだ。その先は『監禁王の寝室』。大きな天蓋付きのベッドが鎮座するその部屋の戸口の辺り、毛足の長い赤じゅうたんに、僕は鼻先を突っ込むようにして倒れこんだ。

(これ……マジでヤバいな……ふらふらする)

僕は血の滴る後頭部を押さえながら、『潜望鏡《ペリスコープ》』を発動させる。

僕の眼前に、さっき飛び込んだ汚いトイレの中、その光景が浮かび上がった。

『潜望鏡《ペリスコープ》』は初めて使う機能だけれど、あまり使い勝手の良いものではないらしい。視野はあくまで扉の前だけで、そこからは動かせない。だが、音は聞こえてくる。

連中は、まだ僕がそこにいると思っているのだろう。トイレの扉を激しく蹴りつけていた。

派手な打撃音に合わせて、扉がガタガタと揺れている。

やがて、メキッと閂錠《かんぬきじょう》がひん曲がり、扉が大きな音を立てて開いた。

「おい、いねーぞ！　どうなってんだよ！」

手に木刀を持ったヤツが、まじまじとトイレの中を覗き込んでいる。

顔の部分をじっと観察してみても、マスクで隠れていない目の部分だけでは、誰だか全くわからない。

「ちっ！　わけわかんねぇ！　遠くには行ってねぇだろ！　捜せ！　捜せ！」

マスク男たちがいなくなるのを見届けると、緊張しきった身体から力が抜けていくのを感じた。

「はぁぁぁぁぁあああああああっ……」

僕は絨毯の上に大の字に横たわって、大きな溜め息を吐く。途端にズキズキと頭の傷が疼くのを感じた。

(痛てて……わけわかんないのはこっちだよ。とにかく頭の怪我は結構深そうだし、早く処置しないと)

「リリ！」

「なんデビ……って、うわぁ!?　ど、どうしたんデビ！」

現れた途端、宙に浮いたまま器用に身体を跳ねさせるリリに、僕はこう声を上げた。

「い……いいから、とりあえずトーチャー呼んでよ」

✖✖✖

「ふぅ……」

トーチャーによる治療が終わって、僕は溜めこんでいた息を盛大に吐き出した。

傷口は完全に塞がって、痛みも全くない。それにしても酷い目にあった。治癒の力を持つトーチャーがいなかったら、結構大変なことになっていたかもしれない。

「い、い、一体、何があったんデビ？」

リリは意外なぐらいに動揺していた。心配そうに顔を覗き込んでくる彼女に、僕は「大丈夫だ」と微笑みかける。

「襲われたんだよ。誰だかわかんないけど……六人ぐらい。制服だったから、ウチの学校の連中には間違いないだろうけど」

「襲われた!?　今なら、まだ追えるデビ！　捕まえてギッタンギッタンにしてやるデビよ！」

(ギッタンギッタンって……)

いきり立つリリに苦笑しながら、僕は小さく首を振った。

「いや、捕獲はしなくていい。今、行方不明者を出したら、それはそれでややこしいことになりそうだし……」

「じゃあ、あとで特定できるように、一人だけでもフリージアに目印を付けさせておくデビ」

「目印？」

「淫魔《サキュバス》のマーキングデビ。自分のオスだと主張するための印で、淫魔《サキュバス》同士にしかわからないデビ」

リリは一瞬姿を消し、一分と経たないうちに戻ってきた。恐らく、フリージアさんに指示を与えに行ったのだろう。

「身体は、本当に大丈夫デビか？」

「うん、トーチャーのおかげで」

それでもリリは、まだ心配そうな顔をしていた。

（なんだ……意外と可愛いとこあるじゃん）

そう思ったのだけれど——

「でも……まだ、顔がブサイクデビ」

前言撤回。やっぱコイツ、悪魔だわ。

「そういうネタはやめろよ。結構、傷つくんだってば」

唇を尖らせながら、僕は襲ってきた連中について思考を巡らせる。

（そう言えば……凛ちゃんとか言ってたな）

冷静になって考えると、凛という名前で思い浮かぶ顔がある。

頭の左右で編み込んだ背中までの栗色の髪。猫みたいな印象の悪戯っぽい微笑を浮かべた女の子の顔。

「福田凛、またアイツかぁ……」

全くもって、疫病神にもほどがある。とりあえずの怒りは響子にぶつけるにしても、アイツはアイツで、そのうちきっちり言い聞かせてやらねばなるまい。

だが、さっきの連中は、彼女について「どこへやった？」と、そう言っていた。

シンプルに考えれば、あの子が行方不明で、それを誘拐したのが僕だと思われている……そうとしか考えられない。

（なんだそれ。全く意味がわかんねーぞ）

×××

「暑っ！」

空港を一歩出た途端、強い日差しが目を焼いた。

夕方だというのに、陽はまだかなり高い。夏空。本州より一足早い夏が、ここにあった。

私は、『めんそ～れ、沖縄』と書かれた青い幟《のぼり》の立ち並ぶロータリーの端、タクシー乗り場の方へと重いトランクを引いて歩いていく。

まだ、夏休みに入っていないからか、空港全体にどこか閑散とした雰囲気があった。

宿泊するホテルは、市街地から外れた場所にある、プライベートビーチ付きのリゾートホテル。

オンシーズンというわけでもないからだろう。ネット予約でそれなりにお手頃価格で予約ができた。

もちろん、スパにエステ付き。ただ、不便な場所にあるらしく、交通手段は車だけ。もちろん免許なんて持ってないから、タクシーに乗るしかない。

運転手さんに車のトランクに荷物を載せてもらって、私は後部座席に座ると、行き先を告げる。

「FWパラダイスホテルまで、お願いします」

ゆっくりと動き出す車。

(そろそろキモ男はボコられてる頃かな……)

そんなことを考えながら、私は車窓の向こうに延々と続く、熱帯植物の並木を眺めていた。

×××

「で結局、部長をあんな目に遭わせたのは、誰だったんですか？」

「全員や、ほぼ全員」

夕食の席でのこと。島先輩が、七面鳥の脚を片手に眉を顰《ひそ》める。

彼女と高砂先輩は、昼食の時間になっても飼育場から帰ってこなかった。随分時間をかけて豚どもの尋問をしていたらしい。たぶん、高砂先輩は島先輩に帰してもらえなかっただけだと思うけれど。

「リンチに加わらへんかったんは、白鳥だけや」

「白鳥先輩？」

私には、それがとても意外に思えた。

「金春が、前から初ちゃんのこと嫌っとったから、コイツはやっとるはずや思てな。金春の足のつま先だけを集中的に叩いたら、五発も叩かんうちにあっさりゲロしよった。私だけじゃないですってな」

「でも、全員って……どうしてそんなことになりますの？」

唯ちゃんのその問いかけに、島先輩は指を二本立てる。

「理由は二つ。まず一つは初ちゃんが昨日、雨宮を庇ったせいで全員がペナルティを受けたからや」

それはわかるような気がする。散々鞭で打たれて疲労困憊の状態で、あのビリビリを喰らうことになれば、それは腹も立つ……と思う。

「もう一つは……初ちゃんが堕ちんからや」

「は？」

「あいつらみんな、もう心が折れきっとる。たった数日で家畜も同然や。浅ましくて意地汚い豚。もう、どうやったらどつかれずに済むかしか考えとらん。そんな中で一人だけ、自分たちと同じところまで堕ちてへんヤツおったら……そらムカつくわな」

「そんな!?」

陸上部全体としてみれば、みんな仲が良かったとはとても言えない。唯ちゃんと雨宮先輩の関係を見れば一目瞭然だ。

だけど、一人を寄ってたかって、リンチするようなことになるなんて想像もできなかった。ましてや皆から頼られ、尊敬を集めていた、あの田代部長を……だ。

唯ちゃんがグラタンに息を吹きかけながら、島先輩を見据えて目を細める。

「でも、アナタにも問題があるんじゃありませんの？　島先輩」

「なんやとー！　って言いたいところやけど……そうやろな。あいつらからしたら、ウチが初ちゃんを贔屓しとる。そういうことになるんやろ」

島先輩は七面鳥の骨を皿の上に投げ出して、こんどはローストビーフへと手を伸ばした。

「治療できへんのは辛いとこやけど、とりあえず、ウチと高砂で初ちゃんに手ぇ出したヤツは徹底的にしばき倒してきたから、もう大丈夫やと思う……」

（本当にそうなのかな……？）

私には嫌な予感しかしない。

たしか今日も部長は、私から斎藤さんを守るために身を投げ出していた。今夜も恐らくペナルティを喰らっているはずだ。

思わずうつむく私をちらりと眺めて、唯ちゃんは肩を竦めた。

「結局、誰一人、件《くだん》の四人を洗い出そうともしなかったんですのね。今日は……」

「他人事みたいにいうなや。おまえなんか最初から探そうとしてへんやろが……」

「私は、ずっとこのままでも良いと思っておりますもの」

以降の空気はどうにも重苦しかった。食事の豪華さに反して、会話は弾まない。

私たち四人……高砂先輩と唯ちゃんは良くわからないけれど。少なくとも私と島先輩については言えば、ずいぶん心が磨《す》り減ってきているような、そんな気がしていた。

✖女子陸上部監禁七日目——夜はまた来る。

「初ちゃん……？」

翌朝、給餌のために飼育場に足を踏み入れて、私は島先輩が呆然とそう呟くのを聞いた。

彼女の視線を目で追えば、そこにはぐったりと横たわる田代部長の姿。その顔は土気色で、わずかに胸が上下しているものの酷く弱々しい。言うなれば虫の息。彼女は、明らかにさらに酷いリンチを受けていた。

「初ちゃん！　初ちゃぁあん！」

意識が混濁しているのか、島先輩の必死の呼びかけにも返事をする気配すらない。ただ、呻くような声を漏らすだけ。

島先輩は慌てて駆け寄ろうとするも、頭陀袋女が立ち塞がる。彼女は巨大なナタを島先輩に突きつけて、餌の入ったバケツを指さした。どうやら、『いまは給餌の時間だ』と、彼女はそう言おうとしているらしかった。

「くっ……」

島先輩は、口惜しげに下唇を噛みしめ、慌ただしく飼料の準備を始める。豚どもの餌の時間が終わらないことには、手の出しようもない。今できることは一刻も早く給餌を終わらせることだけ。

私と島先輩は慌ただしく、唯ちゃんは特に慌てる様子もなく、高砂先輩はいつも通り面倒臭げに給餌の準備を進める。

「さぁ、お食べなさい！」

唯ちゃんがそう告げるや否や、豚どもが飼料箱に殺到した。口元をミルクで汚しながら、ガツガツと餌を貪る醜い豚ども。こみ上げてくる嫌悪感が私の眉間に皺を形作る。

田代部長は給餌の間も部屋の隅でだらりと身を投げ出したまま、身動き一つしなかった。

金春先輩が、そんな彼女の身体を邪魔だと言わんばかりに蹴りつけた瞬間、言いようのない感情が私の心の奥底に渦を巻いた。

（このメス豚っ！）

思わず鞭を振り上げそうになる私の前に、頭陀袋女が立ちはだかって、私は慌てて背を向ける。

気付いてみれば自分でも驚くほど、鞭を使うことに、人を打ち据えることに、躊躇がなくなってしまっている。脊髄反射で鞭を振り上げてしまったことに愕然とした。

（おかしい、こんなのおかしいよ……）

いくらそう思おうと、これは現実なのだ。このままこの状況が続けば、人を打ち据えることになんの罪悪感も覚えなくなってしまうのかもしれない。

飼料箱が空になって、私たちは後始末。

島先輩は目に涙を溜めながら慌ただしく飼料箱を廊下に運び出し、そしてそれが全て終わると、間髪入れずに飼育場の中へと再び足を踏み入れた。

「初ちゃん！」

島先輩が部長のほうへ駆け寄ると、周りの豚どもは怯えながらも、どこか『ざまあみろ』とでもいうような顔で、ニヤニヤとその姿を眺めていた。

(なんでそんな顔できるのよ！　人が死にかけてるのに！　お前らが殺しかけてるのに！)

私が奥歯を噛みしめるのとほぼ同時に、島先輩が部長の身体を抱き起こし、涙声で呼びかける。

「初ちゃん、しっかりしてぇな、ウチ、ウチがわかるか！」

「……あ、たりま……えだ。ばかも……の」

弱々しく微笑む部長の目の焦点は合っていない。見えているのかどうかもわからない。

「アンタ！　頭陀袋の！　頼む！　頼むから初ちゃんを治療させてくれ、助けてやってくれや！」

島先輩は入口辺りで佇んでいる頭陀袋女に訴えかけるも、彼女はただ首を振るだけ。

「くっ！　どいつや……どいつが初ちゃんをこんな目に！」

血走った眼で豚どもを見回して、島先輩が吠える。それに、白鳥先輩が肩を竦めながら応じた。

「昨日と一緒ですよ。私を除く全員」

「お前ら、性懲りもなくっ！」

部長の身体を抱きかかえたまま、島先輩が大声を上げると、豚どもはビクンと身を跳ねさせて後退る。

だが、白鳥先輩はそんな島先輩を見据えて、顔色一つ変えずに口を開いた。

「悪いのは島先輩、あなたですよ」

「なんやと!?」

「部長に手を出した者全員にお灸を据えたつもりなんでしょうけど、もう鞭打たれるのに慣れてきてるんですよ、みんな。あなたがやったことは、そんな連中に、全員でやれば一人あたりが鞭打たれる回数は、大したことないって教え込んだようなものですから」

「ぐっ……」

島先輩は、悔しげに奥歯を鳴らす。

「初ちゃんはお前らを庇ったのに！　お前らを叩きたくないから、査問官になるのも拒否したのに！　なのにお前らは！」

血を吐くように吠える島先輩。その肩を唯ちゃんがポンと叩いた。

「落ち着きなさいな。そんなに興奮していては、ポロっとミスりますわよ？」

「落ち着いてられるかいな！　こんなんおかしいやんか！」

「おかしくなんてありませんわよ。所詮そんなもの。自分より上の者を見ては嫉妬し、自分より下の者を見ては安心する。引きずりおろせない相手なら媚びへつらい、どうにかできそうと思えば足を引っ張る。あいつより上、こいつより下、そうやって自分の位置を確認し続けなければ、不安で眠れない生き物ですのよ、人間って……ましてや、この方々は今や人間以下の豚ですもの」

「知ったような口叩くやないか……」

「ええ、ここへ来る前にも、いやというほど知りましたわよ。弱った者を寄ってたかって叩く、それが世の中なのだと、身をもって知りましたわ」

唯ちゃんが、どこか寂しげな微笑みを浮かべる。

「こんなんどうかしてる！　人が死にかけてるんやで！」

「人ではありませんわよ。豚ですわ。残念ながら、アナタが部長をどう思っていようと豚は豚。私たち査問官とは違いますの、そうですわよね、雨宮」

「は、はい。唯さまの仰る通りです！」

気が付けば雨宮先輩は唯ちゃんの傍で、秘部を丸出しにしたM字開脚、いわゆる犬のちんちんのポーズで控えていた。

「うふふ、躾《しつ》けた通りにできましたわね。賢い子は嫌いじゃありませんわよ。雨宮……私の悪口を言っていたバカな豚はいるのかしら？」

「は、はい！　足立と斎藤が唯さまが出ていかれた後、舌打ちしました！」

「そう、じゃあ今日の鞭打ちはその二人ね」

途端に足立先輩と斎藤さんが、雨宮先輩を罵り始める。だが、雨宮先輩はどこ吹く風。唯ちゃんに頭を撫でられて、うっとりとした顔をしていた。

ここでもまたヒエラルキーが成立しようとしている。唯ちゃんに媚びることで、雨宮先輩は他の豚に対して力を持つことになるのだろう。

クラクラした。上の者が下の者を叩く、下の者がもっと下の者を叩く。その繰り返し。終わりなんかどこにもない。そう言われているような気がした。

私が思わず呆然としていると、島先輩が感情を押し殺すような声で白鳥先輩へと問いかけた。

「なあ、白鳥……初ちゃんを助ける方法は……」

「自分でもわかってるんでしょ？　背中を押してほしいなら、どうぞ他の人に頼んでください」

「はは……ほんま、愛想のないやっちゃなぁ」

島先輩は苦笑気味に微笑む。

(助ける方法？　あるの？　そんなの？)

呆然と立ち尽くしていた私に、島先輩が唐突に顔を向けて微笑んだ。どこか弱々しげなそんな微笑み。

「森部……ウチ、めっちゃ怖いねんけどな。初ちゃん助けるにはこれしかないみたいやわ」

そして、島先輩は田代先輩の頭を膝に乗せ、その顔を覗き込んで、震える声で語りかけ始めた。

「なあ、初ちゃん……もうすぐ夏休みや、昔は一緒に、ようプール行ったよなぁ。帰り道は気《け》怠《だる》うて、暑うて……また行きたいなぁ、今年の夏休みも……」

「……ああ、い、いな」

わずかに目を開いた部長の唇から、弱々しい声が零れ落ちる。

「帰り道は向日葵が一杯咲いとって、おじいちゃんのやってる角の駄菓子屋でアイス買うて……ラムネ飲んで……」

「おじい……ちゃん？　おばあちゃんでは……なかった、か？」

その瞬間、島先輩は静かに目を瞑った。

自嘲気味に歪む唇。私にもわかってしまった。わかってしまったのだ。

『駄目！』そう言いかけて、私は口を噤《つぐ》む。

(確かにそれしかない。それしかないけれど……)

「そうや……おばあちゃんやったな」

豚・の・質・問・に・答・え・て・は・な・ら・な・い。

ルールが破られたその瞬間――

頭陀袋女が、島先輩の背後に立っていた。

島先輩はゆっくりと部長の身体を床の上に横たえると、立ち上がって頭陀袋女を見据える。

「豚やのうて、査問官やったら治療してくれるんやろ？　初ちゃんとウチで入れ替わりや！」

頭陀袋女は返事をしなかった。

だが、そのまま島先輩の襟首に手をかけたかと思うと、引き裂くように彼女の衣服を引っぺがしていく。

島先輩はされるがまま。頭陀袋女は、たちまち素っ裸に剥かれた彼女に、恐ろしく巧みな手つきで赤い縄をかけたかと思うと、あっという間に亀甲縛りを完成させてしまった。

「島……せんぱ、い」

「悪いけど、森部。できるだけお手柔らかに頼む……わ」

冗談めかして微笑む島先輩。頭陀袋女は、そんな彼女を床の上に投げ出すと田代部長へと歩み寄り、その身体を抱きかかえる。そして、そのまま飼育場の外へと出て行ってしまった。

呆気にとられたような静寂が、薄暗い飼育場に舞い降りる。

だが、頭陀袋女の姿が見えなくなった途端、豚どもが一斉にけたたましい笑い声を上げて、島先輩の周りを取り囲んだ。

「あはははっ！　堕ちた！　堕ちたっ！」

「可愛がってあげますよぉ、島せんぱぁい」

「アンタには随分叩かれたからねぇ、覚悟しなよ！」

金春先輩が、さっそく島先輩を足蹴にしようとし、私は慌てて鞭を振り上げる。

「いいかげんにしてっ！　島先輩から離れてよっ！」

島先輩を背に庇いながら、私は床を鞭打ち、豚どもを見据えた。

遠巻きにニヤつく豚ども。
だが、もうどうしようもない。私じゃ守り切れない。
今は守れても、夜はまた来るのだ。

《つづく》

特別収録　メイド無惨、獣欲の三つ穴蹂躙

「フミフミを襲ったヤツをマーキングしてくるデビ！」

お姫ぃさまが、珍しくガチギレしておられました。

まあ、最愛の殿方を傷つけられたのですから、その怒りもわからなくはございませんが、それを指摘して、『な、何言ってるデビか！　フミフミはタダのパートナーデビ。利用してるだけデビ！』などと、実に処女臭い茶番を見せられるのも面倒臭うございます。

さっさと全てを明かしてしまえば良いのにと思うのは、いささか無粋でございましょうか。

それはともかく、腑に落ちないことが一つ。

「捕獲ではなく、マーキングでございますか？」

「今、行方不明者を出すわけにはいかないデビ。しばらく泳がせるデビよ」

「なるほど……承知しました」

「うむ、頼んだデビ。制服姿の六人組デビ。まだそんなに遠くへは行っていないはずデビ」

ワタクシは、お姫ぃさまにご用意いただいた扉をくぐり、フミフミさまが襲われたという公園へと降り立ちます。

時刻は既に夕刻、電線に区切られた空は茜色で、住宅街の屋根の向こう側は、赤から群青へと移り行くグラデーションに彩られ、ポツリポツリと街灯が明かりを点し始めておりました。

（さて、それでは獲物を探すことにいたしましょうか）

サキュバスノーズは地獄鼻。嗅覚に意識を集中すれば、フミフミさまの残り香の纏わりついた殿方の集団が遠ざかっていくのがわかります。北東に約四百メートルといったところでしょうか。

「それでは始めましょう」

私は移動を開始いたします。住宅の屋根から屋根へと飛び移り、眼下の通りに目標を捕捉。確かにフミフミさまと同年代の殿方のようでございます。なかなか美味しそうな匂いがいたしました。

「マーキング……はいたしますけれど、つまみ食いぐらいは許していただかないと……」

実際、そろそろ夕食のお時間でございます。

個人的な好みとしては熟成された小汚いおっさんのほうがよろしいのですけれど、たまには青いバナナも悪いわけではございません。

屋根の上で耳を欹《そばだ》ててみれば、件《くだん》の殿方のお声が聞こえて参ります。

「ちっ、それにしても意味わかんねぇ。トイレの個室から消えるとか、イリュージョンかよ」

「でもまあ、頭はかち割ってやったんだから、あのキモ男も充分思い知っただろ」

「まさか……死んでないよな？」

「あれぐらいで死ぬかよ。それより凛ちゃんの居所聞き出せなかったのはマズいよな」

フミフミさまを襲ったことについてのお話でしょう。お話から推測するに、その『リンチャン』という方をフミフミさまが捕らえておられるとお考えのようでございます。

とはいえ、理由も理屈も関係ございません。彼らがフミフミさまに害をなし、お姫ぃさまがお怒り。その事実があるだけでございます。

ワタクシは屋根の上から飛び降りて、彼らの眼前に降り立ちます。

ズシンと重々しい音が響きましたが、別段ワタクシが重いわけではございません。

体重は、コアラ四匹分ぐらいでございます。なんで、可愛く例えたなどという無粋なご質問にはお答えしかねますので、あしからず。

「うぉ!? な、なんだァ!」

「メ、メイドが空から降ってきた！」

驚かれるのも無理はございません。普通、メイドは降ってまいりませんので。気象予報士が晴れ時々メイドなどと言い出した日には、きっと正気を疑われることになるでしょう。

ですが、後退る彼らの中でただ一人、怖い物知らずにも、ワタクシのほうへと歩み寄って来られる方がいらっしゃいました。世間一般には、チャラ男という部族に属するタイプの殿方です。

「マジ？　マジ？　マジモン？　やべー、めっちゃ美人じゃん、なになに？　メイドカフェの宣伝とか？」

その殿方は、実に無遠慮に顔を突き付けてこられました。

とりあえず、ワタクシはその殿方の首に手を回し、そのまま唇を奪います。

周囲の殿方が「おー！　マジか！」「スゲー！」「痴女かよ！」などと騒ぎ立てるのを尻目に、その殿方の精を一気に吸い上げてさしあげました。

「「「ひっ!?」」」

途端に、ヘナヘナと崩れ落ちるチャラ男族の姿に、他の殿方が息を呑んで後退ります。

(はぁ……がっかりでございます。薄味も良いところではございませんか。この年頃でこんなに薄くては、少子化に歯止めがかからないというのも当然でございますね)

実に嘆かわしい。明治の初めの頃の殿方は、濃厚な精の持ち主が多うございました。

あれは、ワタクシが太夫に身をやつして、吉原を住処《すみか》にしておった頃のことでございます。

御髭の立派な殿方に馬車への同乗を誘われて、走行する馬車の中で一晩中まぐわい続けたことがございます。

ワタクシも随分手加減していたとはいえ、上位淫魔《エルダーサキュバス》相手に一晩中でございますから、その殿方はかなりの性豪と申し上げて差し支えはないでしょう。

後でわかったことでございますが、その殿方はこの国の初代総理大臣であったらしく、あの日の出来事が日本最初のカーセックスとして、その殿方の伝記に記されておるそうでございます。

「お、おい、大丈夫か！」

「な、何しやがった、テメェ！」

腰砕けに座り込んだチャラ男族を助け起こしながら、他の殿方がいきり立ちます。既に認識阻害と人避けの結界を張っておりますので、騒がれたところでなんの問題もございませんが、いちいち受け答えするのも面倒でございます。

ワタクシは彼らの目を見回しながら、淫魔《サキュバス》の固有スキル『魅了《チャーム》』を発動させました。

もちろん普通の人間に抗うことなどできようはずがございません。途端に彼らの瞳から光が消えて、とろんとした目つきへと変化いたしました。

もはや、こちらの皆さまはワタクシに夢中、望むことならなんでも聞いてくださいます。

「では皆さま、とりあえず下着を御脱ぎください」

先程、精を吸い取った殿方はまだ身動きできないようでございますが、他の殿方はいそいそと下着を脱ぎ捨てると、下半身丸出しで横一列に整列なさいました。

人気がないとはいえ、住宅街の一角。普通に考えれば、紛うことなき通報事案でございます。

ワタクシは御一方ずつ、お持ち物の品定めをいたします。

とはいえ、いずれも平均的。フミフミさまのような、ハッとしてグッとくるようなご立派さまではございません。御一方は精力尽きて立ち上がることもできませんので、残りのおペニスは五本。まあ、五本あれば、それなりにお腹を満たすこともできましょう。

古《いにしえ》の戦国武将も仰っておられます。

一本のおペニスではものたりなくとも、五本のおペニスを束ねればそれなりにイケると。

「では、あなた、そこに寝てくださいまし」

この中では一番マシなモノをお持ちの方を横たわらせ、ワタクシはメイド服を脱ぎ捨てます。下着など最初から穿いておりませんが、ガーターベルトは着用。当然です。メイドとしての嗜みでございます。

ワタクシは、その殿方の上に跨がって、ゆっくりと腰を落とし始めました。指先で殿方のモノを摘まんで、濡れそぼった淫猥な肉洞へと導きます。

「んっ……ぁっ……」

ヌプヌプっと膣肉を押し広げられる感覚。サイズはいささか物足りませんが、悪くはございません。肉槍を根元まで納め終えると、ワタクシは前傾姿勢をとって、お尻を持ち上げました。

「それでは、次の方どうぞ。そちらのアナタ、おいでくださいませ」

かなり苦しい体勢ではございますが、茶髪の殿方が、ワタクシの腰をがっちりと掴んで、不浄の穴へと逸物を突き入れます。

「おぉ……お、んっ、あん……」

(おや……意外と良いモノをお持ちですね)

大きさは足りませんが、太さはなかなか。硬さも悪くございません。素敵な圧迫感でございます。先端がさらにズ、ズズッと腸《はらわた》の中へと減り込んで、お腹の中で二本のおペニスがワタクシの腸壁と膣肉を挟んで擦れ合います。

「ん、あっ、あっ、そう、その調子。セ・ボン、セ・ボンでございます、んっ……ぁあっ！」

お二方は、もう我慢できないと言わんばかりに腰を動かし始められました。

戦慄くワタクシの媚肉に、グサリ、グサリと肉槍が突き刺さって、じゅぶじゅぶと出し入れする音が、夕食時の住宅街に響き渡ります。これが初めてなのでしょう。動きはぎこちなくございますが、衝動まかせで乱暴。これはこれで良いものでございます。

「んっ、あんっ、ああ、あ……さあ、残りの、んっ、方々もこちらにおいでくださいませ」

残りのお三方がワタクシの周囲を取り囲み、おペニスを突き出されます。

ワタクシは正面の殿方のモノを口に含むと、続いて左右のお二方のモノを握りしめました。

(おや？　右の殿方は皮を被っておられますね。良いでしょう。本日中にズル剥けにしてさしあげます)

「んっ、じゅるっ、じゅぼっ、じゅぼっ」

なんと言っても、フェラチオは淫らな表情が大事でございます。浅ましく鼻の下を伸ばして、上目遣い。ワタクシは正面の殿方のモノを激しくしゃぶり上げながら、左右の殿方のモノを手で擦り上げました。

「くっ……あ、ううう」「はぁ、はぁ、はぁ」「ぐっ、うぁっ！」「ああっ……」「お、おおおっ！」

荒い吐息と殿方の呻き声がサラウンドで聞こえて参ります。ああ、なんと淫らな立体音響。実に耳に心地良うございます。

下から突き上げる殿方の顔に視線を落とすと、快感に蕩けた実にだらしないお顔。しゃぶり上げている殿方を見上げれば、まるで痛みを堪えるかのように目を閉じ眉間に皺を寄せておられます。

傍目には、一人の女を五人の男が無理やりに犯している……そう見えることでしょう。

実際は、真逆なのですけれど。

（ふむ……折角でございますね）

輪姦されているように見えるのであれば、そのシチュエーションを楽しむのも一興。殿方に淫らな夢をお見せすることは、淫魔《サキュバス》にとっては息をするよりも簡単なことでございます。

この方々は卑劣な強姦魔で、通りすがりのメイドを無理やり犯している――ワタクシは、そんな偽の記憶を彼らの脳髄へと流し込みました。

途端に彼らはビクンと身体を震わせたかと思うと、凶悪に表情を歪ませます。セ・ボン！それはもう見事な悪人面でございました。

「ひひひっ！　この変態メイドが！　ケツ犯されて悦んでんじゃねぇぞ！」

不浄の穴を突き込みながら茶髪の殿方が、ワタクシの胸を乱暴に捩じり上げます。

「ぷはっ！　いやぁんっ、お、おやめくださいませっ、ご、後生でございますぅ、あっ、ああんっ！」

おペニスを吐き出して声を上げると、正面の殿方がワタクシの髪を掴んで恫喝なさいました。

「おいこら！　テメェ！　誰が口を離していいって言った！」

「ご、ごめっ、ふごっ、ごっ、じゅぼっ、じゅぼっ……」

彼は自らの逸物をワタクシの口へと無理やり捻じ込んで、一層激しく喉の奥へと突き込んでこられます。実に乱暴なピストン運動。本当に酷いイラマチオでございます。

「どうだ？　コイツのマ○コの味はよぉ」

「へへへ、いいなんてもんじゃねえぞ。キュッキュッと蔓みたいにからみついてきやがる」

茶髪の殿方の問いかけに、下から突き上げておられる殿方は、ワタクシの豊満な裸身を前後に揺さぶりながら喜色満面でお応えになります。

左右の殿方もニヤニヤしながら、ワタクシの頬に亀頭を押し付けてきたり、髪の匂いを嗅いだり、胸へと手を伸ばして乳首を摘まんだりとまさに好き放題でございました。

「い、いやァ……う、うっうっ……お、お許しくださいまし……」

胸の内の興奮を押し殺しながら、あえて嫌がるような素振りを見せると、彼らは益々興奮したような顔つきをなさいます。

ああ……殿方の欲望を一身に受けるというのはなんと素晴らしいことでございましょう。乱暴に扱われるのも素敵でございます。汚辱の嵐に責め抜かれれば、マゾヒズムの陶酔が押し寄せて、蕩けそうなほどの快感がワタクシの脳髄をジンと痺れさせました。

「ぷはっ、あ、ああん……イヤでございます……あうう……もう許してくださいまし……」

「誰が許すか、このメス豚！　ほら、もっとよがりやがれ！」

「ひぃいいっ！　んぷっ、じゅぼっ、じゅぼっ……」

傍目には酸鼻きわまる光景でございましょう。

住宅街のど真ん中、天下の往来で裸に剥かれ、穴という穴を犯されて、シミひとつない真っ白な柔肌のあちこちにも猛り狂うペニスを擦りつけられているのです。

題して、『メイド無惨、獣欲の三つ穴蹂躙』と言ったところでございましょうか。ゾクゾクいたします。

「ひゃははは、感じてやがるぞ、この変態メイドが！」

一人の殿方のその声に呼応するように、殿方が惨めなワタクシを嘲笑いました。

（ああ、素敵、もっと罵ってくださいまし、貶めてくださいまし……）

ワタクシは、フェラチオ奉仕しながら、鼻先からたえず悩ましい音色をもらし、くびれた腰部を大胆にくねらせて、さらに殿方の情欲を誘います。

「休むんじゃねえ、ほら！　腰をふりやがれ！」

「んっ、んんんっ、ひっ、じゅるっ……んぷっ、んんんっ！」

口内を犯され、前後の粘膜を貫かれて、ワタクシはのけ反りながら、下半身を軽く痙攣させます。

下から突き上げる殿方はとろける肉層の感触に酔いしれつつ、子宮の底めがけてしゃにむに剛棒を送りこみ、背後から不浄の穴を犯す茶髪は覆い被さりながら、無茶苦茶に胸を揉みしだきました。

両手で二本のおペニスを擦り上げながら、ねちっこく乳ぶささを握りしめられ、喉奥ぎりぎりまでおペニスを咥えこまされて、息づまる被虐の快感にワタクシは背筋を震わせます。秘苑の粘膜はすでにトロトロに溶けきって、力強く深突きされるたび、灼熱の快楽が全身を駆けめぐりました。

殿方の吐息が切羽詰まったものへと変わり始め、やがて――

「くっ、イ、イくぞ！」

「俺もだ！　全部呑ませてやるからな！」

殿方が、次々と呻き声を漏らし始められました。

(もう終わりでございますか……まあ、よくもったほうですね)

最初に精を漏らしたのは、不浄の穴を突き込んでおられた茶髪、続いて下から突き込んでおられた殿方。

「「イ、イクっ！」」

びゅるっ！　びゅるるるるっ！

二つの穴の内側で殿方の欲望が弾けました。

続いて、正面の殿方が切羽詰まったお顔をして、ワタクシの髪を鷲掴みになさいます。そして、射精のピッチに合わせてワタクシの口腔へぐいぐいとおペニスを押し込んでこられました。

「……ン……ムグ……」

粘液で喉を射抜かれ、ワタクシは涎を垂らして身悶えます。さらに、左右の手に握られたおペニスが小刻みに震えました。

「くっ、ぶっかけてやる！」

「出るっ！」

びゅるっ！　びゅるるるるっ！

両サイドの殿方が歓喜の飛沫を迸らせて、ワタクシの髪に、顔に、胸に白濁液がアーチを描いて降り注ぎます。

殿方の絶頂の表情は可愛らしいものでございますが、それも一瞬のこと。精を放ち終えた途端に五人が五人ともだらしなく口を開けたまま白目を剥いて腰砕けに倒れ込みます。

淫魔に精を放つというのは、まさにそういうことでございます。本来であれば、カスカスになるまで搾り取って差し上げるところでございますが、今回の目的はあくまでマーキング。

お姫ぃさまの御指示に背くわけには参りません。

(この中で言えば、茶髪の殿方が比較的良い具合でございましたね……)

丁度先日、我が家の精液《ミルク》サーバーを処分したところでございます。ひとしきりの用が済みましたら、代わりの精液《ミルク》サーバーとして彼を下賜いただけるよう、お姫ぃさまにお願いいたしましょう。

《了》

あとがき

この度は拙作、監禁王③を御手にとっていただき、誠にありがとうございます。

毎度おなじみ、マサイでございます。

ブレイブ文庫版、連続刊行五ヶ月目となる今巻は、第二章女子陸上部監禁編の前半です。

思い返してみれば、この第二章の書き方は典型的な丸投げだったなと。

誰に丸投げしたかと言うと、もちろん未来の自分。陸上部員十八名を監禁した時点では、その後の展開など微塵も頭の中にはなく、畳み方は「そこ書く時に思いつくだろ、たぶん」ぐらいの感覚でおりました。

うん……冷静に考えて、未来の自分に厳し過ぎると思います、僕。

というか、監禁王に関して言えば、実はほとんど全編、そういう書き方だったりします。

とりあえず風呂敷広げちゃって、後はなるようになれって感じ。

まったく酷いマサイもいたものです。マサイの風上にもおけません。

もちろん、そんな書き方で進めていくと、思わぬ問題にぶつかることがあります。この章の場合、前半部では陸上部員と文雄の絡みがないので、エロいシーンが作れなかったのです。

そこで登場したのが、『寺島響子』であります。

エロシーンを書くためだけに登場したわけですから、まさにエロシーンの権化と言っても過言ではありません。エロ島エロ子であります。ですので彼女が、黒沢美鈴が堕ちていくための重要な要素となっていったのは、作者としても予想外だったわけですが……。

舞台裏を知ってしまえば、この作品の見え方もまた変わったものになるのではないでしょうか？

多くの皆さまは本編読了後、このあとがきをお読みいただいているかと思います。ですので、もう一度本編を読み返してみる切っ掛けにしていただけるのではないかなと。

うん、一粒で二度おいしいってやつです。

それでは、最後になりましたがH編集長、Kさま始め一二三書房の皆さま、そして、ぺい先生。今回も最高です。藤原の人気の八割以上は、ぺい先生のイラストのお陰ではないかと思っております。そして今、まさにこの章を最高の形でコミカライズしてくださっているあしもとよいか先生とKADOKAWAの皆さま、見て見ぬふりをしてくれる家族、友人、オルギスノベル版、コミカライズ版、ウェブ版をお読みいただいた皆さま、そこで感想や励ましをくださった皆さま。

そして最後に、このブレイブ文庫版監禁王③をお買い上げくださった貴方に、心から御礼申し上げます。

願わくばお読みいただいた皆さまに楽しい時間をご提供できることを祈りながら、巻末のご挨拶とさせていただきます。

マサイ

唯一無二の最強テイマー
～国の全てのギルドで門前払いされたから、他国に行ってスローライフします～
原作：赤金武蔵　漫画：田村紘一
キャラクター原案：LLLthika
異世界還りのおっさんは終末世界で無双する
原作：羽々音色　漫画：ダンタガワ
ジャガイモ農家の村娘、剣神と謳われるまで。
原作：有郷　葉　漫画：たぢまよしかづ
キャラクター原案：黒兎ゆう

雷帝と呼ばれた
最強冒険者、
魔術学院に入学して
一切の遠慮なく無双する
原作：五月蒼　漫画：こばしがわ
キャラクター原案：マニャ子
どれだけ努力しても
万年レベル0の俺は
追放された
原作：蓮池タロウ
漫画：そらモチ
モブ高生の俺でも冒険者になれば
リア充になれますか？
原作：百均　漫画：さぎやまれん　キャラクター原案：hai
COMIC
NOVA
ノヴァ
https://www.123hon.com/nova/
話題の作品
続々連載開始!!

転生貴族の異世界冒険録
～カインのやりすぎギルド日記～
原作：夜州　漫画：香本セトラ
キャラクター原案：藻
レベル1の最強賢者
原作：木塚麻弥　漫画：かん奈
キャラクター原案：水季
我輩は猫魔導師である
原作：猫神信仰研究会　漫画：三國大和
キャラクター原案：ハム